ELLIS PETERS

Figaro wird ermordet

Buch

Der Millionär Johnny Truscott hat sich mit seinem »Leander-Theatre« einen lange gehegten Traum erfüllt: Nicht nur ist er selbst Opernliebhaber, er will darüber hinaus die Karriere seiner musikalisch hoch begabten Tochter Hero fördern und vorantreiben. Sein Theater ist eine richtige große Familie, in der alle zusammenhalten. Doch dieser Zusammenhalt wird gefährdet, als das Ensemble einen Neuzugang zu verzeichnen hat: Der Star-Bariton Marc Chatrier wird für eine Aufführung der »Hochzeit des Figaro« verpflichtet. Der Publikumsliebling legt eine arrogante und verletzende Art an den Tag, und ganz offensichtlich bestehen zwischen ihm und einigen Ensemblemitgliedern alte, unliebsame Verbindungen. Johnny Truscott wäre seinen Bühnenstar gerne wieder los, doch das würde das Ende seiner Figaro-Träume bedeuten. Es kommt dennoch beinahe zum Eklat, als Chatrier beginnt, ganz offen die neunzehnjährige Hero zu umwerben. Seine Motive sind für Johnny sonnenklar: Chatrier nähert sich dem Ende seiner Laufbahn und will sich durch eine Heirat mit der reichen Erbin eines Opernmäzens eine angenehme Zukunft sichern. Johnny verbietet Chatrier den Umgang mit seiner Tochter, und in dieser spannungsgeladenen Atmosphäre findet schließlich die Premiere statt. Trotz der prekären Lage verspricht sie ein großer Erfolg zu werden – bis mitten im vierten Akt hinter den Kulissen Figaros Leiche entdeckt wird, mit einem Zierdegen im Rücken. Die Waffe gehört zum Kostüm des Cherubino, der von Hero gesungen wird …

Autorin

Ellis Peters, 1913 in Wales geboren, arbeitete nach ihrer Schulzeit als Apothekenhelferin, verlor aber ihr Ziel, Schriftstellerin zu werden, niemals aus den Augen. 1959 begann ihre Karriere als Krimiautorin, und bereits zwei Jahre später, 1961, wurde sie für *Der Tod und die lachende Jungfrau* mit dem *Edgar-Allan-Poe-Award* ausgezeichnet. Ellis Peters starb im Oktober 1995.

Von Ellis Peters außerdem im Goldmann Verlag erschienen:

Die goldene Totenmaske (2130) · Mord zur Gitarre (3219) · Das Rätsel der Treverra-Gruft (4208) · Grüne Witwe am Sonntag (4945) · Der Ruf der Nachtigall (5387) · Falsche Propheten (5396) · Hexenflug (5950) · Die Nacht am Wasser (5973) · Das Rätsel der Treverra-Gruft / Der schmale Pfad. Zwei Romane in einem Band (13193) · Der Tod und die lachende Jungfrau / Hexenflug. Zwei Romane in einem Band (13291)

Ellis Peters

Figaro wird ermordet

Roman

Aus dem Englischen von
Norbert Wölfl

GOLDMANN

Die Originalausgabe erschien 1962 unter dem Titel
»Funeral of Figaro«
bei William Collins Sons & Co. Ltd., London.

Umwelthinweis:
Alle bedruckten Materialien dieses Taschenbuches
sind chlorfrei und umweltschonend.

Wiederveröffentlichung Juli 2002

Umschlaggestaltung: Design Team München
Umschlagfoto: Ernst Wrba
Satz: DTP Service Apel, Laatzen
Druck: Elsnerdruck, Berlin
Krimi 3211
JE · Herstellung: Max Widmaier
Made in Germany
ISBN 3-442-03211-3
www.goldmann-verlag.de

3 5 7 9 10 8 6 4 2

I

Es war seltsam, dass er genau im richtigen Augenblick eintrat: ›Oh, säume länger nicht, geliebte Seele‹, an der Stelle im vierten Akt, wo er später abzutreten hatte. In dem geordneten Chaos der Klavierprobe ging die Bedeutung dieses Augenblicks unter, und sein Kommen rief lediglich eine Welle von Interesse und Neugier hervor. Aber später erinnerten sich alle umso deutlicher daran und glaubten sogar, eine Vorahnung des Unheils empfunden zu haben.

Johnny saß zurückgelehnt in der vordersten Reihe des Parketts, hatte die Beine überkreuzt auf die Balustrade des tiefer gelegenen Orchesterraums gelegt und hörte voller Vergnügen Tonda zu; dabei hielt er die Augen geschlossen, um sie nicht sehen zu müssen. Sie war nicht etwa hässlich, ganz und gar nicht. Manche Kritiker verglichen sie sogar mit ihrer gefeierten Landsmännin Gina Lollobrigida. In Susannas Glockenrock und eng sitzendem Mieder sah sie hinreißend aus, aber sie ging schon auf die Vierzig zu und hätte zu den Proben wirklich nicht mehr in einem schwarzen Balletttrikot und dickem Mohairpullover erscheinen sollen. Der Spitzname ›Tonda‹ kam nicht von ungefähr; sie erweckte tatsächlich den Eindruck eines großen Knäuels Angorawolle, aus dem zwei Stricknadeln aus schwarzem Plastik ragten – wie auf dem bekannten Werbeplakat für ›Tonda-Wolle‹. Aber ihre Stimme war großartig und wirklich jedes der vielen Pfund Sterling wert, die ihr Johnny für die drei Rollen in dieser Saison bezahlen musste.

Manche Susannen bringen die Rosenarie zu kokett, andere zu ätherisch wie das Hauchen eines körperlosen Geistes.

Tonda war klüger. Ihre Susanna war eine Frau aus Fleisch und Blut, und ihre Stimme griff die bewusste, boshaft verführerische Liebeserklärung mit all den subtilen Rachegelüsten auf, deren eine Frau fähig ist; sie quälte den lauschenden Liebhaber mit der Gewissheit, dass sie sich damit nicht an ihn wandte, vergaß dann mitten in der spöttischen Neckerei ihren Groll, vergaß das Antlitz des Grafen und sang nun wirklich für Figaro; all die Leidenschaft und Erregung ihrer Hochzeitsnacht strömte ihm in weichen, prickelnden, lockenden Rufen der Leidenschaft entgegen. Und der Narr merkte es immer noch nicht!

Das alles brachte Tonda mit ihrer Stimme fertig. Sie ließ den Zuhörer selbst bei einer Probe wieder an die Tiefe menschlicher Liebe glauben. Wenn man sie nicht ansah, kannte die herrliche Ausdruckskraft ihrer Stimme keine Grenzen. Johnny hielt die Augen geschlossen, auch als er an der leichten Luftbewegung und an dem Hauch von Muguet merkte, dass Gisela neben ihm Platz genommen hatte. Er wandte ihr das Gesicht zu und lächelte sie an, ohne die Augen zu öffnen. Sie berührte seinen Handrücken ganz zart mit einem Finger, dann lauschten sie gemeinsam.

Graf Almaviva stand in salopper grauer Hose und einem Sporthemd mit verschränkten Armen in der Kulisse und hörte aufmerksam zu. Cherubino ahmte seine Haltung und seinen Ernst nach, den blonden Kopf zur Seite geneigt, die grauen Augen voller Respekt auf die Sängerin gerichtet. Er trug eine enge Torerohose und einen von Johnnys alten Pullovern.

Auf der anderen Bühnenseite stand die Gräfin, groß, stattlich und mit einem makellos sitzenden Schneiderkostüm bekleidet, das ihre skandinavischen Beine noch länger und schöner erscheinen ließ; sie teilte ihre kritische Aufmerksamkeit zwischen Tonda und dem Grafen.

Er war noch jung für die Rolle, ein aufsteigender Star aus

Österreich, noch nicht an den Ruhm gewöhnt. Was er an Stimme und natürlichem Talent mitbrachte, das fehlte ihm noch an Erfahrung, und es war keine geringe Ehre für ihn, eine so bedeutende Rolle als Partner von Inga Iverson singen zu dürfen. Sie hatte sich bemüht, ihn nett zu behandeln. Jemand musste ihn bei der Hand nehmen, sonst würde ihn diese wilde Italienerin ruinieren. Das wäre schade gewesen, denn er hatte eine gute Stimme und einiges schauspielerisches Talent. Und diese Augen! Blau wie Enzian und von herzergreifender Unschuld. Er vollbrachte außerdem das Wunder, als Partner für sie groß genug zu sein. Inga hatte schon unsagbare Qualen an der Seite von kleinen und dicken Grafen gelitten.

In der hintersten Ecke des Orchesterraums saßen Doktor Bartolo und Don Basilio in Hemdsärmeln gemütlich beisammen. Sie lehnten mit den Rücken an der Holzbarriere und betrachteten mit ihren spöttischen alten Augen abwechselnd Tondas hingerissenes Gesicht und ihren wogenden Busen und dann wieder Ingas aristokratische Ruhe, hinter der man spüren konnte, wie die Katze bereits ihre Krallen ausstreckte.

Doktor Bartolo war hager, bleich und würdevoll, noch englischer als ein verregneter Sommer, und sein Name war Max Forrester. Don Basilio war klein und rosig, hatte pfeffer-und-salz-farbenes Haar, den kräftigen Knochenbau des Walisers und eine raue, wettergebräunte Haut. Er hatte in seinen dreißig Bühnenjahren den Don Basilio so oft gesungen, dass ihm sein eigener Name Ralph Howell manchmal nicht mehr einfiel. Halbwegs gute Tenorrollen sind verhältnismäßig rar, und er hatte sich Mühe gegeben, die besten davon für sich zu abonnieren, als er vierzig Jahre wurde.

Sie unterhielten sich in lakonischem Ton, und zwar so leise und unauffällig wie zwei alte Zuchthäusler unter dem wachsamen Auge des Wärters.

»Was habe ich dir gesagt?«, fragte Don Basilio und stieß dem Freund seinen Ellbogen in die hageren Rippen. »Du verlierst die Wette. Er ist von Tonda ganz hingerissen.«

»Sie sind ja noch nicht einmal ganz warm«, erwiderte Doktor Bartolo zuversichtlich. »Warte erst ab, bis Inga ihm am Schluss in der großen Verzeihungsszene entgegentritt.«

»Was können ein paar Noten nach einer solchen Gehirnwäsche noch ausrichten? Sieh ihn dir doch an! Der arme Kerl ist bis in die Tiefen seiner Seele erschüttert. Von deinen fünf Shilling kannst du jetzt schon Abschied nehmen.«

»Ich setze immer noch auf Inga. Willst du den Einsatz erhöhen?«

»Ich verdopple«, bot Don Basilio sofort an. Er betrachtete den üppigen Charme der Dame, auf die er sein Geld gesetzt hatte, während sein geschultes Ohr sich an dem leichten Schmelz erfreute, mit dem sie die schwierigsten Sopranpassagen sang und die Stimme dann in einer Reihe von weichen Kaskaden wie eine herabsinkende Taube abschwellen ließ.

Hinter der Bühne hörte ein halbes Dutzend Mitglieder aus Johnnys Ensemble nicht weniger bewundernd zu. Sie bewegten sich unruhig zwischen den Prospekten des halb fertigen Bühnenbilds. Das vielleicht großartigste Liebeslied, das jemals für eine Frau geschrieben wurde, endete in triumphierender Ruhe, als falte es die Schwingen ein.

»Junge, Junge«, sagte Stoker Bates und kratzte sich in seinem angegrauten Nacken. »Für eine einzige Note Mozarts schenk' ich dir alle deine Traviatas!«

Die Taube ließ sich sanft wie eine Daunenfeder nieder.

»›Komm, dass ich kränze, kröne dein Haupt – mit Rosen.‹«

Der alte Franz Hassilt ließ am Klavier den letzten Akkord verklingen und holte tief Luft, um die zornige Bemerkung des fehlenden Figaro zu krächzen, dessen Rolle er mit Freuden übernahm. Aber der Ton wurde ihm buchstäblich von den Lippen genommen, als drüben an der Tür rechts vom Parkett eine mächtige Stimme das ›Schändliche!‹ über ihre erstaunten Häupter hinwegschmetterte.

»›Schändliche! Mich so schnöde zu hintergehn! Wach' ich oder träume ich?‹«

Cherubino fuhr mit offenem Mund herum und vergaß den Einsatz nach Figaros Stichwort. Johnny öffnete plötzlich die Augen und sprang auf, Franz drehte sich mit dem Klavierstuhl herum, und aller Köpfe wandten sich erwartungsvoll dem neuen Bassbariton des Leander-Theaters zu.

Sein Ruhm war ihm vorausgeeilt und hatte unter ihnen gespannte Erwartung und Besorgnis verbreitet, weil sie sich von nun an neben ihm zu bewähren hatten. Es war ein reiner Zufall, dass es Johnnys Agenten überhaupt geglückt war, ihn zu verpflichten. Nachdem sie Raimondo Gatti bei dem Flugzeugunglück in Wien verloren hatten, sah es ganz danach aus, als müssten sie noch dankbar sein, einen mittelmäßigen Darsteller zu bekommen. Aber glücklicherweise war ein schon abgeschlossenes Engagement an einer Militärrevolution in Lateinamerika gescheitert und hatte ihnen die einmalige Chance verschafft, Marc Chatrier zu bekommen. Jimmy Clash hatte sofort zugegriffen. Johnny konnte es sich leisten. Klassische Oper war so ziemlich das einzige Unternehmen, bei dem es ihm gelungen war, Geld zu verlieren, und das brauchte er zum Abbau seiner Steuerspitze, wie er sagte. Einer der höchsten Schecks, die er jemals unterschrieben hatte, war für den größten lebenden Figaro kein hinausgeworfenes Geld.

Da stand er nun unmittelbar an der Schwelle und betrachtete sie alle mit ruhigem, fragendem Blick, wobei er sofort Johnny als den maßgeblichen Mann herausfand.

Johnny stolperte wie ein Bernhardiner auf ihn zu und

streckte ihm mit strahlendem Lächeln seine braun gebrannte Pranke entgegen.

»Mr Chatrier, wie großartig! Wir hatten nicht damit gerechnet, Sie nach der Reise heute Morgen schon hier zu sehen. Es tut mir Leid, dass ich Sie gestern Abend nicht selbst am Flughafen abholen konnte, aber ich hoffe, Mr Clash hat sich Ihrer angenommen.«

Jimmy wirkte immer ein wenig verstört, wenn ihn jemand Mr Clash nannte. Er war es so sehr gewöhnt, ›Nummer eins‹ oder ›Jimmy I.‹ genannt zu werden, dass er jedes Mal zusammenzuckte, wenn einem Neuangekommenen, der mit den Gewohnheiten des Leander-Theaters noch nicht vertraut war, sein richtiger Name genannt wurde. Er strahlte seinen Freund und Arbeitgeber glücklich an und war stolz darauf, dass er für die anderen einen solchen Fang gemacht hatte.

»Sind Sie im Grand Eden gut untergebracht? Die Fahrt hierher ist ziemlich weit, aber wir werden Ihnen für die Saison einen Wagen zur Verfügung stellen.«

»Sie haben alles großartig vorbereitet«, sagte Marc Chatrier mit seiner dunklen, samtigen Stimme, »und das Hotel macht einen ausgezeichneten Eindruck.«

Sie waren etwa gleichaltrig und einander an Kraft und Energie so ebenbürtig, dass es bei der Berührung ihrer Hände eigentlich ein paar Funken hätte geben müssen. Johnny war braun gebrannt und lebhaft, hatte dichtes, an den Schläfen schon grau meliertes Haar und ein unregelmäßiges, lebhaftes, sprechendes Gesicht. Chatrier war ein beherrschter Typ mit schwarzem Haar und dunklen Augen, und um seinen Mund hing immer ein kleines, rätselhaftes Lächeln. Sein Gesicht war schon mit den Linien der Erfahrung gezeichnet, und die dunklen Augen wirkten ein bisschen weltmüde, aber selbst diese ominösen Zeichen trug er mit Eleganz zur Schau.

Ralph Howell murmelte mit einem Blick auf diesen neuen mächtigen Konkurrenten: »Wollen wir wetten, dass die Mädchen es sich doch nicht anders überlegen?«

Doktor Bartolo dachte einen Augenblick über diese Möglichkeit nach, dann schüttelte er entschieden den Kopf: »Nein, die Jugend gewinnt. Sie werden bei dem aufsteigenden Stern bleiben. Der hier hat den Höhepunkt schon hinter sich, der ist schon auf dem absteigenden Ast.«

»Kommen Sie, ich möchte Sie bekannt machen.« Johnny hatte seinem neuen Figaro den Arm leicht um die Schulter gelegt und streckte eine Hand nach Franz Hassilt aus. »Das ist unser musikalischer Leiter – Franz kennen alle. Ohne ihn hätten wir in so kurzer Zeit niemals so viel erreicht. Ohne mich hätte er es natürlich in der halben Zeit geschafft. Wir liegen uns oft in den Haaren, aber ich ziehe dabei immer den Kürzeren.«

Der alte Mann mit dem wunderbaren Silberhaar, das ihm wie ein Heiligenschein vom Kopf abstand, und dem grellbunten, grünroten Hemd kniff seine intelligenten Augen, die so gütig und so drohend blicken konnten, zusammen und sagte scharf: »Alles Humbug, was Johnny sagt. Er behandelt die Oper wie ein Spielzeug, aber Johnny liebt immerhin sein Spielzeug. Wenn er spielt, beschwindelt ihn keiner.« Er blinzelte zu dem Größeren hinauf, dessen Hand er hielt, und sagte zufrieden: »Mr Chatrier, endlich bekomme ich einmal einen Figaro, der drohend wirkt, statt sich nur aufzuplustern. Jetzt werden wir einmal allen eine Inszenierung zeigen, wie sie sein sollte.«

»Wir werden es zumindest versuchen«, stimmte ihm Marc Chatrier ernsthaft zu.

»Das hier ist unsere Gräfin, Miss Inga Iverson; Miss Gennoni, ihre Susanna; und Cherubino – meine Tochter Hero.«

»Enchanté«, sagte Marc Chatrier und verteilte Blick, Lächeln und den Ton seiner einschmeichelnden Stimme unter den dreien, wenn auch nicht ganz gleichmäßig.

Ein spitzer, norwegischer Eiszapfen, den er bereits kannte; ein molliges italienisches Kätzchen und ein jungenhaftes Mädchen in Hose und Pullover, honigblond mit grauen Augen. An dem Mädchen blieb sein Blick am längsten hängen. Der Millionär Johnny Truscott hatte also eine Tochter! Konnte sie wirklich singen, oder war der Impresario nichts weiter als ein liebender, törichter Vater, der sich das nur einbildete?

Hero sagte: »Hallo.« Das klang selbstsicher, frech und ein wenig jungenhaft, genau die Mischung, wie sie in einer teuren englischen Public School erzeugt wird.

»Sie sehen, sie ist bereits in ihre Rolle geschlüpft«, sagte Johnny grinsend. »Wenn man ihr ein Partykleid anzieht und mit ihr ausgeht, kann man ein Fiasko erleben. Sie stolpert dann herum, als ob sie unter dem langen Kleid Reitstiefel anhätte – wie Octavian im dritten Akt ›Rosenkavalier‹.«

Hero grinste zurück. »Dein eigener Fehler«, sagte sie. »Du hättest mir keinen so albernen Namen geben sollen, wenn du nicht wolltest, dass ich Komplexe bekomme. Ich werde nach und nach alle Transvestitenrollen singen, Mr Chatrier, bis hin zum Octavian.«

»Ich fürchte, das wird ein paar Jahre dauern«, sagte er und lächelte zum ersten Mal richtig.

»Das glaube ich auch, aber der Cherubino ist ein guter Anfang.«

»Und hier ist Max Forrester, unser Bartolo«, stellte Johnny vor. »Und Ralph Howell, unser Basilio.«

Die wachsamen schwarzen Augen taxierten, überlegten, verwarfen. Forrester war ein guter zweitklassiger Künstler von der Art, wie es sie in England in großer Anzahl gibt, Howell einer der ewigen walisischen Tenöre, die ihre Laufbahn als Unterhalter in irgendeinem Nachtklub beenden.

»Und der Graf – Sie kennen Hans Selverer noch nicht?« Johnny war stolz auf ihn. »Sie können mir glauben, dass die Kritiker aufhorchen werden, wenn wir ihn herausbringen.«

Für den jungen Mann war der Ruhm noch so ungewohnt, dass er bei diesem Lob noch rot wurde. Auf den ersten Blick wirkte er wie ein schwerfälliger, gut aussehender Einfaltspinsel, aber bei genauem Hinsehen bemerkte man doch die hartnäckige, objektive Intelligenz, die den Neuangekommenen ebenso sorgsam taxierte wie dieser ihn.

»Selverer!« Chatrier lächelte. Sein Lächeln war immer schwer zu deuten. »Ich erinnere mich an diesen Namen.« Ein paar Augenbrauen gingen in die Höhe. Im letzten Jahr waren die Leistungen des jungen Mannes allerdings ausgiebig gepriesen worden. »Nein, nein«, sagte Chatrier liebenswürdig, »ich denke ein paar Jahre weiter zurück, da müssen Sie noch ein Kind gewesen sein. War Ihr Vater nicht auch Musiker?«

»Dirigent«, sagte Hans, etwas zu ernst und gepresst wie immer, wenn sich zu viel Aufmerksamkeit auf seine Person konzentrierte.

»Ja, das ist es! Ich glaube, ich habe ihn vor dem Krieg in Wien kennen gelernt.«

»Kann schon sein«, sagte der junge Mann und beließ es dabei.

»Danach verlor ich ihn aus den Augen. Dirigiert er noch?«

»Er ist während des Krieges umgekommen.«

»Das tut mir Leid.«

»Und Marcellina müssen Sie auch kennen lernen«, sagte Johnny und schnitt geschickt den dünner werdenden Gesprächsfaden ab, bevor die Situation peinlich wurde. »Wo steckt Gisela nur? Sie war doch vor ein paar Minuten noch bei mir.«

»Ich bin hier«, rief Giselas klare Stimme, dann trat sie aus dem Schatten unter der Rangloge. Sie hatte die Gelegenheit benutzt, für den neuen Kollegen ihr Make-up in Ordnung zu bringen. Johnny verspürte einen kleinen, überraschenden Stich von Eifersucht. Seit wann machte sie sich die Mühe, ihr Gesicht für einen anderen Mann herzurichten? Für ihn hatte sie das nie getan.

»Marc Chatrier – Gisela Salberg. Gisela ist unsere Marcellina und noch mehr als das. Ich weiß nicht, was wir ohne sie tun würden.«

Sie trat ins Licht, und jetzt erst bekam Chatrier sie richtig zu sehen: Eine schlanke, mittelgroße Frau mit dichtem schwarzem Haar, das sie im Nacken als Rolle trug, dazu ein flaches, ovales Gesicht, dessen Magnolienfarbe gut zu diesem Haar passte. Große, dunkle Augen und lebendige Lippen verrieten Humor und Gefühl. Gisela war vielleicht fünfundvierzig und sehr elegant. Sie sah Chatrier gerade in die Augen, auf den Lippen die Andeutung eines höflichen Lächelns. Marc Chatrier lächelte sie ebenfalls unter halb gesenkten Lidern an und richtete es so ein, dass nur sie allein dieses Lächeln bemerken konnte.

»Wir sind sehr glücklich, einen so berühmten Figaro zu haben«, sagte Gisela mit ihrer klaren, kühlen Stimme. »Ich hoffe, wir werden gut zusammen arbeiten, Mr Chatrier.«

Großer Gott, dachte Johnny, er muss bei ihr wirklich Eindruck gemacht haben. Hat sie sich für mich jemals so bühnenmäßig benommen?

»Da bin ich ganz sicher, Miss Salberg, wir werden gut miteinander auskommen. Nach einer so charmanten Begrüßung habe ich das Gefühl, dass Sie und ich schon jetzt alte Freunde sind«, antwortete Chatrier mit einer Stimme, die so glatt war wie Sahne, und lächelte sie an.

»Aber die anderen mögen ihn nicht«, sagte Johnny und fuhr sich sorgenvoll mit den Fingern durch sein zerwühltes Haar. Er stieß die Schublade mit den übrigen, alltäglichen Sorgen zu.

»Wer behauptet das denn?«, widersprach Gisela sanft. Sie hockte auf der Kante seines Schreibtischs.

»Keiner sagt es. Sie brauchen es nicht zu sagen. Ich kenne die Bande nur zu gut – man könnte meinen, es sei instinktive Ablehnung gewesen, was ihn betrifft. Und dennoch hat er sie auf der Bühne im Sturm erobert, das hast du selbst gesehen. Du musst zugeben, dass er bei der ersten Begegnung recht verwirrend sein kann. Auf den Proben ist er in Ordnung, nicht wahr? Chatrier arbeitet nun schon seit zehn Tagen mit dem Ensemble, und wenn es irgendetwas zu entdecken gab, was gegen ihn sprach, so hätte man es inzwischen allmählich merken müssen. Franz scheint mit ihm ganz glücklich zu sein.«

»Aus gutem Grund: er ist ein hervorragender Künstler. Die Arbeit mit ihm ist vielleicht nicht einfach, weil er ein Perfektionist ist. Ich weiß, dass er dauernd mit gutem Rat und Vorschlägen bei der Hand ist, und er kann einem schon auf die Nerven gehen. Aber er hat fast immer Recht. Wäre das nicht der Fall, so würde Franz nicht mitspielen. Was machst du dir also Sorgen? Die Proben haben geklappt, und die Aufführung wird gut über die Bühne gehen.«

»Ja«, gab er ein wenig erleichtert zu, »ja, das glaube ich auch. Mir wäre es nur lieber, wenn er den jungen Hans nicht immer wie einen frisch gebackenen Rekruten behandeln würde, noch dazu so unter der Hand. In seiner Weise ist der Junge genauso gut wie Chatrier …«

»Das könnte ja gerade der springende Punkt sein«, sagte Gisela mit tiefem Lächeln.

»Ja, das wäre möglich.« Seine Miene hellte sich auf. »Eifersucht ist etwas ganz Natürliches bei einem Mann, der auf dem Höhepunkt seiner Karriere steht – gegenüber einem jungen Kollegen, der sich in knapp drei Jahren in die erste Reihe vorgearbeitet und bei einigem Glück noch fünfundzwanzig Jahre des Ruhms vor sich hat. Man muss es dem

Kleinen lassen: er hat die Langmut eines Heiligen. Doch es ist seltsam, wie der Junge die Fühler einzieht, wenn Chatrier in der Nähe ist. Ich arbeite mit den anderen schon lange zusammen, und sie haben einen sechsten Sinn dafür, ob alles gut geht oder ob die Sache falsch läuft. Sie mögen ihn einfach nicht. Sam roch ein Gewitter immer schon, bevor es kam, und jetzt hebt er auf dieselbe Weise die Nase in die Luft. Sie sagen nichts, sie beobachten nur. Verdammt noch mal – manchmal sind sie mir alle unheimlich!«

Er meinte es nicht so, er war nur nach einem langen, aufreibenden Tag ziemlich ausgelaugt. Für ihn unterschied sich seine Schiffsbesatzung durch nichts von ganz gewöhnlichen Leuten, höchstens durch die Verwundungen und gesundheitlichen Nachteile, die sie unter seiner Führung während des Krieges erlitten hatten. Und diese wiederum verbanden ihn mit jedem Einzelnen für den Rest seines Lebens.

Das Theater war voll von seinen ›Pensionären‹, obwohl er diesem Wort heftig widersprochen hätte. Er bezahlte ihnen gute Löhne, und sie taten dafür, was sie konnten. Manchmal hatte Johnny das Gefühl, dennoch tief in ihrer Schuld zu stehen.

Ihretwegen und nicht so sehr auf Grund seiner eigenen Sehnsucht hatte er seinem Theater den Namen ›Leander‹ gegeben. So viele Überlebende der ›Hellespont‹ schoben die Kulissen, bewachten den Bühneneingang, versorgten die Heizung, dass er nur einen Namen wählen konnte, der in engem Zusammenhang zu dem ihres alten Schiffes stand. Sie hatten ihn mit derselben Begeisterung aufgenommen, den sie auch damals dem Schiff entgegenbrachten, und betrieben das Theater wie einen ihrer alten, geheimnisvollen, improvisierten, aber erfolgreichen Marineeinsätze.

Vermutlich wusste niemand mehr, welches hellsichtige Genie in der Admiralität in Johnny Truscott, der bei seinem ersten selbstständigen Kommando dreiundzwanzig Jahre alt war, den geborenen Seeräuber erkannt und ihm die schwierigsten Geheimaufträge übertragen hatte. Aber wer es auch war, er hatte England, zahllosen Flüchtlingen und Gefangenen in Europa und schließlich, auf lange Sicht gesehen, auch Johnny selbst damit einen großen Dienst erwiesen. Sie brachten ihm bei, wie man schmuggelte, wie man sich durch die strengsten Kontrollen während der Kriegszeit hindurchwand, wie man Saboteure und Informationen in besetzte Gebiete und Verfolgte und andere Informationen wieder herausschaffte. Johnny war ganz in seinem Element und hatte mehr geleistet, als in den Instruktionen stand bis schließlich nicht einmal mehr seine Lehrmeister auch nur die Hälfte von dem wussten, was er trieb.

Wenn seine Überfälle sich auch für ihn selbst als höchst gewinnbringend erwiesen hatten, so gab es für England ganz gewiss keinen Grund, sich in irgendeiner Weise über ihn zu beklagen. Und war es etwa seine Schuld, dass er es nach dem Krieg nicht fertig brachte, das ruhige, beschauliche Leben eines biederen Bürgers zu führen, und dass er sein altes Geschäft weiterbetrieb? Zwar nicht immer zu Englands Zufriedenheit, wie man zugeben muss, wie zum Beispiel während der Zeit in Israel. Inzwischen hatte er drei Schiffe und beförderte damit eifrig illegale Einwanderer. Nun besaß er zehn, und diese Schiffe schmuggelten selten etwas Schlimmeres als Wein und Kognak.

Seit er es nicht mehr nötig hatte, fehlte der Sache die rechte Würze. Er war inzwischen so reich, dass es sinnlos gewesen wäre, sich übermäßig anzustrengen, um noch reicher zu werden. Johnny selbst machte sich gern vor, dass er nun in mittleren Jahren sesshaft und angesehen war, aber in Wirklichkeit war er ebenso ruhelos und abenteuerlustig wie mit fünfundzwanzig Jahren.

Und er ist mit fünfundvierzig auch genauso anziehend,

dachte Gisela und blickte auf den verwuschelten braunen Haarschopf, auf das derbe, kühne, sonnenverbrannte Gesicht eines erfahrenen und mächtigen, aber immer noch leidenschaftlichen Jungen. Er erhoffte sich von allen Dingen etwas, und alles erregte seine Neugier. Er hatte nichts weiter getan, als seinen Energieüberschuss in neue Bahnen zu lenken. Er hatte sich Heros wegen etwas zweifelnd auf das Gebiet der Oper gewagt und war ihm dann mit Haut und Haaren verfallen. Niemand war über diese Entwicklung erstaunter als er selbst.

»Und du bist auch beunruhigt«, sagte Johnny unerwartet, fuhr herum und begegnete ihrem Blick, der nachdenklich auf ihm ruhte. »Ich spür's, und das ist erst da, seit er gekommen ist.«

»Nein«, widersprach sie ohne rechte Überzeugung.

»Doch, ich kann es dir immer ansehen, wenn du zurückdenkst und an Erinnerungen hängst.«

»Sei doch nicht albern. Was, in aller Welt, kann er mir schon bedeuten? Natürlich denke ich manchmal zurück, aber habe ich dafür nicht gute Gründe?«

»Jetzt nicht mehr. Inzwischen hättest du das alles vergessen sollen.« Johnny erhob sich und streckte sich. »Komm, ich muss dich nach Hause fahren.«

Sie wohnte in einem neuen Häuserblock nicht weit von seinem Haus in Richmond. So fuhren sie gemeinsam zum Theater und wieder nach Hause.

»›Cosi fan tutte‹ ging heute Abend gut«, sagte Johnny und nahm seinen Hut von dem Haken an der Tür. Seine Stimme wurde wärmer, als er zu seinem Lieblingsthema zurückkehrte.

»Ja, sehr gut.«

»Franz ist in Hochform. Fünfundsiebzig Jahre jung.« Er nahm ihren Arm und drückte ihn in plötzlicher Freude über sein großartiges Spielzeug und darüber, dass sie diese Freude teilte. »Noch drei Tage bis zur Premiere des Figaro. Er wird doch gut, meinst du nicht?«

»Natürlich, du weißt doch selbst, dass er gut wird.«

Er bedurfte ihrer Bestätigung eigentlich nicht, er freute sich nur und wollte, dass sie diese Stimmung mit ihm teilte. So war es schon seit damals, vor zwanzig Jahren, als er einen Baum quer über die Straße hatte fallen lassen und Gisela aus einem Transport jüdischer Frauen auf dem Weg ins Vernichtungslager herausholte. Sie war eine von vielen, die Johnny und seinen Verbindungsleuten Leben und Freiheit verdankten, doch für Gisela bedeutete das noch viel mehr: Das Bildnis des Menschen bekam seine Würde zurück, und das war in dieser Zeit ein seltenes Wunder. Welchen Sinn hatte es, wenn Johnny sie bat, das alles zu vergessen? Gisela wollte die Erinnerung daran behalten.

In Wirklichkeit hing sie freilich nicht deshalb so sehr an ihm, weil sie ihm ihr Leben verdankte. Vielmehr hatte sie sich seitdem aus einem durch und durch weiblichen Grund an ihn geklammert – weil sie ihn nämlich liebte. Ihn und seine Frau und sein Kind und seine Schiffsgefährten und all die Verlorenen und Streunenden, die er um sich sammelte wie jeden kleinen Hund, der klug genug war, ihn auf der Straße anzubellen.

Sie warf noch einen raschen Blick auf Eileens Foto, das in silbernem Rahmen auf dem Schreibtisch stand, dann schaltete Johnny das Licht aus und schloss die Tür. Sie hatte die gleichen grauen Augen, schwarzen Wimpern und honiggelben Haare wie ihre Tochter. Seit fünfzehn Jahren war sie nun tot. Armer Johnny! Schlechte Gefährten sterben niemals jung.

Sie gingen miteinander die teppichbelegten Stufen hinunter. Johnny hielt Giselas Ellbogen fest. In der luxuriösen Weite des Theaters wurde es nun still, die Lichter in den Gängen verloschen. Gedämpft klangen die Gläser und das Gemurmel müder, zufriedener Stimmen in der Bar auf dem

Rangfoyer. Dolly Glazier rief ihnen, als sie vorübergingen, eine ›gute Nacht‹ zu.

Unter ihnen im Parterrefoyer humpelte der alte Sam Priddy über den dicken purpur- und goldfarbenen Teppich; seine beiden Beine mussten seinerzeit nach der Explosion im Maschinenraum verkürzt werden, aber dabei wurden sie ungleich lang, sodass er immer mit schwerer Schlagseite nach Steuerbord einherging. Er öffnete ihnen die Tür und brüllte über die Schulter: »He, Codger!«

Einen Augenblick später kam Codger Bayliss eifrig angerannt, das Strickzeug mit klappernden Stahlnadeln unter dem Arm.

Johnny durfte niemals einen Wagen besteigen, ohne dass Codger dabeistand, ihm die Tür öffnete und sie gewissenhaft wieder schloss. Sollte Johnny jemals aus einem fahrenden Wagen stürzen, so lag es sicher nicht daran, dass Codger die Tür nicht richtig zugeschlagen hatte.

»Nehmen Sie sich heute Abend in Acht«, sagte Sam und betrachtete stirnrunzelnd den Mantel, der nach seiner Ansicht für November nicht warm genug war. »Kommt ein kühler Wind auf. Sollte mich nicht wundern, wenn es gegen Morgen Frost geben würde.«

»Ich pass schon auf, Oma. Hat heute Abend alles geklappt, Sam? Wie hat Ihnen Ingas Fiordiligi gefallen?«

Eine Zeit lang hatte sich Gisela gefragt, ob Sam Opern wirklich mochte, oder ob es nur der Widerschein von Johnnys eigener Begeisterung war, der ihn jedes Mal aufblühen ließ, wenn davon gesprochen wurde.

»Umwerfend, Skipper!« Sam pfiff ein paar Takte von den schmelzenden und erregten Selbstvorwürfen Fiordiligis mit dritten Akt vor sich hin. Er kannte ganze Opern auswendig.

Dann hielt der Bentley genau am Fuß der Treppe. Das Lenkrad war zwischen Tom Connards mächtigen, doch gefühlvollen Händen kaum zu sehen.

Codger trat in Aktion, drückte den Türgriff nieder und hielt ihnen die Tür offen.

Seit der Katastrophe war Codger nicht mehr gealtert, er machte sich keine Sorgen mehr. Eine Art undeutliche Wahrnehmung der wesentlichen Dinge wie Tageslicht, Wärme und Liebe spielte sich hinter dem ausdruckslosen, starren Gesicht ab, und manchmal überlief es ein Beben des Staunens und der Unruhe, als ob sich für eine Sekunde die Erinnerung wieder regte. Aber länger dauerte es nie. Seine gelassenen, fein gemeißelten Gesichtszüge, aus denen jene großen, treuen Augen leuchteten, waren von einer Schönheit, die sie bestimmt nie besessen hatten, als noch ein Verstand hinter ihnen wirkte und sie entstellte.

Johnny lächelte ihn an und zupfte an einem losen Ende grüner Wolle, aber nur um ihn zu necken, und nicht so fest, dass eine einzige Masche von der Nadel fallen konnte.

»Danke, Codger. Tut mir Leid, dass ich dich hab' warten lassen. Jetzt soll Dolly rasch einpacken, ich schick' den Wagen für euch zurück.«

Codger wohnte bei Sam, und Dolly hatte eine Wohnung im gleichen Haus, damit sie sich um die beiden kümmern konnte. Das Haus gehörte Johnny, aber sie bezahlten eine mehr symbolische Miete, um das Bewusstsein ihrer Unabhängigkeit zu wahren.

Als der Wagen davonrollte, drehte Johnny sich noch einmal um. Er sah die erleuchtete Fassade des Theaters zurückweichen und hinter der nächsten Ecke verschwinden. Das Leander-Theater! Schon die fünfte Wintersaison. Von London aus mit dem Bus oder der U-Bahn leicht zu erreichen. Das einzige Unternehmen, bei dem Johnny Truscott regelmäßig und ordentlich Geld verlor.

Franz Hassilt klopfte gereizt schon zum zehnten Mal ab, schnippte mit den Fingern, um sein phlegmatisches Orchester zu höherer Konzentration zu bewegen und befahl: »Meine Herren! Bitte, noch einmal, meine Herren! Wir sind müde, das weiß ich, aber noch einmal. Und zwar von ›Sage mir, mein lieber Figaro, wer den kleinen Brief dir gab …‹«

Die vier Darsteller auf der Bühne holten tief Luft. Er hatte sie hart hergenommen. Susanna und die Gräfin flankierten unruhig den Grafen, Figaro stand ihnen selbstsicher und lächelnd gegenüber. Vielleicht war es dieses Lächeln, das Hans den letzten Nerv raubte und das daran schuld war, dass er den Einsatz verpasste. An dieser Stelle hätte er Figaro den Brief unter die Nase halten sollen.

Die erste Kostümprobe ging meistens schief, aber dies war der schrecklichste Augenblick eines danebengegangenen Morgens. Sein Verstand war plötzlich wie leer gefegt, seine Kehle trocken. Marc Chatrier kam ihm lächelnd und bereitwillig herablassend zur Hilfe, und zwar in einem Ton, wie ein Lehrer der Sonntagsschule seinem dümmsten Schüler auf die Beine zu helfen versucht, wenn er seinen Katechismus nicht gelernt hat.

»›Sa-ge mir, mein lieber Fi-ga-ro …‹«

Er sprach Silbe für Silbe überdeutlich aus, begleitet von aufmunternden Kopfbewegungen, und hätte Hans nicht tiefer demütigen können. Auch Freundlichkeit kann töten.

Tiefdunkle Farbe schoss Hans bis hinauf unter die Haarwurzeln. Aber es war ebenso viel gesunder Zorn wie Verlegenheit dabei. Er verzichtete auf die angebotene Eselsbrücke und blickte direkt in Franz Hassilts viel sagende Augen.

»Tut mir sehr Leid, das war mein Versehen. Bitte, noch einmal, wenn Sie so freundlich sind.«

Sein Blut war jetzt in Wallung geraten, und er machte es sehr gut. Kein Figaro war jemals auf irgendeiner Bühne vom Grafen mit mehr Autorität zurechtgewiesen worden.

Es konnte kein Zweifel darüber bestehen, auf wessen Seite die Damen standen. Sie umschwirrten den düster blickenden Grafen liebevoll, und aus jedem ihrer Blicke sprach ein Kompliment, während sie mit seinem Diener gegen ihn konspirierten. Tonda lehnte sich fast an seinen Ellbogen, Inga hing an seinem anderen Arm. Die Röte im Gesicht des Grafen ließ nicht nach, sie nahm nur eine weichere und angenehmere Tönung an.

Hero saß mit angezogenen Beinen, die Arme um die Knie gelegt, in der Loge ihres Vaters und dachte kritisch: Wenn er nur wüsste, wie albern er jetzt aussieht. Strahlend vor Befriedigung, weil ihn jetzt zwei Göttinnen der Bühne gleichzeitig umschwärmen, in aller Öffentlichkeit und unverhohlen – wie ein lächerlicher Gockel! Er mag wohl verlegen sein, aber er fühlt sich auch in dieser Lage noch geschmeichelt.

Hero hatte sich ganz bewusst von dem Wettbewerb der Damen fern gehalten und spielte ihm sowohl auf der Bühne als auch außerhalb ganz betont ihre Hosenrolle vor – aber was hatte sie damit erreicht? Hatte sich das Verhältnis zwischen ihnen dadurch entspannt?

Vielleicht nur zu gründlich!

Das demonstrierte er ihr auch sofort, als er nach Beendigung des gerade geprobten zweiten Akts für eine viertelstündige Pause zu ihr in die Loge flüchtete. Er kletterte gleich von der Bühne aus über die Brüstung, tat das aber sehr vorsichtig, um die schöne Reithose und den steifen, bestickten Rock nicht zu zerdrücken. Vor ihr machte es ihm gar nichts aus, ungeschickt zu erscheinen. Wäre sie Tonda oder Inga gewesen, so hätte er sich ganz anders benommen.

Sein Gesicht war immer noch leicht gerötet, aber seinen Zorn hatte er überwunden. Die beiden Kätzchen hatten mit ihrem Schnurren erreicht, dass seine Laune sich gebessert hatte und er sogar schon wieder über sich selbst spötteln konnte.

»Himmel!«, stieß er mit einem tiefen Seufzer der Erleichterung hervor und ließ sich neben sie auf den Sitz fallen.

»Diesmal haben Sie sich ganz schön albern angestellt«, sagte Hero mit der wenig schmeichelhaften Direktheit, die von ihr erwartet wurde.

»Ich weiß. Was wird Franz wohl sagen, wenn er mich einmal allein erwischt? Aber jetzt ist alles wieder in Ordnung. Es wird nicht wieder vorkommen.«

»Dann haben die beiden mit ihren Küssen tatsächlich etwas erreicht«, meinte Hero und setzte sich rittlings auf die mit rotem Plüsch bespannte Brüstung. Diese betont männliche Pose hatte sie für die Rolle des Cherubino einstudiert, bis sie ihr zur zweiten Natur geworden war. »Wissen Sie, eigentlich müssten Sie die beiden bald von ihren Qualen erlösen. Sie können nicht beide haben, mein Junge. Nehmen Sie die eine und lassen sie die andere laufen. Wir spielen den ›Figaro‹ und nicht ›Die Entführung aus dem Serail‹.«

In Gedanken fügte sie bitter hinzu: Und er ist dumm genug, es auch zu tun, wenn er sich nur für eine von beiden entschließen könnte. Glücklicherweise gelang ihm das aber nicht. Sie waren beide mindestens zwölf Jahre älter als er!

Er wandte sich um, sah Hero nachdenklich an und versuchte ein Lächeln. »Soll ich Sie über Bord werfen, kleiner Cherubino? Noch dazu mit Ihrer werten Einwilligung?«

»Da müssen andere Leute kommen«, spottete Hero.

Er konnte sehr flink sein, wenn er wollte, aber wenn sie wirklich gewollt hätte, wäre sie ihm noch entwischt. So hielt er sie zwischen seinen großen, gut geformten und sehr kräftigen Händen fest und beugte sie rücklings über die Kante der Loge.

O ja, es war ihr schon gelungen, das Verhältnis zwischen ihnen aufzulockern! Sie versuchte, mit ihren kleinen Fäusten gegen seine Brust zu trommeln, aber er hielt sie so fest an den Oberarmen, dass sie nur den Samt seiner Ärmel erreichte.

»Lassen Sie mich los, Sie Grobian! Ich falle.«

»Nicht tiefer als ich will. Sie sind bei mir völlig sicher. Bitten Sie erst einmal schön um Verzeihung für Ihre Frechheiten.«

Aber sie tat es nicht. Sobald er in ihrem atemlosen Lachen die Andeutung eines Wimmerns zu hören glaubte, hob er sie sanft zurück in die Loge und fuhr ihr mit einer Hand durchs Haar. Er schüttelte sie behutsam und ließ ihr Haar wieder los, ohne auch nur zu bemerken, dass es eine faszinierende Farbe zwischen maisgelb und honigbraun hatte und sehr dick und leicht war. Nein, sie hatte sich schwer getäuscht. Mit dieser Taktik kam sie nicht weiter. Er sah sie ja kaum richtig an.

Trotzdem wollte sie ihrer Sache sicher sein und wagte sich noch einen Schritt weiter vor.

»Sie haben Glück«, sagte sie und schüttelte ihre Locken wieder zurecht, »dass ich kein anspruchsvoller Typ bin.«

»Ja. Gott sei Dank«, sagte er mit so tief empfundener Dankbarkeit, dass ihr der Mund offen stehen blieb und sie sich erstaunt zu ihm umdrehte. Diese unwahrscheinliche Aufrichtigkeit flößte ihr im ersten Augenblick Misstrauen ein, aber seine Miene war so offen wie eine Sonnenblume um die Mittagszeit, und er strahlte sie freundlich an.

Sie konnte es kaum fassen. Konnte ein Mann bei all seiner entwaffnenden Eitelkeit noch so bescheiden tun?

»Jedenfalls fühlen Sie sich bei mir sicher, wie?«, fragte sie und wählte ihre Worte mit Bedacht. Der Unterton hätte ihn eigentlich warnen sollen, denn der kräuselte die Worte an den Ecken wie der Frost ein braunes Blatt im Herbst. Aber er merkte nichts.

»Aber natürlich«, sagte er heiter.

Das war es also! Er meinte es tatsächlich und machte sich gar keine Gedanken darum.

Ein Plan war damit gescheitert. Nun musste etwas sehr Dramatisches geschehen, damit er aus seiner Selbstzufriedenheit aufgerüttelt wurde und sich zumindest einmal genauer ansah, mit wem er es hier zu tun hatte. Es hatte keinen Zweck, jetzt plötzlich auf Weiblich umzuschalten – dann war sie lediglich Nummer drei, die ihm nachlief, und außerdem büßte sie das Wenige ein, das sie bisher erreicht hatte: diese kameradschaftliche Intimität, die sie ganz verrückt machte.

Nein, er sollte sich sicher fühlen, bis er es selbst merkte und seine eigene Sicherheit ihm unheimlich wurde. Jedem anderen gegenüber wollte sie so weiblich sein, wie sie nur konnte, nicht gerade vor seiner Nase, aber doch gerade so, dass er es aus den Augenwinkeln bemerken konnte.

Sie erfasste mit einem raschen Blick die Auswahl, die ihr zur Verfügung stand, aber groß war sie nicht. Für ihre Zwecke kam eigentlich überhaupt nur ein Mann in Frage. Ihre grauen Augen blieben nachdenklich auf Marc Chatriers geraden Schultern und elastischem, aufrechtem Rücken hängen. Er trug den Rock des Kammerdieners mit höfischem Anstand. Vielleicht würde Hans aufwachen, wenn sie ihm zeigte, dass selbst ein Mann mit doppelt so viel Erfahrung wie Chatrier sie noch unwiderstehlich fand.

Und sie würde sich deshalb nicht einmal besonders anstrengen müssen. In diesem Augenblick, wo sie ihre Aufmerksamkeit ernsthaft Marc Chatrier zuwandte, wurde ihr bewusst, dass er sie ebenso ernsthaft und eindringlich beobachtete.

»Das Glyndebourne des kleinen Mannes nennt es Johnny«, sagte Hero beim Kaffee. »Gisela hat ihn zur Oper gebracht. Sie redete ihm ein, ich hätte ein gutes Ohr und eine gute Stimme und sollte eigentlich eine ebenso gute Ausbildung bekommen. Er ließ mich ausbilden, und es stellte sich heraus, dass ich mich am besten für die Oper eignete, die ich sofort heiß und innig liebte. Er baute das Leander und holte

Franz für die musikalische Leitung. Damit ging's los. ›Hellespont‹ war der Name seines Schiffes, er hat es im letzten Kriegsjahr verloren. Deshalb musste das Theater Leander heißen.«

»Und deshalb wurden Sie Hero getauft?«

»Ja, das ließ sich nicht vermeiden. Die ›Hellespont‹ hat Johnnys Leben völlig verändert, man spürt es noch heute ganz deutlich. Wissen Sie, das Schiff wurde von einem Torpedo getroffen und flog in Stücke. Er verlor dabei die halbe Besatzung, und viele der Geretteten waren für immer verkrüppelt. Sie haben sie ja gesehen. Sam Priddy, der Hinkende, muss Ihnen aufgefallen sein. Er ist sozusagen der Erste Mann an Bord. Früher war er Johnnys Maat und hat ihn während des ganzen Kriegs begleitet. Sie halten sehr viel voneinander.«

»Das erklärt also Ihre etwas erstaunliche Belegschaft«, sagte Chatrier lächelnd. »Ich müsste lügen, wenn ich behauptete, das wäre mir nicht aufgefallen.«

»Nun ja, wir sind eben nett«, sagte Hero und glaubte, sich für die Familienehre einsetzen zu müssen. »Aber machen wir uns nichts vor: Ein wenig komisch sind wir auch. Da ist Sam, da ist Dolly Glazier – ihr Mann ertrank beim Untergang der ›Hellespont‹. Weiter sind da noch Stoker Bates, der nur eine Hand hat, dann Chips und Matteo. Schließlich haben wir Codger Bayliss, den kräftigen Burschen, der in Sams Loge sitzt und strickt. Codger war schon einmal Opfer eines Torpedotreffers gewesen, bevor er zu Johnnys Mannschaft kam, und dann flog er mit der ›Hellespont‹ noch einmal in die Luft. Er schwamm etwa vierzig Stunden im Wasser, bevor er aufgefischt wurde. Sie haben nicht geglaubt, dass sie ihn durchbringen würden, aber er blieb am Leben, nur konnte er nicht mehr sprechen, und sein Verstand hat unter dem Schock gelitten. Wir haben ihm das Stricken beigebracht, damit er etwas zu tun hat und glücklich ist. Stricken ist das Einzige, was er seit der Katastrophe neu dazugelernt hat, und er hört fast nie damit auf. Ist Ihnen noch nicht aufgefallen, wie viele Pullover wir alle besitzen?«

Er lachte. »Der Krieg scheint für Ihren Vater ein einziges großes Abenteuer gewesen zu sein.«

»Doch, das kann man schon sagen. Er führte Geheimaufträge durch, war so eine Art rollendes Einsatzkommando. Wissen Sie, er hat eine Menge bedrohter Leute aus Europa herausgeschafft. Gisela war eine von ihnen«, sagte Hero stolz.

»So?« Es zuckte in den dunklen Augen. »Das wusste ich nicht.«

»Sie hatte einen Lumpen zum Ehemann, der sich von ihr scheiden ließ, sobald sie seine Karriere auch nur ein wenig bedrohte – sehen Sie, sie ist nämlich Halbjüdin. Ohne Johnny wäre sie im KZ umgekommen.«

»Kein Wunder«, sagte Chatrier weich, »dass sie ihm eine so hingebungsvolle Freundin geworden ist.«

»Gisela ist ein netter Kerl«, sagte Hero mit viel Wärme. »Und sie hat ihm auch einen großen Gefallen erwiesen, indem sie ihn zur Oper brachte. Sie hätte nie erwartet, dass er sich so Hals über Kopf hineinstürzen oder gar ein eigenes Opernhaus bauen würde. Aber Johnny hatte so viel Geld, dass er nicht wusste, was er damit anfangen sollte. Und für mich als sein einziges Kind war eben nichts zu teuer.«

Die freundlichen, aufmerksamen, schmeichelnden Augen, die sie während des ganzen Essens wortlos mit Komplimenten umworben hatten, änderten ihren Ausdruck nicht, und doch glaubte sie eine winzige Reaktion, ein leises Beben als Reaktion auf diese Worte zu spüren, die so viel Macht bedeuteten: ›Einziges Kind‹ und ›Geld‹. Damit war alles andere erklärt: Die galanten Komplimente und Aufmerksamkeiten, die er ihr entgegengebracht hatte.

Sie sagte sich: Nein, das kann ich mir nicht vorstellen! Er

ist weltberühmt, er hat selbst genug Geld – warum sollte ihn das kümmern? Er mag mich einfach und spielt gern mit Kindern, das ist alles. Doch der Zweifel nagte hartnäckig weiter und ließ sich nicht beruhigen.

Musste er denn unbedingt vermögend sein, nur weil er zu den größten Sängern der Welt zählte? Sicher hatte er eine Menge verdient, aber das stand auf einem anderen Blatt. Vermutlich gab er es genauso rasch wieder aus. Und wie alt mochte er sein? Achtundvierzig oder neunundvierzig? Wenn man erst einmal auf die Fünfzig zugeht, dann darf man sich nicht mehr darauf verlassen, dass der begnadete Quell der Stimme für immer fließen wird. Wenn allerdings noch ein Opernhaus als Dreingabe dazukommt …

Nun, sie würde es ja bald sehen. Wenn er stehen blieb und ein paar freundliche Worte mit Codger Bayliss sprach, jetzt nachdem sie ihm eindeutig klar gemacht hatte, wo sie stand, dann kannte sie den Grund dafür genau.

Und er tat es. Sie hatte eigentlich schon zuvor gewusst, dass es so kommen würde.

Codger saß allein in Sams Zimmer neben dem Bühneneingang und strickte emsig. Er hob seine schönen leeren Augen, als sie vorüberkam, und richtete den Blick auf Hero. Ein plötzliches, leises Aufleuchten des Erkennens huschte über sein Gesicht wie jedes Mal, wenn er etwas zu Gesicht bekam, was Johnny gehörte. Wenn seine Hände nichts zu tun bekamen, dann zuckten sie und baumelten zwecklos in der Gegend herum, aber er hantierte sehr sicher mit den stählernen Stricknadeln, ohne dass etwas von krampfartigen Zuckungen zu merken war. Er war sauber gewaschen und frisch rasiert und wie immer von Kopf bis Fuß tipptopp angezogen. Dafür sorgte Sam, und der Drill der vielen Jahre bei der Marine tat sein Übriges. Der mächtige, gut geformte Schädel mit der bewegungslosen Miene schien wie aus Holz geschnitzt, nur manchmal zuckten seine Lippen in einer vergeblichen Anstrengung, ein paar Worte zu formen.

»Das ist ein großartiges Muster«, sagte Chatrier freundlich, lächelte Codger an und deutete auf den grünen Pullover. »Wenn ich mir eines Tages den Vorzug verdient habe, werde ich Sie darum bitten, genauso einen für mich zu stricken.«

Sehr hübsch gemacht – die Worte und auch die Stimme. Genau wie diese verabscheuungswürdigen Leute, die kleine Kinder auf die Knie nehmen, um mit der Mutter anbändeln zu können, auch wenn sie keine Kinder mögen und die Kinder gar nicht auf den Knien reiten wollen. Solche Leute verdienen nichts weiter als einen kalten, abweisenden, starren Blick.

Jetzt wusste sie also Bescheid. Für ihre Eitelkeit war es ein harter Schlag, erkennen zu müssen, dass der Mann, den sie für ihre Zwecke auszunutzen glaubte, sie seinerseits ausnutzen wollte. Diese Erkenntnis beruhigte aber zumindest ihr Gewissen hinsichtlich der kleinen Schuld, die sie ihm gegenüber empfunden hatte.

Sie gingen den Korridor entlang zur Treppe. Zwei Mal richtete er es so ein, dass seine Hand wie zufällig die ihre berührte, und jedes Mal schlossen sich seine Finger für einen Augenblick und sehr behutsam um ihre Hand, mehr als Geste der Entschuldigung und Verehrung.

»Hero …«

In der dunkelsten Ecke hielt er sie fest, und sie drehte sich zu ihm herum. Seiner glatten Miene war nicht anzumerken, was nun als Nächstes kommen sollte. Für Zärtlichkeiten war es noch zu früh, es sei denn, er hielt sie für sehr einfältig.

»Hero, wenn Sie heute Abend freihaben, könnten Sie dann nicht mit mir zusammen in der Stadt essen? Ich möchte mich gern einmal in aller Ruhe mit Ihnen unterhalten, bevor die ganze Aufregung losgeht. Fahren Sie doch nach der

Probe mit mir nach London hinein. Ich bringe Sie rechtzeitig wieder nach Hause.«

»Aber nein, ich müsste eigentlich nach Hause und mich umziehen«, widersprach sie und umging damit die Notwendigkeit, eindeutig Ja oder Nein sagen zu müssen. »Für das Grand Eden muss ich schon mein bestes Kleid anziehen. Und ich hatte eigentlich meiner Großmutter schon halb versprochen, bei ihr heute Abend vorbeizuschauen.«

»Sie können dann ja später kommen, jedenfalls noch zum Dinner. Großmütter sollen frühzeitig zu Bett gehen. Können Sie um acht Uhr dort weg?«

Daran hielt sie sich fest. Bis acht Uhr hatte sie Zeit genug, eine Entscheidung zu treffen, und wenn sie einen Rückzieher machen wollte, konnte sie bis dahin immer noch abtelefonieren. Im Augenblick wollte sie nichts weiter als eine Möglichkeit, ohne feste Zusage davonzukommen und Bedenkzeit zu gewinnen.

»Ja, bis acht kann ich es wahrscheinlich schaffen. Ich glaube schon.«

»Gut, dann erwarte ich Sie um acht. Sie vergessen es nicht?«

Dabei hätte sie es wahrscheinlich belassen, wenn ihr scharfes Ohr nicht das leise Knacken des Bühneneingangs wahrgenommen hätte. Jemand kam mit langen, leichten Schritten von der Straße herein.

Diesen Schritt kannte sie nur zu gut. Plötzlich hob sie Chatrier ihr Gesicht mit dem hilflosen Ausdruck eines kleinen Kindes entgegen, in einer Art von Einladung, die er kaum missverstehen konnte. Sie merkte, wie für den Bruchteil einer Sekunde der Triumph in seinen Augen aufzuckte, dann schloss sie ihre Augen. Er zog sie bei den Schultern behutsam an sich heran und küsste sie auf den Mund.

Erst als hastige Schritte um die Ecke bogen und sich noch rascher wieder entfernten, löste sich Chatrier aus der Umarmung und drehte sich um. Es war zu spät. Er sah nichts weiter als den hellen Rücken eines Regenmantels, der um die Ecke verschwand.

Hero empfand nach dem Kuss Zweifel und nagende Selbstvorwürfe. Sie hatte für einen kurzen Augenblick Hans Selverers Gesicht gesehen, als er anhielt, eine halbe Sekunde lang wie vor den Kopf gestoßen war, sich dann mit der Hand gegen die Wand stützte, herumfuhr und rasch um die Ecke wieder verschwand. Falls es sie in irgendeiner Weise befriedigte: Diesmal hatte er sie zumindest gesehen. Sie trug das Bild seines empörten und überraschten Gesichts mit sich herum, als sie rasch die Stiegen hinauflief.

»Sie vergessen's auch nicht?«, rief Chatrier ihr nach.

»Ich werde es nicht vergessen«, erwiderte sie und verschwand in ihrer Garderobe.

Jetzt hatte sie, was sie wollte. Es war genau das geschehen, was sie beabsichtigt hatte. Und nun hätte sie es am liebsten ungeschehen gemacht.

Es war nicht so sehr der Gedanke an Hans, der sie mit plötzlichem Zweifel und mit Unruhe erfüllte, es war die Erinnerung an die von ihr provozierte Umarmung, die so vollendet, so beherrscht, so sanft und so berechnend gewesen war. Ihr geschah es zum ersten Mal in ihrem Leben, dass jemand sie ohne eine Spur von Zuneigung geküsst hatte, und sie wurde sich der Tatsache bewusst, dass sie mit etwas spielte, das weitaus gefährlicher war als Feuer.

Und trotzdem – jetzt wollte sie erst recht nicht aufgeben, so gefährlich es auch war. Nicht gerade in dem Augenblick, wo Hans Selverer ihre Gegenwart allmählich wahrzunehmen begann!

»Wäre gut, wenn Johnny die kleine Madame ein bisschen im Auge behielte«, sagte Sam Priddy und sah ihnen nach, wie sie einzeln am Ende des Korridors vorüberkamen und die Treppen hinaufstiegen: zuerst das Mädchen, erhitzt und eilig, dann der Mann, gelassen und leise lächelnd, mit einem amüsierten und befriedigten Leuchten in den Augen.

»Ist schon in Ordnung«, sagte Stoker Bates ruhig. »Mach dir keine Sorgen, unsere Kleine steht fest mit beiden Beinen auf der Erde.«

»Das weiß ich, aber den Kerl mag ich nicht, diesen Chatrier. So gut er als Figaro auch sein mag, Johnny hätte ihn lassen sollen, wo er hergekommen ist. Er stellt zu viele Fragen und beantwortet zu wenige.«

»Er kann aber singen wie kein anderer«, sagte Stoker energisch.

»Ich bezweifle ja gar nicht, dass er das kann. Aber er behandelt den jungen Hans wie einen unbegabten Anfänger, und auch gegenüber Miss Salberg ist er ziemlich herablassend. Nun geht er auch noch auf die Kleine los. Das gefällt mir nicht. Das ist aber noch nicht das Schlimmste daran«, sagte Sam und raufte sich verärgert das dichte graue Haar. »Ich werde das Gefühl nicht los, dass ich diese eingebildete Fratze schon irgendwo mal gesehen habe. Johnny scheint auf dieselbe Idee gekommen zu sein. Ich habe bemerkt, wie er dem Kerl manchmal verstohlene Seitenblicke zuwirft. Vielleicht ist es aber auch nur eine Einbildung, vielleicht erinnern wir uns nur an Fotos, die wir von ihm gesehen haben, oder so ähnlich. Wenn ich da nur ganz sicher sein könnte. Ich wünschte, ich wüsste das ganz sicher.«

2

»Ich bin zum Essen verabredet«, sagte sie, »aber ich verspreche dir, dass ich nicht spät zurückkomme.«

Johnny saß in dem tiefen Ledersessel neben dem Fenster und hob ruckartig den Kopf. »Mit wem triffst du dich?«

Erst als sie sich erstaunt umdrehte, wurde ihm bewusst,

wie ungewöhnlich diese Frage für ihn war. Er hatte sich bis jetzt nie danach erkundigt, wo sie war oder mit wem, und er hatte es auch nie nötig gehabt. Normalerweise sagte sie es ihm, und wenn nicht, dann vergaß sie es einfach, und er vertraute ihr.

Jetzt plötzlich saß er kerzengerade aufgerichtet in seinem Sessel und funkelte sie an, nur weil sie etwas von einer Verabredung zum Essen erwähnt hatte. Sie betrachtete ihn erstaunt.

»Ich möchte so etwas gern wissen, Kleines«, sagte er besänftigend und ließ sich mit düsterer Miene wieder zurücksinken. »Väter sind nun einmal so. Es wäre für dich auch nicht schmeichelhaft, wenn ich sagte: Schon recht, hau ab, mir ist es egal, mit wem du dich herumtreibst.«

»Mein lieber Johnny«, sagte Hero und deutete anklagend mit der Haarbürste auf ihn. »Ich bin ja auch kein ganz kleines Mädchen mehr.«

»Ich weiß«, knurrte Johnny. »Das ist es ja gerade. Anderen Leuten fällt das auch allmählich auf. Und da wir schon einmal dabei sind, sprechen wir es ruhig aus: Du bist auch kein ganz armes Mädchen.«

Sie brachte ihre Frisur in Ordnung und sagte nichts mehr. Er wartete. Dabei kamen ihm zwar einige Bedenken, aber er war trotzdem sicher, dass er sie nicht zu drängen brauchte. Als sie immer noch schwieg, wiederholte er ein wenig hartnäckig:

»Also – mit wem triffst du dich?«

Sie wusste selbst nicht, warum sie es ihm nicht gleich gesagt hatte. Vielleicht hatte sie dabei kein ganz einwandfreies Gewissen. Es gab ja eigentlich keinen Grund, warum ihm das nicht passen sollte, und dennoch spürte sie, dass es ihm nicht recht sein würde. Außerdem hatte sie die ganze Sache falsch angefasst, weil sie sich noch nicht einmal entschieden hatte, ob sie gehen sollte oder nicht.

Sie sah ihren Vater im Spiegel an, unverwandt und mit einem warnenden Ausdruck. »Es ist Mr Chatrier, wenn du es unbedingt wissen willst.«

Johnny fuhr wie von einer Wespe gestochen von seinem Sessel hoch und beugte sich verärgert über seine Tochter. Überrascht war er jedoch nicht, wie Hero erstaunt feststellte. Also musste er schon damit gerechnet haben, bevor er plötzlich hochfuhr.

»So, der ist's also«, murmelte Johnny finster. »Dann will ich dir mal etwas sagen, Hero Truscott: Ich habe allerlei über deine Umtriebe mit dem großen Figaro gehört, und ich wünsche, dass gerade diese Beziehung auf das rein Berufliche beschränkt bleibt. Verstanden?«

Alles was sie verstanden hatte, war eigentlich nur die etwas kränkende Umschreibung ihres Verhaltens. Sie drehte sich mit aller Empörung ihres schlechten Gewissens zu ihm um.

»Umtriebe! Johnny Truscott, das ist eine Beleidigung. Man hat dir also Dinge über mich erzählt, nicht wahr? Und dann bringst du nicht den Mut auf, zu mir zu kommen und mich geradeheraus zu fragen, was ich dazu zu sagen hätte! Was soll ich denn getan haben? Los, sag's mir doch! Und wer verbreitet solche Märchen? Es muss schon jemand mit einer blühenden Fantasie sein – und ich nehme an, du kaufst ihm jedes einzelne Wort ab.«

Allmählich dämmerte ihr, dass zumindest eine Person Anlass zu einem nicht frei erfundenen Bericht hatte, und ihre Augen sowie ihr Mund wurden vor Ärger rund. »Dieser selbstgerechte Pedant!«, stieß sie hervor. »Na warte nur, bis ich ihn erwische.«

»Dass du mir ja Sam in Ruhe lässt. Er hat kein einziges Wort gegen dich gesagt, sondern ich selbst habe das Wort ›Umtriebe‹ gewählt. Sam macht sich lediglich Sorgen um dich. Hat er dazu keinen Anlass? Und darf er darüber nicht mit mir reden?«

»Ach so.« Hero atmete erleichtert auf und lächelte sogar für einen flüchtigen Augenblick. »Sam also.«

»Wie meinst du das ›Sam also‹? Wenn du es schon wissen musst: Es war auch Dolly. Verdammt, wir alle interessieren uns nun einmal für das, was du tust: Können wir denn etwas dafür? Außerdem ist mir in den letzten zwei oder drei Tagen auch selbst Verschiedenes aufgefallen. Ich möchte nicht, dass du deine Zeit mit Chatrier verbringst. Er ist alt genug, um dein Vater zu sein. Und er mag so gut singen wie er will – als Mensch kann ich ihn nicht ausstehen. Sei meinetwegen während der Arbeit freundlich zu ihm, aber lass dich nicht näher mit ihm ein.«

Johnny fasste sie unters Kinn und hob ihren Kopf hoch. Dann lächelte er sie besorgt an. Er ließ seine Verständigungsbereitschaft durchblicken, wenn sie ihm nur ein Stückchen entgegenkommen wollte. »Du gehst doch nicht, Kleines, oder? Ruf ihn nachher an und sag ihm, du hast Kopfschmerzen.«

»Johnny! Was für eine billige Ausrede!«

Sie musste so empört tun; denn genau das hatte sie sich eben auch schon überlegt. Und wenn sie schon einmal etwas ausgesprochen hatte, so musste sie auch dazu stehen. Sie würde also gehen. Warum sollte sie auch nicht? Wenn sie zu Hause blieb, war all ihre bisherige Mühe vergebens, und Hans vergaß bald wieder den heilsamen Schock.

»Ich habe versprochen, dass ich komme«, sagte sie mit ganz besonderer Betonung, weil es nicht unbedingt wahr war.

»Aber du kannst dich doch leicht entschuldigen.«

»Ich möchte aber gehen.«

»Dann werde ich es dir eben diesmal verbieten müssen. Und damit basta.«

»Soll das heißen, dass ich nicht gehen darf?« Sie konnte es nicht fassen. Die Frage war zwischen ihnen noch nie aufgetaucht, und sie wusste nicht recht, ob sie wütend werden oder vor lauter Schreck in Tränen ausbrechen sollte.

»Genau das, ich verbiete es dir.«

Er hat kein Vertrauen zu mir! Jetzt kennt er mich schon so lange und weiß, dass er sich auf meinen Verstand verlassen kann! Dieser Gedanke schmerzte sie am meisten – zusammen mit dem kleinen Stich, dass ein Teil der Schuld bei ihr lag und dass er zumindest teilweise Recht hatte. Noch schlimmer war, dass er gar nicht wusste, wie Recht er hatte.

Aber jetzt steckte sie bis über beide Ohren drin und musste zu dem Rendezvous gehen, wenn sie ihre Selbstachtung nicht einbüßen wollte. Johnnys Tochter kann keinen Rückzieher machen und keine Niederlage eingestehen.

»Ich gehe!«, verkündete sie.

»So? Wirklich?«, fragte Johnny und wurde nun ebenfalls wütend. »Ich will dir etwas sagen: Ich gebe dir genau eine Minute Zeit, dann kannst du es dir noch einmal überlegen und ihm abtelefonieren.«

»Warum sollte ich? Ich bin schließlich neunzehn und hab' dir nie den geringsten Anlass gegeben … Du hast kein Recht zu diesem Verhalten. Ich will ja nichts weiter als mit ihm zum Essen gehen. Was ist denn schon dabei? Sollte es dir einfallen, Johnny Truscott, jetzt damit anzufangen, mir meine Freunde auszusuchen, dann liegst du aber auf der verdammt falschen Linie.«

»Du fährst heute Abend nach Hause«, sagte Johnny und schob entschlossen das Kinn vor. »Überleg es dir.«

»O ja, ich hab's mir überlegt: Ich fahre ins Grand Eden. Versuch doch, mich aufzuhalten.«

»Ich meine es ernst«, sagte er sofort, drehte sich um und packte ihre Kleider, die in einem Haufen auf einem Stuhl lagen. Er hielt sie mit einem Arm fest, riss den Kleiderschrank auf und nahm ihr Kleid und ihren Mantel von den Bügeln. Sie wollte dazwischentreten, doch er wich geschickt mit einem Haken aus, der einem Fußballspieler alle Ehre gemacht hätte. Im nächsten Augenblick war er aus der Garderobe verschwunden.

Die Tür schlug zu. Fassungslos hörte sie, wie der Schlüssel umgedreht wurde. Sie trommelte ein paar Mal wütend mit den Fäusten gegen das Holz, dann gab sie es auf. Diesmal war er einen Schritt zu weit gegangen. Er erwartete wohl, dass sie lachte, wütete, mit ihm stritt und sich schließlich besänftigen und dazu überreden ließ, mit einigem Anstand nachzugeben. Aber er sollte seinen Fehler ruhig einsehen. Sie war nicht umsonst seine Tochter.

Sie stand schweigend da, starrte die Tür an und wusste, dass er dahinter in erwartungsvoller Stille lauschte. Sie konnte ihn praktisch dort stehen sehen, diesen alten Querschädel, und darauf warten, dass sie das erste Wort an ihn richtete.

Schließlich klopfte er mit den Fingerspitzen leise ans Holz und sagte mit mühsam beherrschter Stimme, aus der aber doch seine Beunruhigung klang: »Ich komme in einer Stunde wieder. Wenn du dann bereit bist, vernünftig mit dir reden zu lassen, kannst du herauskommen.«

Armer Johnny, dachte sie. Er wollte die ganze Sache mit einem Lachen abtun, damit sie als die guten alten Kameraden nach Hause fahren konnten. Sie wappnete sich gegen dieses Gefühl und sagte genauso gepresst: »Und wenn nicht?«

»Dann kannst du hier bleiben, bis du wieder vernünftig geworden bist.«

»Dann sieh dich lieber gleich einmal nach einem anderen Cherubino um«, sagte Hero kalt. »Gute Nacht. Du brauchst dir nicht die Mühe zu machen, in einer Stunde wieder herzukommen.«

Johnny stieß einen Fluch aus, wie er ihn seit seiner Seemannszeit nicht mehr in den Mund genommen hatte, stapfte über den Korridor davon und ließ sie mit ihrem Dickschädel allein. Aus dem Türspalt hing ein wenig lächerlich ein Nylonstrumpf.

Sie setzte sich vor ihren Spiegel und starrte düster ihr Gesicht an. Wie in aller Welt war es nur so weit gekommen?

Sie machte es sich in dem Sessel bequem und wartete auf Johnnys Rückkehr. Sie war sicher, dass er nachgeben würde, wenn sie hartnäckig genug blieb.

Er ließ sie die volle Stunde warten, dann hörte sie seine Finger wieder sanft gegen das Holz klopfen. Dicht an der Türfüllung rief er mit lockender Stimme: »Kleines!«

Keine Antwort.

»Bist du jetzt bereit, mit nach Hause zu kommen?«

»Unter welchen Bedingungen?«, fragte Hero.

»Sei doch nicht albern. Was ist dir denn an der Sache überhaupt so wichtig?«

»Nur das Prinzip«, sagte Hero grimmig.

»Na gut. Du kommst mit unter meinen Bedingungen, du hörst mit diesem Blödsinn auf, kommst nach Hause oder ich lasse dich hier bis zum Ende der heutigen Vorstellung brummen. Du wirst ja sehen, was dir dann besser gefällt.« Johnny begann schon wieder zu schreien. »Du starrköpfige kleine Hexe!«

»Gute Nacht«, sagte Hero. Und Johnny ging.

Jetzt hatte sie die Brücken wirklich abgebrochen. Er würde erst wiederkommen, wenn die Lichter im Haus gelöscht wurden, und zwar gewissermaßen als Sieger. Dieser Gedanke war ihr unerträglich. Sie konnte nicht hinaus, und es hatte auch keinen Sinn, nach jemandem zu schreien, weil Johnny den Schlüssel mitgenommen hatte. Für ihre Verabredung war es jetzt in jedem Fall zu spät. Außerdem hatte sie nichts anzuziehen, und wenn sie sich nach Hause schlich, konnte er sie erwischen. Immer vorausgesetzt, dass sie überhaupt aus der Garderobe herauskam, was wohl kaum möglich war.

Erst eine halbe Stunde später fiel ihr ein, dass Johnny in den letzten drei Garderoben dieser Reihe mit Scharnieren versehene Durchgänge hatte anbringen lassen, da sich die Fenster hier nicht als Notausstiege eigneten. Diese Durchgänge waren nie benutzt worden, und es dachte auch keiner mehr daran, selbst Johnny hatte sie vergessen. Doch da in der Ecke war die kleine, quadratische Tapetentür, und Hero brauchte nichts weiter zu tun, als in die nächste Garderobe zu schlüpfen und von da aus seelenruhig auf den Korridor hinauszutreten.

So einfach war das!

Und was das Kleiderproblem betraf – wenn diese Sachen für das achtzehnte Jahrhundert gut genug waren, warum nicht auch für das zwanzigste?

Ihre Augen begannen zu funkeln, als sie sich dem Sieg näher glaubte. Sie schlüpfte wieder in Cherubins bestickten Rock, setzte sich die gepuderte Perücke mit dem schwarzen Samtband auf und kämmte sich vor dem Spiegel die Locken zurecht. Schimmernde, blassblaue Seidenhosen, weiße Seidenstrümpfe, schwarze Schnallenschuhe, üppige Hemdsärmel mit schwarzen Bändern und breiten Manschetten, die aus dem himmelblauen Rock ragten, dazu eine perlgraue Weste mit silbernen Ketten. Seriöser kann man wohl kaum gekleidet sein.

Einen Augenblick – warum nicht dann den ganzen Aufzug? Sie legte noch einmal den Rock ab und band sich das regenbogenfarbene Band, an dem Cherubinos kleiner Degen hing, um die Brust. Die Scheide schlug ihr leicht gegen die Hüfte. Das war's!

Jetzt freute sie sich allmählich darauf. Das war wohl der großartigste kostenlose Werbegag, der jemals für eine Figaro-Premiere ersonnen wurde – ob es Johnny nun passte oder nicht.

Sie drehte sich in voller Pracht noch einmal vor ihrem

Spiegel, setzte sich den silberverbrämten Dreispitz auf die Perücke und öffnete den Durchgang in der Zwischenwand.

»West End, ich komme!«, rief Hero und rannte auf die hintere Treppe zu.

Der Portier, der am Tor des diskret beleuchteten Hotels die Tür des Aston-Martin öffnete, starrte für eine Sekunde mit offenem Mund auf die Erscheinung, die behände aus dem Wagen kletterte. Zwei junge Männer in Lederjacken blieben stehen und stießen anerkennende Pfiffe aus, und selbst würdige ältere Herren drehten sich neugierig um. Ihre illusionslosen Gesichter wurden von einem flüchtigen Lächeln der Freude und einem nachdenklichen Ausdruck berührt.

London ist an alle möglichen Modetorheiten gewöhnt, aber es zeigt sich angesichts gewisser Ereignisse doch manchmal noch leicht überrascht.

Die meisten Leute, die stehen blieben und Heros prachtvollen Auftritt vor dem Hotel beobachteten, hielten sie für ein Sternchen vom Film oder für die Darstellerin in einem Werbegag, aber sie hatten deswegen nicht weniger Spaß an ihr.

Mehr Fantasie zeigte der kleine Page, der gerade durch das Foyer lief, als sie eintrat. Im ersten Augenblick riss er den Mund so weit auf, dass ihm fast die Kappe vom Kopf fiel, aber dann legte er seine weiß behandschuhte Hand ans Herz und machte eine tiefe Verbeugung.

»Guten Abend, Mylord.«

Hero lüftete ihren Dreispitz und erwiderte seinen Gruß noch ehrerbietiger. Dann gingen die beiden mit ernsten Gesichtern, ganz in ihre Rollen vertieft, wieder auseinander.

Die Erwachsenen mit ihrem Kichern, ihrem Erstaunen und der dünnen Maske von Sachlichkeit waren danach eine triste Enttäuschung. Ein Herr in mittleren Jahren, der einsam mit seinem Drink in der Hotelhalle saß, zeigte ehrliches

Interesse, aber sie blickte über ihn hinweg. Diese Typen waren auch ohne fantasievolle Kostüme leicht zu gewinnen.

Interessanter waren die Frauen. Je nach Temperament ließen sie Nachsicht, Belustigung, leise Neugier oder kühle, wohl verhaltene Eifersucht und verstohlenen Neid erkennen. Hero schritt betont langsam auf das Empfangspult zu, damit auch wirklich jeder auf seine Kosten kam. Dabei betonte sie das männliche Auftreten, das sie für die Rolle des Cherubino geübt hatte. Sie war sicher, dass alle Augen im Saal auf sie gerichtet waren. Das war eine gute Vorübung für die Bühne, die allgemeine Aufmerksamkeit störte sie ein wenig, war aber andererseits auch sehr angenehm.

Zwei rundliche, dunkelhaarige Kellner, offensichtlich Italiener, brachten das Kunststück fertig, ihre Drinks zu servieren, ohne einen Tropfen zu verschütten, während sie mit ihren Blicken Hero in unverhohlenem Vergnügen quer durch die lange Halle folgten. Aus irgendwelchen verborgenen Regionen war auf geheimnisvolle Weise ein Angestellter aufgetaucht und hatte sich unauffällig zwischen die Frauen an die Stelle des Empfangspultes gedrängt, die Hero ansteuerte. Es war, als begleite sie ein unsichtbarer Scheinwerferstrahl. Niemand beachtete mehr die übrigen Frauen in der Hotelhalle.

Sie war so spät dran, dass Chatrier vermutlich gar nicht mehr mit ihr rechnete. Sie lehnte ihren Ellbogen auf das Pult, rückte keck den Degen zurecht und bat lässig: »Würden Sie so freundlich sein, Mr Chatrier von meiner Ankunft zu verständigen? Er hat mich früher erwartet, aber ich wurde leider aufgehalten.«

»Natürlich, Sir«, sagte der Angestellte verdutzt, riss die Augen weit auf und erwies sich als ein wenig schwerfällig. »Wen darf ich melden?«

»Cherubino«, antwortete sie großartig und wandte sich ein wenig zur Seite, um die Blicke über ihr Publikum im Foyer schweifen zu lassen.

Dort hatte praktisch jede Unterhaltung aufgehört, und selbst der Hotelbetrieb schien für einen Augenblick den Atem anzuhalten. Einer der italienischen Kellner schob sich langsam durch einen Dienstbotenausgang hinaus, den Kopf nach hinten gewandt, und verschlang sie bis zum letzten Augenblick, bis die Tür sich hinter ihm schloss, förmlich mit den Blicken.

Ein hoch gewachsener junger Mann war gerade aus dem Speisesaal gekommen und sah sich erstaunt nach dem Ziel der allgemeinen Aufmerksamkeit um. Er entdeckte es und blieb ruckartig stehen, als wäre er gerade mit der Nase gegen eine Ziegelmauer gerannt. Er riss die blauen Augen weit auf und sah Hero zweifelnd und erregt an. Das wurde ja immer besser! In ihrem Trotz hatte sie völlig vergessen, dass fast alle bedeutenden Darsteller des Ensembles, darunter natürlich auch Hans Selverer, im gleichen Hotel untergebracht waren.

Sie sah an ihm vorbei und betrachtete das Blumenmuster an der gegenüberliegenden Wand. Dabei spürte sie jedoch ganz genau, was hinter seiner umwölkten Stirn vorging. Er fasste einen Entschluss. Er begann, sich zwischen den Tischen und Stühlen näher an Hero heranzuschieben. Noch nicht, dachte sie entschlossen. Und auch nicht hier.

Sie wandte sich wieder dem strahlenden Hotelangestellten zu, der gerade den Telefonhörer aufgelegt hatte.

»Mr Chatrier wird sofort hier sein.«

Im nächsten Augenblick kam er auch schon die Treppe heruntergelaufen.

Der Blick auf sein Gesicht war sehr interessant. Trotz der zur Schau getragenen Freude spürte sie, wie sein berechnender Verstand dahinter die Zufriedenheit wegen ihres Kommens mit allen möglichen Folgen gegen die peinliche Lage abwog, in die sie ihn gebracht hatte. Ihr Auftritt war für seine Pläne viel zu auffällig und ungewöhnlich. Sie musste damit in kürzester Frist ihren Vater auf den Plan rufen – falls das nicht schon geschehen war.

»Hero, meine Liebe.« Er nahm ihre Hände und betrachtete sie mit einem großartig gespielten Ausdruck der Sorge. »Ich hatte Sie schon aufgegeben. Was ist denn geschehen?«

»Ich weiß«, sagte sie rasch. »Tut mir Leid, ich konnte nicht früher weg.« Aus dem Augenwinkel bemerkte sie, dass Hans Selverer bei Chatriers Auftauchen stehen geblieben war. Er schien sich stirnrunzelnd zu überlegen, ob er sich einmischen sollte oder nicht.

Wenn Hero nun nicht rasch handelte, konnte es Selverer einfallen, sich an Ort und Stelle einzuschalten, und vielleicht passte es Johnny nicht ganz, wenn seine Tochter dann die Hauptrolle in einem öffentlichen Skandal spielte.

»Können wir nicht irgendwo hingehen, wo es ruhig ist?«, fragte sie bittend. »Ich hatte wirklich nicht die Absicht, wie ein Flüchtling aus einer schlechten Pantomime hier hereinzusegeln.«

»Natürlich, kommen Sie hinauf in mein Appartement, ich lasse Ihnen das Essen dort servieren.« Er schob sie hastig auf die Treppe zu und spielte für das Publikum den besorgten, väterlichen Freund. Seine Aufmerksamkeiten, mit denen er oben aufzuwarten gedachte, würden ganz anderer Art sein, wenn auch ebenso diskret und gekonnt.

Doch sie spürte Hans Selverers Blicke hinter ihrem Rücken und fühlte sich dabei eigentlich recht sicher. Die einzige Frage war nur, ob es ihr bei der Auseinandersetzung zwischen diesen beiden Männern überhaupt gelingen würde, an diesem Abend noch etwas zu essen zu bekommen.

Doch dieses Risiko schien ihr den Umständen gemäß nicht zu groß zu sein.

Chatrier flüsterte ihr leise ins Ohr: »Ich fürchte, Sie mussten meinetwegen einiges über sich ergehen lassen. Kommen Sie, erzählen Sie mir alles. Wenn etwas nicht stimmt, muss ich es wissen. Ich möchte Sie keineswegs in Schwierigkeiten bringen.«

In seiner samtigen Stimme schwang ein dünner, deutlicher Faden unausgesprochener Gedanken mit, die sie fast laut übersetzen konnte: Dieses Mädchen ist eine leichte Beute. Sie wäre nicht in dieser Art hier aufgekreuzt, wenn es sie nicht wirklich hart erwischt hätte. Sei vorsichtig heute Abend, aber dann sieh zu, dass du so schnell wie möglich Nägel mit Köpfen machst, denn selbst ihrem Vater wird eine Ehe bald als der beste Ausweg erscheinen.

Eine Gänsehaut lief ihr über den Rücken und warnte sie vor einer drohenden Gefahr. Wenn sie sich ihrer Sache bei Hans Selverer, der unten im Foyer auf seiner Lippe herumkaute, nicht so sicher gewesen wäre – sie hätte kehrtgemacht.

Ihre Besorgnis war unbegründet.

Noch ehe sie das erste Glas ausgetrunken hatte, klopfte es an die Tür des Salons. Sie hatte offenbar nicht die Absicht gehabt, ihr Glas auszutrinken, weil sie ihre Schwäche kannte und schon beim ersten Schluck bemerkt hatte, wie schlecht dieses Mixgetränk ihrer Selbstbeherrschung bekam.

Chatrier hatte die Getränke offenbar im Voraus bestellt, und da er damit rechnen musste, dass Johnny bereits im Anzug war, bedauerte er seine etwas zu umfassende Generalstabsplanung. Deshalb war er möglicherweise sogar erleichtert, als nun Hans Selverer auf seine Einladung die Tür öffnete und nicht der erwartete Kellner.

»Bitte, entschuldigen Sie, dass ich hier so eindringe«, sagte Hans und schloss die Tür fest hinter sich. »Aber ich habe Miss Truscott etwas von ihrem Vater mitzuteilen.« Er richtete seinen Blick fest auf Hero, die sich in dem bequemen Sessel zusammengeringelt hatte, das halb ausgetrunkene Glas neben sich, das Kinn entschlossen vorgereckt. »Ich habe ihm mitgeteilt, dass Sie hier sind und er sich keine Sorgen zu machen braucht. Sie wissen bestimmt, dass er inzwischen überall nach Ihnen gesucht hat und schon sehr besorgt um Sie war. Ich habe ihm versichert, dass Sie gerade im Begriff seien, nach Hause zu fahren – in meiner Begleitung.«

»Sie sind von einer verdammten Impertinenz, Mr Selverer«, sagte Marc Chatrier und sprang hitzig auf.

Aber dann zögerte er. Man sah es ihm an, wie plötzliche Zweifel seinen Ärger dämpften. Auch er drehte sich zu Hero um. Er trat auf sie zu und sah mit leicht gerunzelter Stirn auf sie herab.

»Hero, Sie haben mir nicht gesagt, dass Ihr Vater von Ihrem Verbleib nichts wusste. Stimmt das?«

Diese Rolle entwickelte immer neue Möglichkeiten. Sie umfasste ihre seidenbekleideten Knie und senkte ein wenig verschämt die Augen. Dabei bewunderte sie Chatriers Einfälle und ihre eigene Vielseitigkeit. Sie warf ein, dass sie ohnehin gerade dabei gewesen sei, ihm die ganze Geschichte zu erzählen, und dass Johnny eigentlich gewusst haben müsste, wo sie war, allerdings ... Nun, die Zeit sei zu knapp gewesen, und sie sei deshalb einfach in den Wagen gesprungen und losgefahren. Warum auch nicht? Was machte es schon aus?

Er nahm das Stichwort sehr geschickt auf. »Was es ausmacht?« Chatrier seufzte. »Ach, meine Liebe, Sie hätten es mir sagen sollen. Wie kann ich nur ...«

Mit einer kleinen Geste milder Verzweiflung wandte er sich ab und sah Hans ins Gesicht, der sich von seinem Platz an der Tür nicht weggerührt hatte.

»Sie haben also mit Mr Truscott gesprochen? Wäre es nicht anständiger gewesen, wenn Sie sich zuerst an mich gewandt hätten? Es muss Ihnen doch klar gewesen sein, dass ich nicht im Traum daran dachte, etwas hinter seinem Rücken zu tun. Was haben Sie ihm gesagt?«

»Nur, dass Miss Truscott hier ist. Ich habe ihn mit Mühe

davon abgebracht, in seinen Wagen zu springen und sie selbst abzuholen«, sagte Hans grimmig. »Aber es war deutlich zu erkennen, dass er nicht gewusst hatte, wo seine Tochter war, und dass er auch nicht wollte, dass sie hier blieb. Er hat mich beauftragt, Sie nach Hause zu fahren, und das werde ich auch tun.«

»Ich komme natürlich nicht mit«, sagte Hero laut und empört.

Sie wollte es eigentlich auf keinen Streit ankommen lassen, weil sie nicht sicher war, ob Hans dabei gewinnen würde, obgleich diese Möglichkeit etwas Verlockendes hatte. Aber wenn sie sang- und klanglos aufgab, so hätte das doch auch nicht den richtigen Eindruck gemacht.

Hans war sehr blass geworden und sprach sehr akzentuiert. »Doch, Sie kommen mit.«

»Ich komme nicht! Gehen Sie jetzt bitte. Es ist unerträglich, wie Sie sich in meine Angelegenheiten einmischen.«

»Es tut mir Leid, trotzdem werden Sie jetzt nach Hause fahren.« Er wurde von einer Sekunde zur anderen verbissener. »Hinterher brauchen Sie sich nicht mehr um mich zu kümmern.«

Es war ihr eine große Beruhigung, dass er das ganz offenbar nicht so ernst meinte. Dafür klang seine Stimme viel zu eindringlich und zu wenig überzeugend. Sie freute sich schon allmählich auf die Heimfahrt, hatte aber nicht die leiseste Ahnung, wie sie mit einigem Anstand die Wendung vollziehen sollte. Aber auch darum brauchte sie sich keine Sorgen zu machen, denn Chatrier war allen Situationen gewachsen.

»Hero«, sagte er sehr sanft und vernünftig und hielt sie an den Schultern fest, »sehen Sie das denn nicht ein? Damit konnte ich doch nicht rechnen. Ich hatte nicht die Absicht, etwas hinter dem Rücken Ihres Vaters zu tun, und wir müssen das sofort richtig stellen. Dieser junge Mann hier ist vielleicht unerträglich, wie Sie sagen, aber im Augenblick zweifellos im Recht. Sie müssen nach Hause fahren. Ich würde Sie selbst hinbringen, aber Ihr Vater wünscht, dass Sie mit Mr Selverer fahren, und erwartet, dass Sie gehorchen. Ich habe kein Recht, die Wünsche Ihres Vaters in Zweifel zu ziehen.«

Er zog sie sanft, aber bestimmt hoch, lächelte sie an und warf dann einen raschen Blick zu dem steifen Wachtposten neben der Tür. »In Selverers Obhut sind Sie zweifellos viel sicherer«, sagte er.

Wer hätte gedacht, dass sich diese Bemerkung in eine so tödliche Beleidigung verwandeln konnte? Noch dazu in eine, die nicht zurückzuweisen war. Hans lief langsam bis an die Haarwurzeln dunkelrot an, sagte aber kein Wort.

»Also bitte, meine Liebe«, sagte Chatrier und wandte seinem Gegner verächtlich den Rücken zu. »Tun Sie, was ich Ihnen sage. Sie wissen ja selbst, dass es so richtig ist. Fahren Sie nach Hause und versöhnen Sie sich mit Ihrem Vater. Nachher werden Sie froh sein darüber.«

Sie ließ sich überreden. »Nun ja – wenn Sie meinen …« Sie war verstört, gehorsam, wie er es haben wollte. Eine leichte Beute.

Er begleitete sie bis an die Tür und gab ihr einen flüchtigen Kuss auf die Stirn, ohne die Gestalt zu beachten, die hier regungslos und mit grimmiger Miene wartete. Dieser Kuss war väterlich, voller Vorahnung und atemberaubend überheblich.

»Gute Nacht, Hero.«

»Gute Nacht«, murmelte sie kleinlaut und bescheiden und ließ sich gehorsam von Hans hinausführen.

Auf der Treppe nahm er ihren Arm. Jetzt spürte sie, was seine Miene nicht verriet: die ganze innere Anspannung seiner Wut. Er war wütend auf sie, und wenn sie ihm nur einen kleinen Anstoß gab, so würde er sicher explodieren. Das war immer noch besser als sein brüderliches Getue – so machte es ihr wenigstens Spaß. Jetzt, wo sie Chatriers Blicken entschwunden war, brauchte sie ihre Freude nicht einmal mehr zu verhehlen.

Sie spürte kaum die aufmunternden Blicke, die ihrem Abgang wie eine Eskorte folgten, und Hans bemerkte sie überhaupt nicht. Der erste kritische Augenblick kam, als er sie die Stufen zum Aston-Martin hinuntergeführt hatte. Er starrte erst finster den Wagen an, dann sie.

»Ihre Schlüssel, bitte.«

Sie reichte ihm die Schlüssel und gab sich Mühe, nicht allzu bereitwillig zu erscheinen.

»Soll ich nicht lieber fahren?«, fragte sie harmlos.

Statt einer Antwort öffnete er ihr die Tür an der Beifahrerseite, packte Hero auf den Sitz und schlug die Tür zu. Zum ersten Mal bewies er damit ein sorgsam verborgen gehaltenes Temperament. Er nahm mit düsterem Gesicht neben ihr Platz und ließ den Motor an.

»Können Sie den Wagen auch fahren?«

Er machte sich behutsam mit dem Fahrzeug vertraut, und dann zeigte er ihr, dass er ihn fahren konnte. Schneller war sie noch nie aus London hinausgelangt. Es stimmte zwar, dass er zuerst die falsche Richtung einschlug, da er mit dem Stadtplan von London noch nicht so sehr vertraut war. Als sie es für richtig hielt, ihn darauf hinzuweisen, wendete er mitten in einer Einbahnstraße und hätte sich ein Strafmandat eingehandelt, wenn ein Polizist in der Nähe gewesen wäre. Aber seine Fahrkünste waren nicht anzuzweifeln.

»Das ist immer noch die falsche Richtung«, sagte Hero nach einer Weile.

»Dann dirigieren Sie mich bitte«, presste er hervor.

»Warum sollte ich?«, widersprach sie ganz sachlich. »Ich hab's nicht eilig, nach Hause zu kommen. Sie haben doch erklärt, dass wir nach Hause fahren sollen. Meinetwegen können wir auch nach Bath fahren, und dort werden wir auch landen, wenn Sie die A 4 noch weiter in diesem Tempo entlangrasen.«

Hans bremste plötzlich und lenkte den Wagen an den Straßenrand. Er drehte sich zornfunkelnd zu ihr um. Selbst im Dunkeln spürte sie, wie seine blauen Augen Blitze sprühten.

»Für Sie ist alles nur ein Spiel. Sie lehnen jede Verantwortung ab. Erst fahren Sie in diesem Aufzug nach London, wobei Ihr Vater keine Ahnung hat, wo Sie sind, dann gehen Sie zu diesem Mann aufs Zimmer wie ...«

»Vorsichtig«, warnte Hero ihn.

»Wie ein dummes kleines Kind. Alles aus Eitelkeit, weil Sie Ihren Kopf durchsetzen müssen. Ihnen ist es gleichgültig, welche Schwierigkeiten Sie anderen bereiten, Hauptsache, Sie haben Ihren Spaß. Und so dumm von Ihnen, sich einem solchen Mann auszuliefern.«

»Was ist denn los mit ihm? Was haben Sie gegen ihn? Bis jetzt hat er sich mir gegenüber sehr viel zuvorkommender benommen als Sie – Sie selbstgerechter Wichtigtuer!«

»Und Sie sind ein verzogenes, eigensinniges Kind! Ihr Vater sollte Ihnen den Hintern versohlen.«

»Wollen Sie ihm das raten? Sie wollen andere Leute korrigieren? Warum nicht auch ihn? Sie könnten ihn ja auf seine Erziehungsfehler aufmerksam machen – vielleicht ist er Ihnen dafür dankbarer als ich.«

Eine Sekunde lang glaubte sie schon, er würde sie bei den Schultern packen und schütteln, stattdessen wurde seine Miene steinern, er wandte sich ab und packte das Steuerrad.

»Ich muss mich wohl mehr nach links halten. Sagen Sie mir bitte, wie ich zu fahren habe, sonst bleibe ich beim nächsten Telefon stehen und teile Ihrem Vater mit, wo er uns abholen kann.«

Das wäre ihr ganz recht gewesen, wenn auch aus anderen

Gründen als er glaubte. Wie die Dinge lagen, hatten sie noch ein paar Meilen Auseinandersetzung vor sich, und sie war noch längst nicht fertig mit ihm. Also gab sie ihm den Weg an und verlängerte ihn nur hier und da durch ein paar kleine Umwege.

Der Streit tobte bis zur letzten Minute und war für sie das köstlichste Erlebnis des ganzen Tages. Was er ihr gegenüber jetzt auch empfinden mochte – Gleichgültigkeit war es nicht mehr. Es war auch nicht mehr die blinde, wohl wollende Zuneigung eines älteren Bruders.

Die Auseinandersetzung mit Johnny war weniger angenehm. Erstens hatte er sich tatsächlich Sorgen gemacht, als er weich wurde und sie freilassen wollte, aber nicht mehr vorfand. Diese Erkenntnis machte sie schuldbewusst. Zweitens war er immer noch mit Blindheit geschlagen, und das machte sie so wild, dass es ihr nicht schwer fiel, ihre Schuldgefühle auf ihn abzuladen.

Nach all den Jahren hätte er sie eigentlich besser kennen sollen. Er hätte nach ihren wirklichen Motiven suchen müssen, ja, er hätte sie instinktiv erfassen sollen, ohne lange nach ihnen suchen zu müssen. Er hätte sofort erkennen müssen, welchen Zweck diese zugegebenermaßen alberne Fahrt nach London wirklich hatte: dass sie nämlich ein Stoßtruppunternehmen in feindliches Gebiet aus rein strategischen Gründen war. Schließlich hatte er sie ja praktisch dazu herausgefordert.

Stattdessen stand er nun vor ihr und hielt ihr eine langatmige Predigt, immer noch in der Überzeugung, dass sie sich tatsächlich in Marc Chatrier verliebt hatte. Bisher war ihr noch gar nicht der Gedanke gekommen, dass außer Chatrier selbst und, wenn sie Glück hatte, vielleicht Hans Selverer jemand ernsthaft glauben konnte, sie fühle sich zu dem Mann hingezogen. Und ausgerechnet Johnny musste das ohne weiteres schlucken! Sie hatte das Gefühl, als hätte sich zwischen ihnen plötzlich eine Kluft aufgetan, die sie weit von ihm entfernte.

Bei ihrer Ankunft war sie ihm sofort in die Arme gestürzt, hatte ihn geküsst und sich sofort entschuldigt, dass sie ihn so geängstigt hatte. Sie war als gehorsame Tochter bereit, ihm entgegenzukommen, aber auch er sollte seine Torheit eingestehen. Und was war daraus geworden?

Sie hatte nie ernsthaft damit gerechnet, dass Johnny sich ihr gegenüber als strenger Vater aufspielen würde. Und nun konnte er gar nicht aufhören damit.

Sie aß das letzte Sandwich, das sie sich vorsorglich aus der Küche mitgebracht hatte, und spülte es mit einer Tasse Kaffee hinunter.

»Du solltest bei Hans Unterricht nehmen«, sagte sie verbittert. »Frag ihn bei Gelegenheit, wie man sich Töchtern gegenüber verhält. Er weiß alles darüber.«

»Hör mal, Kleines«, sagte Johnny vorwurfsvoll, »verdiene ich diesen Ton eigentlich? Ich kann doch nichts dafür, dass ich mir Sorgen mache, wenn du dich in einen Kerl verknallst, dem ich nicht über den Weg traue. Du kannst mir glauben, dass er es überhaupt nicht wert ist, wenn wir beide uns seinetwegen streiten ...«

»Großer Gott«, sagte Hero ungläubig. »Jetzt führen wir aber schon fast eine billige Schmierenkomödie auf.«

»Du bist schließlich erst neunzehn«, sagte Johnny verbissen, »und ich bin für dich verantwortlich, ob dir das nun passt oder nicht, mein Mädchen. Du kannst es dir überlegen und darüber schlafen, aber glaube ja nicht, dass ich nur Spaß mache. Wenn man dir kein Auto anvertrauen kann, dann werde ich den Aston eben verkaufen, und wenn man dir Geld nicht anvertrauen kann, dann wird eben dein Taschengeld gesperrt.«

Das genügte. Empört ging Hero um den Tisch herum und

blickte ihm gerade ins Gesicht. Nicht die Drohung versetzte sie in solche Wut, sondern seine unbegreifliche Ahnungslosigkeit.

»Das kannst du alles machen«, sagte sie. »Aber trotzdem kannst du mir nicht diktieren, wen ich zu lieben habe.«

»Vielleicht nicht«, versetzte Johnny ebenso grimmig. »Aber ich kann dir eine Menge Steine in den Weg werfen.«

»Damit erreichst du bestenfalls, dass ich es mir einmal genau überlege, welche Leute ich bisher gern gemocht habe«, zischte Hero und ging aus dem Zimmer. Die Grausamkeit des Pfeils, den sie gar nicht hatte abschießen wollen, ging ihr sehr zu Herzen.

Für den nächsten Morgen hatte Franz Hassilt eine Sonderprobe angesetzt, weil er ein paar raue Stellen ausbügeln wollte, die er in dem komplizierten und diffizilen letzten Akt entdeckt hatte. Alles ging gut, die Probe war bald vorüber.

Marc Chatrier öffnete gerade in seiner Garderobe die zweite Post, als Johnny Truscott anklopfte und eintrat.

»Hätten Sie fünf Minuten für mich Zeit? Ich werde Sie nicht länger aufhalten.«

Er hatte die Tür fest hinter sich geschlossen und machte ein Gesicht wie früher, wenn er sich in gefährliche Gewässer vorwagte. Johnny konnte ebenso behutsam vorgehen wie irgendein anderer, aber etwas hasste er: Untätigkeit, wenn es letztlich doch nicht zu vermeiden war, dass etwas geschah. In der Offensive fühlte er sich immer am wohlsten.

»Ich habe Ihnen etwas zu sagen, und zwar auf die Gefahr hin, dass es Ihnen albern und unhöflich vorkommt«, begann er, lehnte den angebotenen Stuhl ab und blieb hoch aufgerichtet stehen. »Lassen Sie Ihre Finger von meiner Tochter.«

»Auf die Gefahr hin, ebenso albern zu erscheinen«, versetzte Chatrier in plötzlicher Wachsamkeit, »möchte ich darauf hinweisen, dass Sie an einer ziemlich engen Verbindung zwischen Ihrer Tochter und mir schuld sind, wenn Sie ihr erlauben, große Rollen in diesem Theater zu spielen.«

»Gegen ›Figaro‹ habe ich nichts«, sagte Johnny scharf. »Den ›Figaro‹ akzeptiere ich, den Chatrier nicht, um ganz ehrlich zu sein. Und ich sag's Ihnen noch einmal: Lassen Sie mein Mädchen in Ruhe. Ich bezahle Ihnen, was Ihr Agent fordert, und Sie leisten mehr als genug für das Geld, das ich bezahle. Belassen wir es dabei, dann können wir einander achten und zusammen arbeiten. Aber Finger weg von Hero, oder ich werfe Sie hinaus, es ist mir gleich, was es mich dann kostet. Und vielleicht vergeben Sie mir eine weitere Unhöflichkeit: Der Skandal wird Ihnen mehr schaden als mir – an dem Punkt, den Sie erreicht haben.«

»Aha«, sagte Chatrier sehr leise und setzte sein vieldeutiges Lächeln auf. »So ist das also.«

Er faltete den Brief zusammen, den er gerade gelesen hatte, schob ihn in den Umschlag zurück und legte ihn mit betont eleganten Bewegungen auf den Tisch.

»Mein lieber Truscott, ich fühle mich hier sehr wohl und habe nicht die leiseste Absicht, auszuziehen oder Sie zu verklagen. Außerdem mag ich Ihre Tochter.«

»Das kann ich mir denken. Es ändert aber nichts an meiner Einstellung.«

»Ist es denn nicht wichtiger zu erfahren, was sie dazu meint?«

»Nein«, sagte Johnny. »Jedenfalls dann nicht, wenn Sie auf eine Goldgrube aus sind. Tun Sie bloß nicht so, als ob Sie das Mädchen ohne das Geld reizen würde.«

»Sie setzen aber wenig Vertrauen in den Charme einer sehr hübschen jungen Dame.«

»Ich habe Sie gewarnt«, sagte Johnny ungerührt. »Ich sage nie etwas zwei Mal.«

Er ging zur Tür und hatte die Hand schon nach der Klinke ausgestreckt, da fragte hinter ihm eine Stimme in gemütlichem Plauderton: »Was macht eigentlich das Export-Importgeschäft, Truscott? Was bekommen Sie pro Person, und aus welchen Ländern? Oder sollten Sie jetzt völlig legitim arbeiten? Wahrscheinlich sind Sie inzwischen reich genug, es sich leisten zu können, nicht wahr?«

Die Tür blieb geschlossen. Johnny spitzte die Ohren, überlegte, was diese Andeutung heißen konnte, und wurde in Bereiche seines Lebens zurückgeführt, an die er schon lange nicht mehr gedacht hatte.

Er drehte sich langsam um und sah sehr nachdenklich auf Chatrier herab. Die freundliche Maske, die dieser ihm zeigte, konnte ebenso gut detailliertes Wissen verbergen, wie plumpen Bluff.

»Wer wirklich informiert ist, redet weniger«, sagte Johnny sehr leise.

»Wer informiert ist, sagt nicht mehr, als er muss. Man kann sehr interessant mit mir plaudern, wenn ich das möchte. Ihre Behörden würden sich zum Beispiel für einige der Geschichten interessieren, die ich ihnen über Ihre alten Passagierlisten erzählen könnte. Es würden Namen vorkommen, von denen die keine Ahnung haben. Nicht alle Ihre bemitleidenswerten Flüchtlinge kamen auf legalem Weg herein wie Gisela. Da waren auch andere …«

Johnnys verkrampfte Faust löste sich in der Hosentasche. Nein, das war kein Bluff mehr. Der Bursche wusste über Gisela Bescheid. Sie hatte nichts zu befürchten. Aus ihrem Leben waren nur die schrecklichsten Episoden verheimlicht worden, sonst hatte es um sie niemals Heimlichkeiten gegeben: Aber da waren noch andere.

Ein Spanier fiel ihm ein, der einmal mit der Gewerkschaft in Berührung gekommen war, und auf den eine lange Gefängnisstrafe wartete. Ein mittelloser Mann, der nicht die geringste Hoffnung hatte, legal nach England zu kommen.

Jetzt war er sicher alt, konnte aber immer noch des Landes verwiesen werden, wenn man ihn erwischte. Und dann das Mädchen aus Algerien, das die Franzosen immer noch suchten und nie fanden.

Selbst einige Flüchtlinge aus Kriegszeiten mit politischer Vergangenheit, ganz ehrliche, anständige Menschen, hatten damals Punkte aufzuweisen, die ihre Einbürgerung auf normalen Wegen zweifelhaft erscheinen ließen. Damals war jedenfalls nicht die Zeit, lange darüber zu streiten. Außerdem gab es da einige Gelehrte und Künstler mit selbstständigen Ansichten, die es einfach nicht fertig brachten, Theorien und Taten zu unterstützen, die sie für unmoralisch hielten. Eine lange Kette von ›Verbrechern‹ wanderte an seinem Auge vorbei und erwärmte sein Herz.

Vielleicht waren ein paar zweifelhafte Fälle darunter, aber im Großen und Ganzen war er stolz auf sie. Wer bezahlen konnte, hatte bezahlt, wer nicht bezahlen konnte, hatte eben nicht bezahlt. Irgendwie waren die Kosten gedeckt worden. Und dann kam die Zeit mit Palästina. Die langen Nächte an jener unwirtlichen Küste, die überfüllten Schiffe voller tragischer Schicksale, erregte, verzweifelte, entschlossene Menschen, losgelöst von ihrer Vergangenheit, alle Hoffnung nur auf die Zukunft gerichtet. Auch an sie dachte er mit Freude und Wärme und auch Dankbarkeit, denn sie wenigstens befanden sich in Sicherheit, und niemand mehr konnte sie ausweisen.

Aber andere konnten aufgespürt und aus ihrer neuen, fragwürdigen Sicherheit gerissen werden, zurückgebracht in Länder, deren Gesetze bereit waren, ihren Tod zu besiegeln.

Aber nicht, wenn ich es verhindern kann, dachte Johnny, ohne mit der Wimper zu zucken.

»Reden Sie«, sagte er. »Es ist schließlich Ihre Story.«

Chatrier lehnte sich in seinen Armstuhl zurück und zündete sich eine Zigarette an. Er lächelte, und das Funkeln seiner schwarzen Augen wirkte sehr zuversichtlich. Aber da er ein guter Schauspieler war, konnte niemand wissen, welche Karten er wirklich in der Hand hielt.

»Es würde zu lange dauern«, sagte er. »Sie finden es sicher langweilig. Vielleicht kann ich Sie mit einem einzigen Detail beruhigen: Sie holten einmal eine Gruppe aus Italien ab, als Mussolini schon wankte und die Deutschen das Land besetzten. Ich könnte den Polizeioffizier in Rom nennen, der als Ihr Kontaktmann fungierte, aber das wäre indiskret. Er war ein kleiner Dicker mit einem kurzen Bart – erinnern Sie sich?«

Johnny betrachtete Chatrier auch weiterhin mit dem unbeteiligten Interesse eines hilfsbereiten Schülers, der nicht viel von seinem dummen Lehrer hält.

»Ich glaube schon, dass Sie sich erinnern. Wussten Sie übrigens, dass der Mann hinterher erschossen wurde? Es waren insgesamt fünf Leute, alles Künstler irgendwelcher Art, alle von den Deutschen gesucht. Aber es war keine offizielle Angelegenheit. Ein paar von ihnen kamen schließlich mit legalen Papieren weiter, einige ohne. Aber alle fanden Asyl, zwei von ihnen in diesem Land – ich könnte Ihnen die Namen nennen. Ich weiß auch, was Sie sonst noch an Bord nahmen: drei sehr wertvolle Gemälde, die einem Deutschen entwendet worden waren, der sie zweifellos selbst auch gestohlen hatte. Dazu noch ein reiches Sortiment an kleineren Kunstwerken – ich könnte mir vorstellen, dass das meiste davon in Amerika gelandet ist. Für dieses private Nebengeschäft wird man sich bestimmt lebhaft interessieren, aber ich will Ihnen Gerechtigkeit widerfahren lassen: das interessiert Sie wiederum nicht so sehr. Doch die Menschen, Truscott, die Menschen würden Ihnen eine Menge Sorgen bereiten.«

Er hätte nicht mit solchem Nachdruck auf einem einzelnen Fall herumreiten sollen. Johnny hatte ihn jetzt festgenagelt. Achtzehn Jahre sind eine lange Zeit, und Menschen verändern sich, aber es war nicht umsonst, dass Johnny in seinem Gedächtnis nach einer bestimmten Kopfbewegung, dem Klang dieser Stimme gesucht hatte.

Damals hieß er noch nicht Marc Chatrier, und er hatte längst nicht den heutigen Ruf. Fünf Leute, alles Künstler dieser oder jener Art, alle in Gefahr verhaftet zu werden. Darunter war auch ein junger Sänger aus dem Elsass, zugegebenermaßen kein Held und durch sein Doppelspiel mit Nazibehörden kompromittiert. Es war damit zu rechnen, dass er in den nächsten Tagen aufgegriffen wurde, also stand auch ihm ein rascher oder langsamer Tod bevor.

Johnny suchte vergebens nach dem Namen. Das Gesicht hatte er inzwischen identifiziert.

Damit war der Fall klarer, wenn auch nicht einfacher geworden. Bedeutete es, dass Chatrier wirklich etwas wusste und mit diesem Wissen außer Johnny noch zwei anderen Menschen schaden konnte? Es bedeutete höchstwahrscheinlich auch, dass dies alles war, was er aussagen konnte.

Wurde er dadurch weniger gefährlich? Kaum. Es kam nicht so sehr auf das an, was er selbst preisgeben konnte, sondern was ans Tageslicht kam, wenn die Sache erst einmal in Bewegung geriet. Wenn ein Fall aufgegriffen und bewiesen wurde, würde man sich auch die anderen vornehmen.

Johnny entspannte sich. Er wusste jetzt, woran er war. Es war sinnlos, über Dinge zu diskutieren, die sie beide nur zu gut kannten. Es gab keinen Zeugen.

»Aha«, sagte er, »das also ist aus dem halb verhungerten Bariton von der Römischen Oper geworden. Sie haben's geschafft, wie? Ich habe mir schon die ganze Zeit überlegt, an wen Sie mich erinnern. Es würde mich gar nicht wundern, wenn Sie damals überhaupt nicht auf der Flucht gewesen wären – ich müsste nur Zeit haben, mich ein wenig eingehender mit der Sache zu befassen.«

»Doch, ich war auf der Flucht; sie waren ganz knapp hinter mir her. Dass Rom für mich als Pflaster zu heiß wurde, lag an einer kleinen privaten Angelegenheit – einer Affäre mit einer Frau, die einem deutschen General gehörte.«

»Was denn sonst«, sagte Johnny und seufzte. »Frauen sind nun einmal Ihre Spezialität. Wenn ich Sie damals schon so gut gekannt hätte, wie ich Sie jetzt allmählich kennen lerne, würden Sie heute keine Frau mehr belästigen.«

»Ja, aber jetzt ist das etwas anderes.« Er lächelte Johnny schamlos an. »Jetzt ist es bei mir die ganz große Liebe, mein lieber Truscott. Und meine Absichten sind höchst ehrenwert.«

»Den Teufel«, fluchte Johnny.

Sie starrten einander lange und unverwandt an.

»Denken Sie darüber nach«, sagte Chatrier. »Denken Sie in aller Ruhe im stillen Kämmerlein darüber nach, und ich bin sicher, dass sich Ihre Schützlinge auf Sie verlassen können: Sie werden die armen Kerle nicht enttäuschen, indem Sie jetzt etwas Törichtes tun.«

Johnny betrachtete ihn schweigend, ohne das geringste Anzeichen von Zorn oder innerer Unruhe, dann drehte er sich gelassen um, verließ das Zimmer und schloss die Tür leise hinter sich. Es war sinnlos, jetzt mit Worten oder großen Gesten Energien zu vergeuden; Nachdenken war wichtiger und vor allen Dingen dringender.

Selbst wenn Hero inzwischen zur Vernunft gekommen sein sollte, war dieser Mann auch weiterhin eine potenzielle Gefahr für die hilflosen Menschen, die er bedrohte. Solange er lebte, bestand immer die Möglichkeit, dass er es eines Tages für vorteilhaft hielt, die Hexenjagd in Gang zu setzen, zu seinem Vorteil oder auch nicht, vielleicht nur, weil es ihm Spaß machte.

Johnny hielt sich zufällig bei Sam neben dem Bühneneingang auf, als Marc Chatrier aus seiner Garderobe herunterkam und durch den Korridor auf die Tür zuschlenderte.

Dort erwartete ihn der Wagen, den Johnny ihm zur Verfügung gestellt hatte. Sie sahen ihm nach, wie er mit verwegen schräg gestelltem Hut, ein mattes Lächeln um den femininen Mund, zufrieden mit sich selbst und der Welt, davonzog. Sie ließen kein Auge von ihm, bis der Wagen sich in Bewegung setzte und um die Ecke verschwand.

Neben dem Fenster hockte Codger und strickte in stillem Eifer. Seine stählernen Nadeln klapperten fröhlich, seine großen Augen waren hingebungsvoll auf Johnny gerichtet. Solange er in der Nähe war, wichen sie nie von ihm.

»Figaros Hochzeit!«, sagte Johnny bitter und blickte der Neuerwerbung nach, auf die er vor kurzem noch so stolz gewesen war. »Dieser Kerl da ist eher reif für eine Beerdigung, wenn jeder das bekäme, was ich ihm von Herzen wünsche!«

3

Johnny schloss die Tür. Das schwache, bebende, ferne Vibrato der Streicher, das zur Arie der Gräfin ›Heil'ge Quelle reiner Triebe‹ überleitete, wurde hart abgeschnitten, wie durch einen Schlag. Der zweite Akt begann, das Haus war voll besetzt und aufnahmebereit; die geheimnisvollen, unsichtbaren Fäden der Spannung hoben bereits Darsteller und Zuschauer aus ihrem Alltagsdasein empor in eine Welt übermenschlicher Leistung, übernatürlicher Empfindsamkeit und Verständnisbereitschaft. Johnny schloss diese Musik mit finsterer Miene aus.

»Was ist los?«, fragte Gisela und drehte sich von ihrem Spiegel um. Marcellinas Mantilla lag drüben auf dem Sofa an der Wand, aber sie trug immer noch das schwarze Spitzengewand mit dem knappen Mieder aus schwarzer Seide. Sie hatte eigentlich nicht die richtige Figur für einen Opernstar. Er hätte ihre Taille fast mit beiden Händen umfassen können. Er versuchte es auch und lächelte leise vor sich hin, als er seine langen Finger streckte. Seine Stirn war jedoch immer noch umschattet.

»Etwas muss geschehen sein«, stellte Gisela fest. »Was denn?«

»Ja, es ist etwas geschehen. Gestern, nach der Probe. Ich hab' danach versucht, dich ans Telefon zu bekommen, aber du warst nicht zu Hause. Und heute hatte ich noch keine Gelegenheit, vor dem Beginn der Vorstellung unter vier Augen mit dir zu sprechen.«

»Ich hab' gleich gewusst, dass etwas sein musste, weil du nicht in deiner Loge warst.« Gisela warf Marcellinas lange Spitzenhandschuhe von dem Hocker vor ihrem Spiegel und zog Johnny zu sich herab. »Erzähle!«

Er erzählte es ihr, und zwar ganz unverblümt und direkt. Sie hörte ihm schweigend zu. Ihr Blick wich nicht von seinem Gesicht. Der Schatten übertrug sich nun auch auf sie. Schließlich tastete sie sich behutsam durch all die Jahre zu einer Zeit zurück, von der er ihr so oft gesagt hatte, sie solle sie vergessen, und sagte: »Du meinst, du hast ihn in Italien an Bord genommen. Bist du dir dessen ganz sicher?«

»Ja, jetzt schon. Seit dem Augenblick seiner Ankunft bin ich das Gefühl nicht losgeworden, dass ich ihn früher schon einmal gesehen habe, dass ich ihn eigentlich kennen müsste. Aber natürlich kannte ich ihn von Fotos – wer kennt ihn schließlich nicht! –, und darauf führte ich die Erinnerung zurück. Aber als er diese Fahrt erwähnte, da wusste ich wieder Bescheid. Ich bin ganz sicher.«

»Dann weiß er zumindest etwas über zwei Personen. Kann er ihnen Schwierigkeiten machen? Wird sich denn irgendjemand nach so langer Zeit noch dafür interessieren, die Sache wieder aufzugreifen, selbst wenn die beiden damals mit gefälschten Papieren ins Land kamen?«

»Das glaube ich schon. Ihr wird vermutlich nichts geschehen – sie wird alt und lebt sehr zurückgezogen. Mit ihr hatten sie nie irgendwelchen Ärger. Aber der Professor ist ein Mann mit einem Gewissen, das man nicht zum Schweigen bringen kann. Er steckt bis über beide Ohren in der Kampagne für atomare Abrüstung; seine Freunde haben jetzt schon alle Hände voll zu tun, ihn von der Aktionsgruppe und vom Gefängnis fern zu halten. Und selbst wenn er sich folgsam wie ein Lamm verhielte«, sagte Johnny und fuhr sich verzweifelt mit der Hand durchs Haar, »hat es die Regierung nicht gern, wenn sie übergangen wird.«

»Dann darf eben Chatrier die Maschine nicht in Bewegung setzen«, sagte sie. »Was auch immer geschieht.«

»Nein, das darf er nicht. Was meine eigene Vergangenheit betrifft, so könnte ich mich schon verteidigen, wenn es dazu kommt. Aber sie könnte ich nicht schützen. Jetzt, wo wir wissen, welche Karten er in der Hand hält, wird er stets eine Gefahr darstellen. Selbst wenn ich ihm freie Bahn mit der Kleinen ließe – lieber schicke ich ihn zum Teufel –, könnte ich mich nie wieder vor ihm sicher fühlen. Im erstbesten Augenblick, wo er sich in die Ecke gedrängt fühlt und irgendeine weitere Konzession anstrebt, wird er erneut mit seiner Drohung herausrücken. Ich könnte Erkundigungen über ihn einholen. Vielleicht findet sich in seiner eigenen Vergangenheit genug, was ihn veranlassen könnte, den Mund zu halten, wenn wir dahinter kämen, aber das dauert zu lange. Es geht nicht einmal so sehr um Hero«, sagte er und rieb sich besorgt die Stirn. »Das hab' ich bemerkt, als die Karten auf dem Tisch lagen. Er hat mich wissen lassen, dass er glaubt, hier tun und lassen zu können, was ihm beliebt, sonst …! Eine Einrichtung wie unser Theater übt auf einen Mann, dessen Stimme von jetzt an auch nicht besser wird, eine mächtige Anziehungskraft aus. Ich bemerkte eine Art träumerischen Blick in seinen Augen, als glaubte er schon, in ein oder zwei Jahren Direktor des ganzen Ladens zu sein.

Kannst du dir eine bessere Altersversorgung für einen Mann wie ihn vorstellen?«

»Mach die Tür auf«, sagte Gisela. »Du verpasst sonst ›Sagt, holde Frauen‹.«

Er warf einen raschen Blick auf seine Uhr und sprang auf. Als die Tür geöffnet war, drangen die Töne von der Bühne schwach, aber glasklar herauf. Hero war schon mitten in ihrer Arie. Die Töne klangen leicht und echt, voller Bewegung und Feuer herauf – die Klage eines Jungen, der sich in die Liebe verliebt hat.

Johnny stand mit geneigtem Kopf da, voll väterlicher Liebe, voll Stolz, ein albernes Lächeln auf dem Gesicht. Gisela wandte für eine Sekunde den Blick ab, um ihre Zigarette auszudrücken. Dabei bemerkte sie im Spiegel genau denselben albernen Gesichtsausdruck bei sich selbst.

Trotz ihrer Besorgnis musste sie lächeln.

»Ist sie nicht gut?«, flüsterte Johnny so linkisch, als handelte es sich um ein Eigenlob.

»Sie ist sehr gut, Johnny. Und sie wird noch besser. Viel besser.«

Sie wartete, bis er die Tür wieder geschlossen hatte, dann sagte sie: »Heros Verhalten macht mir Sorgen, Johnny. Sie hat doch sonst, was Männer betrifft, einen so gesunden Instinkt. Wie kann sie da auf Chatrier hereinfallen? Bist du auch ganz sicher, dass du dich nicht täuschst?«

»Was Hero angeht, so weiß ich überhaupt nichts mehr sicher«, gab er betrübt zu. »Ich glaubte sie so gut zu kennen, und nun hat sie mich ganz durcheinander gebracht. Aber wenn sehr junge Mädchen verliebt sind, benehmen sie sich manchmal seltsam, nicht wahr?«

Natürlich stimmte das. Aber Gisela runzelte immer noch zweifelnd die Stirn. »Weißt du – ich muss mich da wohl getäuscht haben, aber ich hatte tatsächlich den Eindruck, dass sie sich eigentlich für Hans interessierte.«

»Hans?« Johnny stieß ein kurzes, spöttisches Lachen aus. »Wenn's nur so wäre! Sie kann ihn nicht ausstehen, ganz besonders nicht seit der Rolle, die er vorgestern Abend gespielt hat. Sie stoßen sich aneinander, wenn sie sich in die Quere kommen. Hast du sie nicht im ersten Akt gesehen?«

Seine besorgten Augen funkelten in der Erinnerung für eine Sekunde auf.

»Für die Vorstellung ist das übrigens sehr gut. Ich hab' noch nie zuvor eine Figaroaufführung gesehen, wo der Graf und Cherubino aneinander so echte Funken schlugen. Dadurch bekommt das alles mehr Gewicht. Man spürt die absurde Rivalität zwischen dem eifersüchtigen Gockel und dem Grünschnabel, und gleichzeitig liegt etwas Echtes darin, nur ein Vorgeschmack der noch kommenden Rivalität – der echten, hemmungslosen. Das hat Hans auch von Tonda und Inga abgelenkt, was dem Stück noch besser bekommt. Die beiden hingen ihm vorher dauernd am Hals. Dabei sollten sie ihn doch mit Krallen und Zähnen bekämpfen. Jetzt ist ihr Blut in Wallung geraten, und sie gehen wirklich auf ihn los.«

»Ich hab's bemerkt«, sagte Gisela trocken. Sie lächelte ihn für einen Augenblick an, weil seine Freude an der Perfektion der Vorstellung auch sie erwärmte.

Der erste Akt war ausgezeichnet gelaufen; die Uhrfeder war aufgezogen, Spiel und Gegenspiel der handelnden Figuren liefen mit einer Präzision ab, die alles zu einer überzeugenden Realität verschmelzen ließ; die Musik hüllte das Drama in eine lichtdurchflutete Pracht und ließ alles zeitlos und universell werden; des Grafen herrschsüchtiges Geschimpfe, Cherubinos bebende, romantische Schüchternheit, Figaros hinterhältiges, verdecktes Feuer, Susannas klug eingesetzten Charme. Franz, der vom Cembalo aus dirigierte, sprühte vor Einfällen. All das, was sich auf der Bühne abspielte, schien einer inneren Überzeugung zu entspringen, die sie alle beherrschte, wie auch ein Schlafwandler nicht fehlgehen kann. Selbst als der Graf Cherubino verärgert aus dem tiefen Sessel holte und ihm einen hörbaren Klaps auf die seidene Kehrseite versetzte, hatte es nur wie eine Inspiration gewirkt, eine Improvisation, die sich unweigerlich aus der verzweifelten Eifersucht Ihrer Hoheit des Grafen Almaviva ergeben hatte.

Aber Gisela sah plötzlich klarer; war das nicht, dachte sie, eine passende Gelegenheit, in dem privaten Kampf zwischen den beiden einen geschickten Schlag anzubringen, der ganz und gar nichts mit da Pontes Libretto zu tun hatte? Vielleicht waren Johnnys Sorgen wegen Hero unbegründet. Vielleicht!

Doch die anderen Sorgen blieben. Das Problem war keinesfalls gelöst, und jeder Gedankengang führte unweigerlich wieder zurück zu Marc Chatrier.

Johnny war auf einem eigenen, weiteren Umweg zu genau demselben unüberwindlichen Hindernis zurückgelangt. Sie griff nach der schwarzen Mantilla und legte sie vorsichtig über ihre hochgetürmte Haarpracht. Er stand hinter ihr, sah ihrem Spiegelbild in die Augen und half ihr, die Falten um die Schultern zu drapieren.

»Ich könnte ihn natürlich umbringen«, sagte er nachdenklich.

»Rede doch keinen solchen Unsinn!«, sagte Gisela scharf. »Gib mir meine Handschuhe, ich muss gleich zu meinem Auftritt hinaus. Und für dich wär's besser, wenn du mit nach unten gingst, um dir die Aufführung anzusehen.«

Johnny legte den langen Spitzenschleier gerade und betrachtete sie dann mit verschlossener, finsterer Miene.

Sie nahm ihm die Handschuhe ab, schlüpfte hinein und rollte sie bis an die Ellbogen hinauf.

»Du brauchst niemanden zu töten«, sagte sie. »Was auch geschehen mag, weder du noch irgendjemand, der dir nahe steht, soll unter Marc Chatrier zu leiden haben. Mach dir keine Sorgen um Hero, und sorg dich auch nicht um die Leute. Geh hinunter und freu dich! Lass dir diesen Abend von keinem verderben. Morgen ist auch noch ein Tag.«

Johnny stand eine Weile stumm da und sah sie mit etwas schiefem Lächeln an. Dann beugte er sich impulsiv vor und gab ihr einen Kuss auf die Wange.

»Marcellina, du bist doch ein prächtiges Mädchen! Aber halte dich da 'raus und überlass das Schlangentöten mir. Komm, nimm deinen Vertrag und schau dich nach deinem Anwalt Doktor Bartolo um, sonst haut dein Figaro noch ab!«

Er wollte sie zur Tür ziehen, hielt jedoch inne und schnitt eine Grimasse.

»Mädchen, stell dir bloß vor, er hätte wirklich einen Ehevertrag mit dir geschlossen! Was für ein grässliches Schicksal!«

Bevor er in der großen Pause die Bar verließ, sagte er noch ein nettes Wort zu Codger, der wie immer darauf brannte, seine Aufmerksamkeit zu erregen und sich wie immer abquälte, seinen verwirrten Sprachorganen ein Wort abzuringen.

Jeder tat Codger diesen kleinen Gefallen. Selbst Franz dämpfte seine Explosionen, sobald Codger in Hörweite erschien, wenn einmal bei der Probe alles schief ging und er das Ensemble schärfer anfuhr als ein Feldwebel einen Haufen dummer Rekruten.

»Ein neuer Pullover, Codger! Ist mir noch gar nicht aufgefallen.« Diesmal war es ein angenehmes Blaugrau. Die Kante war fast fertig. Fünf Zentimeter breit stand sie steif von den leuchtenden Plastik-Stricknadeln ab. Dolly kaufte immer die Wolle für ihn. Allerdings nahm sie ihn manchmal mit und ließ ihn die Farbe aussuchen. Niemand erhob Einwände, wenn er sich für Pastellrosa oder ein modisches, leuchtendes Purpur entschied. »Ist der grüne schon fertig? Wer kriegt den hier, wenn er fertig ist?«

Codger bewegte die Lippen und zog Grimassen. Qualvoll suchte er nach dem Ausdruck, der ihm jedoch immer wieder entschlüpfte.

»Er ist für den Grafen Almaviva«, übersetzte Sam bereitwillig. »Codger mag den Jungen sehr gern, wie's scheint.«

»Ich bin sicher, dass er ihm gut passen wird«, sagte Johnny freundlich. »Er wird ihm jedenfalls besser stehen als diese seidene Weste.«

Die kleine Mühe, Codger ein nettes Wort zu sagen, wurde jedes Mal überreichlich belohnt. Er ging mit Sam weg und strahlte. Er war mit so wenigem zufrieden, verstand so wenig, aber was er einmal kapiert hatte, das ließ er auch nie wieder los.

Johnny wollte noch auf einen Sprung zu Hero, ehe er für den dritten Akt seine Loge aufsuchte.

Er war nicht ganz sicher, ob sie ihm immer noch böse war, weil er den gestrengen Vater herausgekehrt hatte; deshalb klopfte er mit gar nicht nur gespielter Zaghaftigkeit an ihre Garderobentür. Doch der scheue Kadett, sehr schlank in weißen Reithosen und bestickter Uniformjacke, drehte sich grinsend zu ihm herum. Sie war zu sehr mit den näher liegenden Sorgen beschäftigt, um noch an irgendwelchen nebensächlichen Ärger zu denken.

»Hallo, Kleines«, sagte Johnny.

»Hi, Skipper! Na, wie bin ich?«

Sie legte sich gerade das Kleid zurecht, das sie mitten im dritten Akt über ihre Uniform zu ziehen hatte. Dann musste es möglichst schnell gehen und innerhalb kürzester Zeit zugeknöpft sein.

»Großartig bist du!«, sagte er aufrichtig. Er gab ihr einen impulsiven Kuss. Sie bot ihm liebevoll die Wange dar, antwortete mit einer hastigen Umarmung, aber offenbar war ihr nicht einmal aufgefallen, dass er den ganzen zweiten Akt über nicht in seiner Loge gewesen war. Er war so stolz auf sie, dass er kaum reden konnte, ohne überschwänglich zu werden.

»Wenn das hier vorüber ist, bin ich ein dankbarer Fall für Herrn Freud«, sagte Hero und schob ihn beiseite als das erste Klingelzeichen ertönte. »Du hast ja keine Ahnung, wie schwierig es ist, ein Mädchen zu sein, das vorgibt, ein Junge zu sein, der vorgibt, ein Mädchen zu sein.«

»Du wärst wirklich ein überzeugender Transvestit«, sagte Johnny, versetzte ihr einen Klaps und wandte sich zur Flucht. In einer Hinsicht fühlte er sich zumindest etwas erleichtert. Sie war vielleicht böse auf ihn, aber es schien nicht allzu tief zu gehen. Sie würden wieder so gut wie früher miteinander auskommen, wenn sich nur der Stein des Anstoßes beseitigen ließe. Beseitigen. Das klang nicht nur einfach, sondern auch endgültig. Aber Zauberkraft hatte dieses Wort nicht, und auf einen bloßen Wunsch hin würde sich Marc Chatrier nicht in Luft auflösen.

Johnny sah sich den dritten Akt von seiner Loge aus an. Die verwickelte Handlung rollte mit hinreißendem Schwung ab. Susanna schien nachzugeben, der Graf schwenkte innerhalb weniger Augenblicke von Triumph zu Enttäuschung und Boshaftigkeit um, aber die erhoffte Rache schmolz dahin und glitt ihm während des Sextetts durch die Finger. Es stellte fast selbst eine kleine Novelle dar. Der verlorene Sohn und die bekümmerte, wenn auch unverheiratete Mutter umarmten sich endlich.

Dieser Anblick riss Johnny gewaltsam aus Mozarts Zauberküche in seine eigene missliche Lage zurück: Gisela und Marc Chatrier in enger Umarmung. Er war selbst erstaunt, welche Wut ihn plötzlich überkam. Man müsste es verhindern, dass sie diesen Kerl überhaupt anzurühren hatte.

Und doch sah sie ihn in diesem Augenblick wahrscheinlich nur als Figaro; denn sie hatten dieses große und seltene Wunder vollbracht, nicht mehr Darsteller zu sein, sondern die echten, lebendigen Gestalten in Almavivas Schloss bei Sevilla.

Sie waren sich bei der unsterblichen Handlung nicht mehr bewusst, gesehen und gehört zu werden.

Und da kam Cherubino. Hand in Hand mit der Gärtnerstochter schlüpfte er über die Bühne, weil er sich zwischen den Mädchen des Dorfes verstecken wollte. Die Gräfin, groß, blass und edel, diktierte in ihrem Kummer ihrer Zofe den Brief, der ihren eifersüchtigen Ehemann schnurstracks in eine Falle locken sollte.

Dann kamen die Mädchen aus dem Dorf und brachten der Gräfin ihre Blumen dar. Cherubino als schüchterne ›Base vom Lande‹ benahm sich in den ungewohnten Röcken so ungeschickt, dass er zuerst der Gunst der Gräfin teilhaftig wurde, dann aber nach der Entdeckung des Betrugs die Schelte zu erdulden hatte. Aber wie wenig beeindruckt zeigte er sich doch! Die junge Nan Morgan, die Darstellerin der Barbarina, holte tief Luft und sprudelte ihre Fürbitte hinaus. Dabei erpresste sie in aller Unschuld den Grafen, ihn wieder laufen zu lassen.

Ihr Onkel, der Gärtner, führte Susanna vor den Grafen, hieß sie niederknien und ihren Brautschleier aus seiner Hand empfangen. Figaro wurde von seiner Mutter Marcellina hereingeführt, damit er dieselbe Gunst aus den Händen der Gräfin empfangen konnte. Giselas Spitzenröcke schwangen majestätisch um ihre Gestalt.

Sie und Chatrier traten von der Johnnys Loge gegenüberliegenden Seite auf. Er hatte ihre Gesichter genau vor Augen, noch dazu hervorragend beleuchtet. Sie lächelten und hielten sich fest bei der Hand. Aber er merkte, dass sich ihre Lippen bewegten, schwach, vorsichtig und kalt.

Er griff nach dem Theaterglas auf dem Sims unter der Brüstung. Normalerweise benutzte er es kaum. Giselas lächelnde Maske sprang ihm entgegen. Es war schon lange her, seit er zuletzt das Lippenlesen geübt hatte, und es ist ein großer Unterschied, ob man Berufsschauspieler beobachtet oder arglose Laien, die unbefangen miteinander reden. Aber er konnte es immer noch – es war eine der vielen Fertigkeiten, die er sich während des Krieges hatte aneignen müssen. Er beobachtete genau, verpasste aber immer wieder Worte, wenn sie die Lippen nicht deutlich genug bewegten.

Er merkte, wie sich auf Giselas Lippen fast unmerklich sein eigener Name abmalte.

»... Johnny anrühren«, las er ab.

Bei Chatrier war es schwieriger. Er wandte ihr das Gesicht zu, sodass Johnny ihn nur im Halbprofil vor sich hatte. Aber er las die Antwort: »... mich daran hindern?« Dann folgte, seltsamerweise mit dem Ausdruck erstaunlicher Vertrautheit: »Meine Liebe!«

»Ich hab' Sie gewarnt«, sagte Gisela klar lesbar. Hand in Hand drehten sie sich herum und traten vor den Grafen hin. Johnny konnte von ihren Lippen gerade noch deutlich ablesen: »Sie werden nicht lang genug leben, ihm etwas anzutun.«

Marcellina sank vor der Gräfin in die Knie, und zwar mit einer Eleganz, die sich angenehm von Susannas jugendlichem Ungestüm unterschied. Figaro trat von ihr zurück und nahm seinen Platz neben der eigenen Braut ein. Die Mädchen stimmten ihren Gesang zum Lob des Grafen an.

Der tolle Tag näherte sich seinem Höhepunkt, der dritte Akt damit seinem Ende.

Johnny packte das Glas wieder ein und legte es weg. Als er den Verschluss des Futterals zudrückte, zitterte seine Hand ein wenig.

Figaro hatte die Bühne ganz für sich allein, diese abgedunkelte Bühne, beschattet von den beiden Bäumen, die rechts und links im Hintergrund aufragten. Er schwor dem ganzen Frauengeschlecht Rache, seine Zeugen warteten, er hatte alles sorgsam vorbereitet. Er sang seine wutentbrannte Arie mit verhaltener, aber gewaltiger Leidenschaft.

Wie konnte ein so kleiner Geist nur die Gabe einer so großen Stimme beherrschen? Mit den letzten verbitterten Worten zog er sich in den Pinienhain der Bühne zurück und verschmolz allmählich mit dem dunklen Hintergrund, bis er nicht mehr zu sehen war.

Die kleine weibliche Verschwörergruppe erschien, die Gräfin, Susanna und Marcellina, verbunden durch die doppelte Treue von Frauen untereinander angesichts der Dummheit und Unvernunft der Männer. Sie wussten, dass jemand sie unsichtbar belauschte, und zwei von ihnen zogen sich freundlich zurück, um es der dritten zu überlassen, ihrem Liebhaber zur Strafe für sein Misstrauen die Daumenschrauben noch ein wenig enger zu drehen. Marcellina folgte Barbarina in die linke Baumecke, die Gräfin huschte unter die Bäume.

»›Jetzt naht die große Stunde der Entscheidung‹«, sang Figaro wild im Dunkeln.

Der Kreis hatte sich von dem Augenblick an, wo Chatrier aufgetreten war, geschlossen. Johnny musste plötzlich an jenen hoffnungsvollen Beginn zurückdenken, und unwillkürlich schreckte er vor dem ›O säume länger nicht‹ zurück. Tondas Stimme war klar wie ein Bach im Frühling. Sie hatte die Bühne jetzt ganz für sich, warf den hübschen Kopf in den Nacken, und ihre Kehle formte die Töne wie eine Kette herrlicher, schwebender Perlen.

Johnny riss sich von ihrem Anblick los und verließ ohne jedes Geräusch seine Loge.

›Komm, dass ich kränze, kröne dein Haupt – mit Rosen‹.

Das Nachspiel verfolgte Tonda, als sie sich zwischen die Bäume zurückzog. Es verflackerte wie eine Kerze, die in der Nacht entschwindet. Und dann, als Figaro sein zischendes ›Schändliche‹ ausstoßen sollte, als Cherubino mit einem Pfiff auf den Lippen aus der Kulisse trat und die Gräfin leise aus dem Gebüsch herbeischlich, da stieß Tonda einen schrillen hohen Ton aus, der nicht in der Partitur stand.

Es war der Gipfelpunkt aller Schreie; er jagte wie ein Pfeil zum Dach des Hauses empor, durchstieß es und drang hinaus in die Nacht.

Cherubino war gerade in einem verlegenen Auftritt begriffen. Nun zuckte er zusammen, als sei ihm dieser Ton wie eine scharfe Spitze unter die Haut gefahren. Die Gräfin ließ ihr Taschentuch fallen und fuhr mit deutlich hörbarem Luftholen herum. In den Kulissen tauchten Gesichter auf. Das Publikum wurde unruhig, raschelte, flüsterte. Und Tonda holte erneut Luft; sie schrie und schrie und schrie, bis Franz vom Orchesterraum hektische Zeichen gab und der Vorhang zwischen zwei wilden Aufschreien fiel.

Die Bühnenbeleuchtung flammte auf. Alles war in gleißendes Licht getaucht, das ganze Ensemble kam gelaufen. Tonda lag als wimmerndes Häufchen Elend auf den Brettern, presste beide Hände ans Gesicht und starrte entsetzt auf Figaro, der zwischen den Theaterbäumen flach auf dem Gesicht lag. Ein hübscher kleiner Galadegen steckte aufrecht und leise zitternd in seinem Rücken.

4

»Ja«, sagte Hero, »natürlich erkenne ich ihn. Er gehört mir. Damit will ich nicht nur sagen, dass ich ihn in der Oper zu tragen habe. Das auch – aber er gehört mir wirklich. Mein Vater hat ihn mir in Salzburg gekauft. Er wurde seinerzeit für den dreizehnjährigen Sohn eines Grafen gemacht, den Namen hab' ich wieder vergessen. Es war ein richtiger kleiner Degen, kein Spielzeug.«

Sie stand hoch aufgerichtet vor Inspektor Musgrave, bleich, aber entschlossen. Der Blick ihrer grauen Augen schwenkte zwischen seiner täuschend-milden Miene und dem Notizbuch auf seinen Knien hin und her. Er war ein grauer, pedantischer Mann von ungefähr fünfzig Jahren in einem Smoking. Die dicken Gläser ließen seine fast wimpernlosen Augen etwas vergrößert erscheinen. Seine scharfen, leicht reizbaren Züge ließen mehr an einen routinierten, intoleranten Justizangestellten als an einen Kriminalbeamten denken. Doch die kräftige, wohl beleibte Gestalt in der vornehmen Kleidung deutete mehr auf einen autokratischen, im Großen und Ganzen aber wohl wollenden Fabrikmanager hin, der sich einen freien Abend in der Oper gönnt.

Johnny hatte sich nach einem Arzt erkundigt und nicht auch noch mit einem Kriminalinspektor gerechnet. Wer erwartet auch schon, dass ein Beamter von Scotland Yard in der dritten Reihe des Parketts sitzt?

Während Musgrave seine Fragen stellte, war seine rechte Hand unentwegt mit Zeichnen und Schreiben beschäftigt. Hero sah, dass er die Positionen des letzten Aktes auf der obersten Seite skizziert hatte. Darauf waren eine Menge Punkte verteilt. Ein Punkt war wohl Tonda, mitten auf der Bühne. Ein anderer Punkt konnte nur Inga sein – im Schatten der Bäume nahe dem Hain auf der rechten Seite. Ein X markierte die Stelle, wo der Tote hingestürzt war. Hero musste zu der leeren Stelle auf den Brettern hinübersehen, von wo sie den Toten entfernt hatten, nachdem die örtlichen Polizeibeamten, die Fotografen und der Polizeiarzt ihre Arbeit beendet hatten. Nur ein kleiner, unregelmäßig geformter Blutfleck kennzeichnete jetzt noch die Stelle. So klein! Wer hätte gedacht, dass ein Mensch, wenn er stirbt, so wenig an Spuren zurücklässt?

»Und Sie sollten den Degen als Bestandteil Ihres Kostüms tragen«, fuhr Musgrave fort. »Ich habe ihn natürlich gesehen. Sie hatten ihn umgeschnallt, als sie im dritten Akt mit Barbarina durch die Halle liefen. Bei Ihrem nächsten Auftritt trugen Sie dann ein Kleid über Ihrer Uniform. Hatten Sie dabei auch den Degen um?«

»Nein, unter den Röcken war er mir zu lästig.«

Er malte sorgsam einen winzigen Kreis in die Kulissen seines Plans und schrieb zwei Namen daneben: Max Forrester und Ralph Howell. Nach ihrer Aussage hatten sie beisammengestanden, als Alarm gegeben wurde. Und in den Kulissen auf der gegenüberliegenden Seite stand der Graf, dieser junge Österreicher Selverer, zum Auftritt bereit. Und hier, dicht bei Forrester und Howell, das Mädchen, das gerade auf die Bühne trat, ein wenig verlegen, ein wenig verwirrt – und ohne den hübschen kleinen Degen.

»Aha. Und wann haben Sie ihn dann zuletzt gesehen? Sie trugen ihn doch während des vierten Aktes nicht mehr, wie?«

»Nun ja – schon. Aber ich …« Sie holte tief Luft, schluckte diese etwas wirre Einleitung hinunter und begann von neuem: »Ich wollte ihn eigentlich im vierten Akt wieder tragen und legte ihn auch an. Aber dann riss das Gehänge, bevor ich wieder auf die Bühne musste. Ich … Es ging im Verlauf einer Auseinandersetzung entzwei.«

Das klang sehr protokollgerecht. Sie wusste selbst nicht, woher, aus welchen Tiefen ihres Gedächtnisses sie es ausgegraben hatte.

»So?«, fragte Musgrave freundlich. »Eine Auseinandersetzung mit wem?«

»Mit Mr Chatrier«, antwortete sie hastig.

Der junge Hans Selverer hatte sich während der Unterhaltung langsam und unauffällig um den Kreis gespannter Zuschauer herum auf sie zugeschoben, aber in diesem Augenblick blieb er ruckartig stehen und sah sie über den noch verbleibenden Zwischenraum von wenigen Metern hinweg mit besorgtem Stirnrunzeln an.

Musgrave hob mit einem Ruck den Kopf von seiner Zeichnung und sah sie scharf an. Hinter seiner Brille tanzten Lichtpunkte und ließen seinen Blick weniger mild und sanft erscheinen.

»Wollen Sie damit sagen, dass Sie tatsächlich in eine Art Handgemenge mit ihm verwickelt wurden?«

Er hatte die Scheide des Schmuckdegens quer über den Knien liegen und hob sie nun vorsichtig mit einem Taschentuch umwickelt hoch, um das ausgefranste Ende des regenbogenfarbenen Bandes genauer betrachten zu können. Offenbar war es vorn gerissen, wo es quer über die Brust verlief. Besonders bemerkenswert daran war, dass das verbliebene kürzere Ende – es maß vielleicht fünfundzwanzig Zentimeter – aus der Befestigung gerissen war. Nur ein paar Fäden hingen noch im silbernen Beschlag der Scheide, wo sie vorn am Gehänge befestigt war. Das Stück Band fehlte ganz. Das andere Ende war lang genug, um über ihren schlanken Rücken hinweg wieder bis vorn auf die Brust zu reichen. Dieses Ende hing noch fest in der silbernen Schnalle.

»Natürlich ist mir klar, dass keine allzu große Gewaltanwendung dazu gehört, dieses Band durchzureißen. Trotzdem kann es nicht gut von allein entzweigegangen sein. Wie ist das also gekommen? Hatten Sie eine handgreifliche Auseinandersetzung mit ihm?«

»Ja«, antwortete Hero matt.

»Bitte«, sagte Hans, der sie eine halbe Sekunde vor Johnny erreichte und sie mit seinem starken jungen Arm stützte, »lassen Sie sie doch …«

»Kleines«, sagte Johnny besorgt und hielt sie von der anderen Seite fest. »Weißt du denn überhaupt, was du da sagst? Warum bist du nicht zu mir gekommen, wenn er dich belästigt hat? Ich …«

Sie schüttelte alle beide sanft, aber entschieden ab und trat einen Schritt näher an Musgrave heran. Er hatte das kurze Zwischenspiel geduldig und interessiert abgewartet. »Was habe ich denn zu befürchten? Ich will ihm alles sagen!«

»Eine sehr vernünftige Einstellung«, bemerkte Musgrave und malte einen weiteren Punkt auf seinen Plan: für Marcellina, die mit der Darstellerin der Barbarina in dem Hain auf der linken Bühnenseite gewartet hatte. Wieder zwei beisammen – sie hatten Glück. Er warf Gisela einen Blick zu. Sie saß mit gefalteten Händen auf der Marmorbank ganz auf der Seite, geduldig und beherrscht. Ihre wachsamen Blicke huschten von einem Gesicht zum anderen.

»Worum ging es bei Ihrer Auseinandersetzung?«, fragte er und wandte sich damit wieder an Hero. »Ein amouröser Annäherungsversuch?« Das erschien ihm während einer kurzen Pause im Theater ihres Vaters kaum denkbar. Genau das sagte er ihr auch. Hero zögerte, dann überflutete plötzliche Röte ihr bisher blasses Gesicht.

»Nun, zum Teil bin ich selbst daran schuld. Bis zu einem gewissen Grad habe ich ihn wohl – herausgefordert.«

»Kleines«, sagte Johnny hastig, »jetzt übertreibst du aber. Du weißt doch selbst, dass nichts daran war.« Er wandte sich an Musgrave und fragte in hoffnungsvollem Ton: »Sie haben nicht zufällig ein paar gerade erst erwachsene Töchter, wie? Schade. Dann wüssten Sie wenigstens, wie das ist. Ihre ganze Herausforderung bestand darin, dass sie sich von ihm zwei Mal zum Mittagessen und einmal zum Abendessen einladen ließ. Wenn ich mich nicht ein wenig überbesorgt gezeigt hätte, wäre ihr dieser Gedanke niemals gekommen. Herausgefordert! Das ist dafür ein geradezu lächerlicher Ausdruck!«

»Aha. Sie haben mit ihm also nur einmal zu Abend gegessen.«

»Nein, eigentlich gar nicht. Ich wollte zwar, aber …«

Sie wusste nicht recht, wie sie diesen Zwischenfall umgehen sollte, und ehe sie sich versah, war alles heraus. Vermutlich war es besser, er erfuhr es von ihr als von den Angestellten des Grand Eden. Was sie dabei verschwieg, konnte Musgrave sich vermutlich selbst zusammenreimen.

»Mr Selverer musste meinen Vater wegen einer anderen Sache ohnehin anrufen und erwähnte dabei, dass ich im Hotel sei. Mein Vater bat ihn, mich sofort nach Hause zu bringen. Das tat Mr Selverer auch.« Damit vereinfachte Hero die Sache ziemlich drastisch.

Musgrave erhob keinerlei Einwände, sondern betrachtete nur kritisch seine Zeichnung und sagte sanft: »Chatrier hatte also einigen Anlass, sich von Ihnen ermutigt zu fühlen. Und heute ging er eben einen Schritt zu weit. Wann fand diese Auseinandersetzung statt? Und wo?«

»Auf dem Gang vor meiner Garderobe. Es war kurz bevor er – bevor er getötet wurde. Während Gisela gerade Marcellinas Arie sang. Wissen Sie, Figaro war unter Rachedrohungen abgegangen, dann sagt seine Mutter, sie werde Susanna warnen, da Frauen zusammenhalten müssten – und dann hat sie diese ziemlich lange Arie …«

»Danke, ich bin mit der Oper ziemlich gut vertraut. Ich weiß genau, welche Stelle Sie meinen. Er kam also gerade von der Bühne, und Sie traten aus Ihrer Garderobe, bereit für Ihren Auftritt in der Mitte des Aktes.«

»Ja, aber ich hatte noch eine Menge Zeit. Ich traf ihn auf dem Korridor, und er – er wollte mich aufhalten, ich sollte mich mit ihm unterhalten, aber das wollte ich nicht. Ich stieß ihn weg und wandte mich ab, da packte er das Band des Gehänges, und es riss entzwei. Er behielt das Gehänge mitsamt dem Degen in der Hand, und ich rannte einfach in meine

Garderobe zurück. Ich schloss hinter mir ab, weil ich wusste, dass er in wenigen Minuten, noch vor mir, seinen nächsten Auftritt hatte. Ich brauchte nur abzuwarten. Er versuchte mich zu überreden und herauszulocken, doch dann hörte ich, wie er den Degen fallen ließ und wegging.«

»Haben Sie die Tür geöffnet und den Degen hereingeholt?«

»Nein. Ich wartete noch ein paar Minuten, um ganz sicher zu sein, dass er auch wirklich fort war. Ich hatte es ja nicht eilig. Als ich dann die Tür öffnete, waren Degen und Gehänge verschwunden.«

»Haben Sie niemanden an Ihrer Tür vorübergehen hören? Niemanden, der ihn genommen haben könnte?«

»Ich habe nichts bemerkt. Natürlich gehen oft Leute hin und her, aber ich habe mich nicht besonders darum gekümmert. Ich habe nicht gelauscht, falls Sie das meinen. Ich wusste ja, dass er gehen musste, ich brauchte nur die wenigen Minuten zu warten. Ich …« Diesmal verfärbte sich ihr Gesicht noch dunkler. »Ich beschäftigte mich noch einmal mit meiner Schminke, sie war nicht mehr ganz in Ordnung.«

»Der Degen war also verschwunden. Sie haben ihn danach nicht wieder gesehen? Erst später, als er – hm – unter so seltsamen Begleitumständen wieder auftauchte?«

»Ich habe ihn davor nicht wieder gesehen.«

»Und Sie haben auch keine Ahnung, wer ihn von Ihrer Garderobentür weggenommen haben könnte?«

»Nicht die leiseste Ahnung.«

Musgrave schmückte seinen Plan mit einigen Fragezeichen, die den mutmaßlichen Aufenthaltsort einiger Randfiguren wie beispielsweise Sam Priddy kennzeichneten. Dann sah er Johnny mit einem sehr beherrschten Lächeln an.

»Sie scheinen sich zu Recht einige Sorgen wegen der Beziehungen Ihrer Tochter zu dem Toten gemacht zu haben, Mr Truscott. Darf ich daraus schließen, dass Sie Chatrier nicht leiden konnten? Oder war es nur eine Frage des Altersunterschieds? Ich verstehe durchaus, dass Miss Truscott eine Menge Verehrer anzieht …«

»Das stimmt. Ich konnte ihn nicht leiden«, antwortete Johnny offen. Dieser Umstand würde ohnehin herauskommen. Da war es besser, er sprach ihn selbst aus, als dass die Polizei aus anderer Quelle davon erfuhr. »Ich hatte Grund zu der Annahme, dass er in meiner Tochter nur eine Art Goldgrube sah, und meine Einstellung ihm gegenüber war genauso, wie man es von einem Vater in dieser Situation erwarten darf. In beruflicher Hinsicht hatte ich gegen ihn nichts einzuwenden. Er war ein hervorragender Künstler.«

Musgrave betrachtete ihn unverwandt und sagte sich: Das ist zweifellos nicht der Typ, der nicht selbst mit seinen Problemen fertig zu werden versteht, und zwar auf normale Art und Weise – ohne es nötig zu haben, zu einem so extremen Mittel wie einem Mord zu greifen. Dem jungen Mann war es schon eher zuzutrauen, dass seine Eifersucht auf einen Älteren, der offenbar einige Gunstbeweise empfangen hatte, ihn ziemlich weit trieb. Aber andererseits: Töchter können einem manchmal schwer zusetzen, und die Möglichkeit war nicht auszuschließen …

Musgrave malte ein ordentliches, winziges Fragezeichen hinter den wandelnden Punkt, der Johnny darstellte. Hans Selverer hatte sein Fragezeichen schon bekommen. Sicher konnten die Kellner im Grand Eden mit ein paar Details aufwarten.

»Schön. Ich glaube, jetzt weiß ich so ungefähr, wo sich jeder der Anwesenden in der fraglichen Zeit aufgehalten hat. Bemerkenswert ist, dass wir nur einen so kurzen Zeitraum zu klären haben. Chatrier wurde zuletzt mit Sicherheit gesehen oder gehört, als er das abschließende ›Jetzt naht die große Stunde der Entscheidung!‹ sang, und zwar während Susannas kurzem Dialog mit der Gräfin vor der Rosenarie.

Als sich Susanna am Ende ihrer Arie zwischen die Bäume zurückzog, war er schon tot. Oder, genauer ausgedrückt: Der Anschlag, dem er zum Opfer fiel, hatte bereits stattgefunden. Es geht um nicht mehr als fünf Minuten. Bei einem etwas flotteren Tempo wären es nicht einmal fünf Minuten.«

»Sie finden mein Tempo zu langsam?«, fragte Franz zornbebend. »Ist es Ihnen denn lieber, wenn Susanna ihre Arie im Galopp herunterrasselt? Soll denn mitten in diesem ganzen Unfug nicht wenigstens eine kleine Atempause sein? Wenn Sie mir beibringen wollen, wie man den Figaro dirigiert, dann zeige ich Ihnen, wie man Mörder fängt!«

»Ich will ja nicht überkritisch erscheinen, aber ich könnte dazu hervorragende Fachleute zitieren.« Seine sanften Augen sprühten zum ersten Mal wirklich Feuer. Dieser Mann schien tatsächlich leidenschaftlich opernbesessen, und die Eintrittskarte war wohl doch kein Geschenk eines wohlmeinenden Freundes oder einer geltungssüchtigen Frau. »Ich darf zumindest erwähnen«, sagte er in herausforderndem Ton, »dass ich wirklich überrascht war, in diesem Theater eine gekürzte Fassung des Figaro zu erleben!«

Nun fing auch Johnny Feuer. »Die Kürzung fand auf meinen Wunsch statt und nicht aus Gründen der Zeitersparnis. Diese Kürzung tut dem Werk nur gut.« Seine Stimme drückte es klar und deutlich aus: Wollen Sie Streit mit mir bekommen?

»Aber die Eselshaut-Arie herauszunehmen, eine so schöne Arie ...«

»Hört, hört!«, murmelte Ralph Howell gerührt aus dem Hintergrund. »Und dazu noch die Einzige, die Basilio für sich allein hat!«

»Ja, eine sehr schöne Arie«, sagte Johnny scharf. »Nur hat sie absolut nichts mit der Handlung zu tun. Wir haben sie gestrichen, weil es mir aus dramaturgischen Gründen richtig erschien. Deshalb haben wir Barbarinas Rezitativ an diese Stelle verlegt. Der zeitliche Ablauf stimmt dann besser. Wir nehmen niemals Kürzungen aus einem anderen Grund als der Steigerung der Spannung vor.«

»Schön, das hätten wir also«, sagte Forrester trocken. Er brachte unter Doktor Bartolos weiter Spitzenmanschette eine Armbanduhr zu Tage. »Zwei Uhr morgens, und wir müssen uns mit Mord und Musikkritik beschäftigen. Eins möchte ich nur gern wissen: Wann können wir wenigstens die Damen zu Bett schicken?«

»Dauert nicht mehr lang.« Musgrave nahm hastig seinen Faden wieder auf. Was sollte der zuständige Inspektor von ihm denken? Vor allem, nachdem er sich so bereitwillig, freundschaftlich und durchaus gegen die Dienstvorschriften damit abgefunden hatte, dass Musgrave vor ihm zur Stelle war? »Wenn niemand mehr diesen vorläufigen Aussagen etwas hinzufügen möchte, dann können wir, denke ich, die Damen entlassen.«

Er betrachtete der Reihe nach die Gesichter der Frauen, die in der Hoffnung auf baldige Erlösung etwas von den deutlichen Anzeichen völliger Abspannung verloren. Der zuständige Inspektor hatte während der Befragung kaum etwas gesagt. Jetzt betrachtete er forschend die Gräfin, in deren blassblauen Augen es hoffnungsvoll funkelte.

»Miss Iverson, Sie wollten noch etwas hinzufügen?«

Der Sergeant hob erwartungsvoll seinen Kugelschreiber. Inga warf Hero aus den Augenwinkeln einen raschen Blick zu. Cherubinos himmelblauer Ärmel drückte sich dankbar an Hans Selverers schimmernde Brokatweste. Seine Hand umfasste schützend den zarten Ellbogen des jungenhaften Mädchens. Sie hatte ein bisschen zu jungenhaft getan, doch Inga ließ sich nicht länger täuschen.

Mit klarer, deutlicher Stimme sagte sie: »Ich warte nur darauf, dass Miss Truscott ihre Aussage berichtigt, aber anscheinend hat sie diese Absicht nicht. Da ich eine wahrheitsliebende Person bin, frage ich mich, was ich nun zu tun habe.«

Die Antwort hatte sie offenbar auch schon bereitliegen.

»Ich habe das zuvor nicht erwähnt, weil es mir nicht wichtig erschien. Aber ich wurde Zeugin dieser – Meinungsverschiedenheit zwischen Miss Truscott und einer anderen Person. Sosehr ich bedaure, dass sie mich dazu zwingt, es auszusprechen – es war nicht Marc Chatrier, der das Band ihres Gehänges zerriss.«

Sie genoss diesen Augenblick und das Erschrecken in den grauen Augen, die allein in Heros steinerner Miene noch zu leben schienen, genoss die aufflackernde Besorgnis in Johnnys Gesicht.

»Es war nämlich Mr Selverer«, erklärte Inga mit tiefer Befriedigung.

Man spürte förmlich bei allen das Summen und Vibrieren unterdrückter Erregung. Dem Grafen schoss das Blut ins Gesicht. Seine Finger schlossen sich fest um Heros bebenden Arm.

»Sie haben die beiden gesehen?«, fragte Johnny wutentbrannt. »Wo waren Sie denn?«

»Ich kam zufällig über den Korridor, als ich aus meiner Garderobe ...«

Tonda ließ ein hartes, verächtliches Lachen hören. »Glauben Sie ihr kein Wort. Sie ist bloß eifersüchtig, weil die Kleine da bei Selverer einen Stein im Brett hat. Die ist im Stande und sagt irgendetwas – alles Mögliche.«

»Wollen Sie mich eine Lügnerin nennen, Madame?« Inga zeigte nun eiskalt ihre Krallen. In ihren Augen flackerten Nordlichter.

Tonda hüpfte vergnügt von ihrem Stuhl hoch. »Ja, das will ich! Sie würden auch noch Schlimmeres tun, sie für ihre Jugend büßen zu lassen, nachdem Sie Selverer so lange vergebens nachgestellt haben.«

»Und Sie?«, kreischte Inga. »Sie italienisches Waschweib haben doch geradezu die Röcke gerafft, um ihm schneller nachrennen zu können. Sie wagen es, von Nachstellungen zu reden? Gerade Sie?«

»Ich leugne es ja gar nicht. Ich amüsiere mich gern, aber ich weiß auch, wann ich verloren habe. Es gibt genug Männer. Für Sie war er vielleicht die allerletzte Hoffnung.«

Johnny packte Tonda gerade noch rechtzeitig um die Hüfte, während Ralph Howell und Max Forrester von links und rechts Inga festhielten. So wurde mit knapper Not Blutvergießen vermieden. Die Gräfin erstarrte zur früheren Würde, schüttelte die Hände ab, die sie festhielten, ordnete ihre Röcke und sagte mit vernichtender Schlichtheit:

»Fragen Sie sie doch.«

Aller Blicke richteten sich wieder auf Hero, die umso bleicher geworden war, je dunkler Hans Selverer anlief.

»Nun gut«, sagte Hero resigniert, »es war Hans. Aber alles andere ist die reine Wahrheit. Ich habe nur den Namen vertauscht.«

»Nur!«, flüsterte Johnny verzweifelt und so leise, als sei dieser Stoßseufzer lediglich für die Ohren der Vorsehung bestimmt »Mein Gott – Frauen!«

»Na, was ist daran denn so ungewöhnlich?«, wehrte sich Hero. »Was konnte es denn Marc Chatrier noch schaden, wenn ich sagte, er sei es gewesen? Schließlich sind wir doch ein Ensemble und bringen uns nicht gegenseitig in Verdacht …«

»Einige von uns tun das jedenfalls nicht«, schnaubte Tonda.

»Da es ihm nicht mehr schadete, nannte ich seinen Namen.«

Musgrave stellte fest: »Sie glauben also, Selverer hätte sich den Degen aneignen und Chatrier damit töten können. Deshalb versuchten Sie, den Verdacht von ihm abzulenken.«

»Natürlich nicht! Ich wusste doch, dass er es nicht getan hat. Erstens würde er so etwas nie tun, und zweitens habe ich schon ein paar Mal gesagt, dass er den Degen nicht mitgenommen, sondern an meiner Tür zurückgelassen hat. Aber ich habe den Eindruck, dass Sie allmählich glauben, er hätte es getan.«

»Könnten Sie denn der Polizei nicht wenigstens so viel an Vertrauen entgegenbringen, dass Sie keine voreiligen Schlüsse ziehen?«

»Nein«, antwortete Hero schlicht.

Sie fing einen viel sagenden Blick ihres Vaters auf und verteidigte sich zornig: »Na, wer vertraut schon der Polizei? Wer schon? Glaubst du vielleicht, er hätte es bis zum Inspektor gebracht, ohne das zu wissen?«

Musgrave strich die beiden Fragezeichen durch, die er links und rechts von dem Punkt hingemalt hatte, der Cherubino sein sollte. Sie waren nicht mehr angebracht. Sie war zu hinreißend vernünftig, um mit dergleichen Symbolen bedacht zu werden.

»Dann muss ich also wohl davon ausgehen, dass Sie immer für Ihre Freunde lügen würden, wenn Sie es für nötig hielten? Selbst unter Eid?«

Sie wurde nachdenklich und machte ein ernstes Gesicht. Sie dachte so gründlich über diese Frage nach, dass sie gedankenlos an den Locken ihrer Perücke zupfte. Dann sagte sie: »Das würde die Sache wohl schwieriger machen – aber im Grunde schon. Ja, ich würde lügen, wenn ich sicher wüsste, dass sie nichts Schlechtes getan haben. Sie etwa nicht?«

Musgrave, diese Frage darfst du nicht beantworten! sagte er sich. Beruf dich auf das Gesetz, wenn nötig, aber antworte ihr nicht.

»Und wie soll ich dann irgendetwas von dem, was Sie sagen, glauben? Woran soll ich erkennen, wann Sie mir die Wahrheit sagen?«

»Das weiß ich nicht«, gab sie zu. »Ist das nicht so eine Art Berufsrisiko? Vielleicht wirke ich unsicherer, wenn ich nicht die Wahrheit sage – vielleicht auch sicherer, indem ich kompensiere? Schwer zu sagen.«

Er widerstand der Versuchung, dieser unverhofften philosophischen Abschweifung nachzugehen, und kam wieder auf die Tatsachen zu sprechen. »Schön, dann schlage ich vor, Sie sagen mir jetzt die Wahrheit und warten ab, ob ich sie erkenne oder nicht.«

»Es geschah genauso, wie ich es Ihnen erzählt habe, und genau zum angegebenen Zeitpunkt, nur dass es eben Hans war. Wir hatten uns schon fast den ganzen Abend lang gestritten. Es ging darum, dass ich verzogen und egoistisch sei und er überheblich und pedantisch. Wir waren immer noch dabei, nur hatte ich genug davon. Er wollte, dass ich ihm weiter zuhöre, das war alles. Er hielt mich am Schulterband des Degens fest, das Band riss ab, ich rannte davon und schloss mich in meiner Garderobe ein. Er versuchte, mich zu einem Gespräch mit ihm zu veranlassen, und als ich mich nicht rührte, sagte er, er wolle mir den Degen in der Türnische stehen lassen. Das tat er auch.«

Diesen Punkt betonte sie ganz besonders. Diesmal sollte er nicht an ihrer Wahrhaftigkeit zweifeln. Doch der eine Zweifel, den sie selbst aufgebracht hatte, blieb bestehen: Würde sie mehr oder weniger überzeugend wirken, wenn sie log?

»Woher wollten Sie denn wissen, dass er den Degen nicht mitgenommen hat?«

»Der Degen fiel um, nachdem Mr Selverer gegangen war. Ich hörte die Spitze der Scheide über das polierte Holz kratzen, dann klapperte der Griff auf dem Boden. Der Degen muss quer über den halben Flur gerollt sein.«

Eine hübsche kleine Einzelheit, die sie vorhin nicht erwähnt hatte. Vielleicht war das Zufall, da es sich um eine Nebensache handelte, aber niemand konnte mehr daran zweifeln, dass sie es sehr geschickt verstand, sich ihren Weg durch dorniges Gestrüpp zu bahnen.

Er wandte sich Hans zu, dem der Zorn immer noch das Gesicht dunkel färbte.

»Mr Selverer, wollen Sie diese Version bestätigen?«

»Es stimmt«, sagte Hans und hätte fast hinzugefügt: »Diesmal.«

»Und warum haben Sie die erste Fassung nicht berichtigt?«

»Werden Sie doch nicht albern!«, rief Hero vorwurfsvoll. »Wie sollte er denn, wo ich das doch gerade erst vor allen Leuten gesagt hatte? Dazu hatte er doch noch gar keine Gelegenheit.«

Zur allgemeinen Überraschung schüttelte Hans sie derb am Arm und sagte in einem Ton, um den Johnny ihn beneidete: »Seien Sie still! Sie haben uns allen schon genug Ärger gemacht!« Noch überraschender war jedoch, dass sie in unterwürfigem Ton: »Ich weiß! Entschuldigung!«, sagte und tatsächlich verstummte.

»Haben Sie den Degen an der Tür stehen lassen, wie sie sagt?«

»Ja.«

»Und Sie haben ihn bis zu Chatriers Tod nicht wieder zu Gesicht bekommen?«

»Nein.«

Und doch war es möglich, dass sie unter einer Decke steckten. Die eine Aussage war in sich zusammengebrochen, weil Inga zufällig dazwischengetreten war, und nun bastelten sie sich mit der Geschicklichkeit alter Profis eine neue zurecht.

»Mr Selverer, sind Sie gut mit Chatrier ausgekommen?«

»Ich habe seine Begabung und sein Können geachtet«, antwortete Hans steif. »Die Zusammenarbeit mit ihm war nicht einfach, aber lohnend. Menschlich mochte ich ihn nicht so sehr.«

»Aber Miss Truscott mochte ihn?«

»Als Heros Vater protestiere ich energisch gegen diese Frage«, schaltete sich Johnny ein. »Falls Sie jetzt keine weiteren Fragen mehr an meine Tochter haben sollten, werde ich sie nach Hause schicken.«

Musgrave lächelte und blinzelte seinem Kollegen unauffällig zu. »Gut, ich denke, wir können die Damen jetzt entlassen.«

Die stille Marcellina erhob sich und streifte Johnny Truscott mit einem raschen fragenden Blick. Er nickte ihr dankbar zu und übergab damit wortlos seine schwierige Tochter ihrer Obhut.

Hero gab ihrem Vater einen Kuss. ›Friede, Friede, mein einzig Geliebter‹, flüsterte sie ihm besänftigend ins Ohr, dann stolperte sie gähnend davon, um Cherubinos Uniform auszuziehen.

Wenn er erst einmal im Theater war, konnten ihn keine zehn Pferde mehr daraus vertreiben. Wo immer man sich hinwandte, zwischen Kulissen und Requisiten, in den Garderoben, der Kleiderkammer, bei den Schaltpulten oder unten im Orchesterraum, überall tauchte Musgrave auf, schweigend, ruhig und unglaublich aufdringlich. Der für diesen Bezirk zuständige Beamte hatte die offiziellen Aussagen und Befragungen übernommen; er konnte kommen und gehen, ohne dieses ominöse Schweigen um sich herum zu verbreiten oder die Mannschaft zu verstören. Der Sergeant und seine Mitarbeiter, die sich um die Routinearbeit der Durchsuchung von Garderoben und die Beobachtung der Ensemblemitglieder kümmerten, waren Menschen aus Fleisch und

Blut, mit denen man sogar reden konnte. Aber Musgrave besuchte das Theater nicht; er stellte eine regelrechte Heimsuchung dar.

»Der Mensch mache das Theater noch kaputt«, sagte Dolly Glazier, während sie die Gläser in der Bar auf dem Rang polierte. Am Abend – drei Tage nach der Figaro-Katastrophe – sollte ›Alceste‹ gegeben werden. Die Arbeit des Leander-Theaters ging ohne Unterbrechung weiter. Nur eine Vormittagsprobe war abgesagt worden, damit der erschöpfte Franz einmal ausschlafen konnte, aber das war auch das einzige Zugeständnis.

»Wir sind ein kommerzielles Unternehmen«, hatte Johnny großartig, wenn auch streng genommen nicht ganz wahrheitsgetreu gesagt. »Und wir halten unserem Publikum die Treue.«

Am Abend nach der Katastrophe war ›Arabella‹ planmäßig über die Bühne gegangen, am darauf folgenden Abend ›Don Giovanni‹. Jeder war auf seinem Posten.

»Ich möchte nur zu gern wissen, worauf er's abgesehen hat«, sagte Dolly.

»Er will uns alle im Auge behalten«, sagte Sam. »Sicher glaubt er, wenn er sich hier lange genug herumtreibt, verliert einer von uns die Nerven und verrät sich.«

»Aber wonach sucht er denn überhaupt?«

»Nach einem Stückchen Seidenband«, antwortete der alte Mann sanft. »Von dem Waffengehänge, das unsere Kleine getragen hat. Das glaub' ich jedenfalls. Ist der einzige Gegenstand, der abhanden gekommen ist. Wenn du das Ding findest, altes Mädchen, dann wirf's in die Heizung, das sag' ich dir.«

»Beweismaterial beseitigen!«, sagte Dolly vorwurfsvoll. »Allerdings mach' ich nicht den kleinen Finger krumm, wenn's darum geht, den ans Messer zu liefern, der diesen Chatrier erledigt hat. Das steht fest. Aber ich glaub' nicht daran, dass es einer aus Johnnys Clique war. Nur sitzen wir so dicht dran, dass es mir ungemütlich wird.«

Stoker Bates sagte hitzig: »Ich hab' nichts dagegen, wenn er sich um seine Arbeit kümmert, aber das tut er ja nicht! Mir will er das Kulissenschieben beibringen – mir! Und um ein Haar versucht er dem alten Vulkan das Dirigieren beizubringen. Wie neulich Johnny der Erste da war, denk' ich, mich soll der Teufel holen – will ihm der Kerl doch tatsächlich klar machen, was an der Besetzung nicht stimmt, und wen er stattdessen hätte verpflichten sollen. Das halbe Ensemble überflüssig! Und wisst ihr was? Er hält Wagner für besser als Mozart!«

»Nein!«, stieß Dolly entgeistert hervor.

»So wahr ich hier stehe! Ich hab's gestern aus seinem eigenen Mund gehört. Mozart, sagt er, ›Figaro‹, sagt er, alles ganz nette Tändeleien, sagt er. Aber Tristan ... Teutonischer Krampf, meint Johnny darauf. Er meint's eigentlich nicht so, aber was soll man so einem Querschädel schon sagen? Tändeleien!«

Sie tauschten einen Blick stillen Einverständnisses. Musgrave war für sie von diesem Augenblick an erledigt. Ein Polizeibeamter hat seine Pflicht zu erfüllen – das hätten sie ihm verziehen. Selbst seine beunruhigende Eigenart, immer plötzlich und unerwartet irgendwo aufzutauchen, konnte man noch zu den Symptomen einer Berufskrankheit rechnen. Aber ein Mann, der Wagner höher schätzt als Mozart, der ist indiskutabel.

»Er ist wieder da«, meldete Sam, als er am sechsten Morgen nach Figaros letztem Vorhang seinen Kopf durch Johnnys Bürotür steckte. »Siegfried ohne seinen Helm! Will den Maestro sprechen, sagt er. Im Augenblick ist er damit beschäftigt, die Klavierprobe durcheinander zu bringen. Ich fürchte, wenn wir ihn nicht bald hier heraufholen und er Mr Southall noch lange im Nacken sitzt, gibt's hier noch einen Mord.«

»Verdammt!«, fluchte Johnny. Er stand auf und schaltete das Tonbandgerät aus. Sie spielten gerade die zwei Jahre alte Inszenierung des ›Rosenkavalier‹ durch und bereiteten sich damit auf die Neuinszenierung vor, die das Glanzstück der nächsten Wintersaison werden sollte. Dass er nun ausgerechnet mitten in der Aufregung um Octavians Ankunft unterbrochen wurde, wo der Streit um Hero noch keineswegs beigelegt war, empfand er als ärgerlich, wenn nicht gar als Blasphemie.

»Na schön«, seufzte er. »Der Polizei muss man entgegenkommen. Schickt ihn 'rauf.«

Franz nahm seine in Hausschuhen steckenden Füße vom Tisch und raufte sich gereizt die silberne Mähne. »Ich sag' dir, die Kleine schafft's. Wenn wir für sie noch dazu eine Sophie finden, die jung genug ist, dann wird sie's erst recht schaffen, und das ganze Werk kann dadurch nur gewinnen.«

»So weit ist sie noch nicht«, wiederholte Johnny. »Sie sagt ja selbst, dass sie sich dafür noch nicht reif genug hält, und soll ich ihr vielleicht mehr Verantwortung zuschieben, als sie nach ihrer eigenen Ansicht tragen kann?«

Gisela erhob sich und raffte die ersten Kostümskizzen zusammen. »Damit lass' ich euch beide lieber allein. Ich persönlich möchte gern einen Octavian sehen, der wirklich noch ein Teenager ist. Was meinst du dazu, Sam?«

»Unsere Kleine?«, fragte Sam und dachte über den Anlass zu diesem kleinen Streit nach. Dann schnippte er im Hinausgehen zuversichtlich mit Daumen und Zeigefinger. »Mit der linken Hand schafft sie das«, knurrte er geringschätzig und humpelte schwerfällig, aber rasch die Treppe hinunter.

Gleich darauf hörten sie Musgraves sichere Schritte näher kommen.

»Nein, Gisela, geh noch nicht weg«, sagte Johnny und hielt sie zurück. Sie wollte gerade mit der Zeichenmappe durch die Tür verschwinden. »Vielleicht bleibt er nicht so lange.«

»Er scheint hier praktisch schon Dauermieter geworden zu sein«, stellte sie mit resigniertem Lächeln fest. Aber sie setzte sich wieder.

Musgrave kam herein, hoch aufgerichtet und unternehmungslustig wie immer. Auf seiner Miene stand noch ein leiser Anflug von Überlegenheit zu lesen, den sicher Franzens streitlustiger Vertreter hervorgerufen hatte. Er konnte es einfach nicht lassen, allen seine Meinung zu sagen. Johnny dachte ärgerlich: Und wenn er mit einem Haftbefehl gegen mich hereinkommt, wird er sich immer noch die Zeit nehmen, uns zu erklären, wir hätten das Finale im zweiten Akt zu schnell angegangen.

»Wie ich sehe, wird der ›Figaro‹ wieder geprobt.«

»Er wird höchstens für zwei Wochen vom Programm abgesetzt«, sagte Johnny. Er schob Musgrave die Zigarettendose und das Tischfeuerzeug zu.

»Die zweite Besetzung scheint sich gut zu machen.«

»Ein Federgewicht«, sagte Franz. »Kleine Stimme und keine persönliche Ausstrahlung. Er gibt sein Bestes, aber es wird eine Karikatur bleiben.«

»Hm, wenigstens einer scheint Chatrier nachzutrauern.«

Viele Leid Tragende schien er nicht zu haben. Seine Beziehungen waren durchweg rein beruflicher Art. Eine verheiratete Schwester hatte aus Colmar geschrieben, war aber nicht selbst erschienen. So blieb es seinem amerikanischen Manager vorbehalten, sich um die Leiche zu kümmern und die Vorbereitungen für die Beerdigung zu treffen.

Aber wenigstens die Musikkritiker der ganzen Welt weinten ihm in vielen Spalten Tränen aus Tinte nach.

Musgrave setzte behäbig seine Aktentasche ab und lehnte sich in seinem Sessel zurück.

»Ich will Sie nicht lange von Ihrer Arbeit abhalten, Dr. Hassilt, aber ich glaube, Sie können mir weiterhelfen. Die internationale Musikwelt ist nicht so groß, als dass Künstler

Ihres Kalibers sich länger in ihr bewegen könnten, ohne die meisten Kollegen von vergleichbarem Rang irgendwann einmal kennen zu lernen. Die Oper war schon immer Ihre Spezialität. Sagen Sie, haben Sie jemals etwas von einem Bariton namens Antoine Gallet gehört? Es müsste schon eine Weile her sein – so gegen Kriegsende, oder noch etwas früher.«

Franz legte die Stirn in Falten und sah ihn scharf an. »Ja, ich habe von ihm gehört.«

»Haben Sie ihn auch persönlich kennen gelernt?«

»Ich sah ihn einmal in Wien. Das war 1942. Er sang auf einem der letzten Konzerte, die ich vor meiner Abreise aus Österreich dirigierte. Abgesehen von dieser Begegnung kannte ich ihn von früher nicht persönlich.«

»Aber Sie kannten seinen Ruf? Anscheinend galt er nämlich als Kollaborateur. Offenbar stammt er aus dem Elsass und begann nach der Besetzung Frankreichs durch die Deutschen mit ausgedehnten Tourneen – er scheint dabei gut abgeschnitten zu haben. Bei dieser Gelegenheit hat er übrigens seine Frau abgeschüttelt. Die beiden können kaum länger als zwei Jahre verheiratet gewesen sein. Er ließ sich scheiden und sah zu, wie sie in ein KZ verschleppt wurde. Später scheint er noch in einer Reihe ganz ähnlicher Fälle schuldig geworden zu sein. Es sind so viele Unterlagen aus jener Zeit verloren gegangen, dass in den amtlichen Akten nicht viel zu finden ist. Gerüchten zufolge soll er während seines Aufenthaltes in Österreich mehrere Musiker in ernste Schwierigkeiten gebracht haben, darunter auch einen Dirigenten, der in Auschwitz umkam. Das war etwa ein Jahr später. Wussten Sie das alles über ihn?«

»Nein, keine Einzelheiten. Schon gar nicht, was seine Frau betrifft. Ich weiß, dass man ihn für – anpassungsfähig hielt. Er zog sich immer sehr rasch zurück, wenn eine Beziehung für seine eigene Sicherheit gefährlich zu werden drohte. Menschen galten damals nicht viel. Jeder war auf sich selbst angewiesen. Er war jung, und er hatte Angst. Verängstigte Menschen machen nicht immer den besten Eindruck.«

»Und wussten Sie auch, dass er nach dem Kriege nach Amerika ging, seinen Namen änderte – er scheint ihn übrigens auch zuvor schon ein oder zwei Mal geändert zu haben – und ein neues Leben, eine neue, sehr erfolgreiche Laufbahn begann? Ich glaube schon, dass Sie es wussten.« Musgrave strahlte vor Vergnügen. »Immerhin, Sie haben ihn anscheinend mit offenen Armen aufgenommen, als er unter seinem neuen Namen herkam und den ›Figaro‹ singen wollte.«

Franz beugte sich vor. Sein leicht erregbares altes Gesicht erschien mühsam beherrscht.

»Mr Musgrave«, sagte er sehr sanft. »Ich bin jetzt fünfundsiebzig Jahre alt. Ich glaube nicht mehr daran, ein Recht zu haben, Menschen abzuurteilen und sie ein Leben lang abzulehnen, nur weil sie sich in gewissen schwierigen Situationen nicht wie Helden benommen haben. Gallet – das war vor über zwanzig Jahren; was bringt es schon ein, wenn man einen solchen Groll weiterhin hegt, wo er doch ein anderer Mensch geworden ist? Wenn mir Mr Clash telegrafiert, er hat Marc Chatrier verpflichtet, dann bin ich ganz einfach froh, weil ich den besten derzeit lebenden Figaro habe, und meine Aufgabe besteht darin, der Vollkommenheit so nahe zu kommen, wie es nur eben geht. Er hat es verdient, dass ich nur Gutes über ihn sage, deshalb …«

»Und wenn er es nicht verdient hätte?«, fragte Musgrave rasch dazwischen. »Wenn sich herausstellen sollte, dass er genau derselbe geblieben ist wie damals, als er noch jung und voller Angst war? Wenn er erneut angefangen hätte, allen ringsum die Hölle heiß zu machen – Leuten wie Ihnen zum Beispiel?«

»Wenn er mir Ärger gemacht hätte, so wäre ich damit

schon fertig geworden. Ich war sehr wohl in der Lage, meine Freunde und Kollegen zu schützen.«

»Aha. Sie handelten also nach dem Grundsatz: in dubio pro reo. Obgleich Sie wussten, dass er Gallet war. – Sie geben doch zu, dass Sie es gewusst haben?«

»Ja, ich wusste es.«

»Und sobald er Ärger bereitete, fühlten Sie sich für die Sicherheit und den Seelenfrieden Ihrer Freunde verantwortlich und unternahmen entsprechende Schritte.«

»Beispielsweise mit einem Degen, mein lieber Franz«, sagte Johnny bitter. »Legen Sie meinem Musikdirektor nicht irgendwelche Aussagen in den Mund, Musgrave. Sie haben zwei unbeteiligte Zeugen gegen sich, falls Sie das versuchen sollten. Dünner kann ein Motiv wohl kaum sein.«

Musgrave lächelte. »Danke, Dr. Hassilt. Mehr wollte ich gar nicht. Wenn ich jetzt, bevor ich gehe, Mr Selverer noch für einen Augenblick sprechen könnte …«

»Ich gehe ohnehin hinunter«, sagte Franz. Er war aufgewühlt und atmete schwer. »Ich werde Hans bitten, heraufzukommen.«

»Wenn Sie nichts dagegen haben, wär's mir lieber, Sie blieben hier.«

Franz starrte ihn eine Sekunde lang völlig fassungslos an, dann begriff er. Er setzte sich mit leicht verächtlicher Miene wieder hin. Johnny griff resigniert nach dem Telefon.

»Stoker, ich lasse mich bei Mr Southall entschuldigen – ob er wohl so freundlich wäre, Mr Selverer für ein paar Minuten zu mir heraufzuschicken?«

Hans kam hereingestürzt, das Gesicht lebhaft gefärbt, noch in Gedanken bei seiner Probenarbeit. Bei Musgraves Anblick blieb er ruckartig auf der Schwelle stehen. Er war es gewohnt, dass in Musgraves Gegenwart alle Mienen verschlossen wirkten, und da er zwischen den Zeilen lesen konnte, wurde sein Gesichtsausdruck plötzlich nichts sagend. Mit wachsamen Augen und unbewegter Miene trat er näher. Er warf Gisela einen Seitenblick zu. Sie lächelte ihn an. War es vielleicht nur Einbildung, oder ließ die Spannung um seine Mundwinkel ein wenig nach?

»Es tut mir Leid, dass ich Sie von der Probe wegholen muss«, entschuldigte sich Musgrave in trügerisch-sanftem Ton. »Es wird auch nicht lange dauern.«

Das klang genauso bedrohlich wie entsprechende Versicherungen beim Zahnarzt, ehe er eine gewaltige Wurzel zieht – und ganz ähnlich entpuppte sich die Situation dann auch.

Diesmal kam die Frage forsch und direkt, noch bevor der junge Mann Zeit hatte, sich richtig hinzusetzen.

»Ist Ihnen der Name Antoine Gallet ein Begriff, Mr Selverer?«

Hans hob seinen Kopf mit einem so wilden Ruck, dass eine weitere Antwort überflüssig wurde. Seine Hände umkrampften für einen Augenblick die gepolsterten Stuhllehnen, dann entspannte er ganz bewusst seine Muskeln wieder.

»Ja«, antwortete er.

»Ich dachte mir gleich, dass Sie diesen Namen kennen. Haben Sie den Mann jemals gesehen? Vielleicht auf Fotos?«

»Ich habe ihn niemals persönlich kennen gelernt. Fotos von ihm mag ich vielleicht gesehen haben, aber ich erinnere mich nicht mehr daran. Es muss vor ziemlich langer Zeit gewesen sein. Warum fragen Sie mich danach? Er ist doch inzwischen bestimmt gestorben?«

Für den Bruchteil einer Sekunde zeigte Musgrave ein ganz besonderes Lächeln, dann war es wieder verschwunden, ohne auch nur einen Strahl Wärme zurückzulassen. Sein Gesicht wirkte genauso grau wie zuvor.

»Ja – er ist inzwischen gestorben! Erzählen Sie mir, was Sie von ihm noch wissen. Was Sie über ihn gehört haben.«

Hans fuhr sich mit der Zunge über die trockenen Lippen.

Er überlegte, dass es am besten sei, mitzuspielen. Der Ausdruck seiner klugen Augen deutete nicht so sehr auf persönliche Besorgnis hin, sondern vielmehr auf Ratlosigkeit und Misstrauen.

»Ich weiß, dass er ein Sänger war, der während des Krieges einen bescheidenen Ruf genoss. Ich habe meine Mutter über ihn reden hören. Aber jetzt habe ich diesen Namen schon seit vielen Jahren nicht mehr zu Ohren bekommen.«

»Sie haben ihn aber nicht vergessen. Nun, anscheinend bin ich besser unterrichtet als Sie. Sein Ruf erstreckte sich noch auf ein anderes Gebiet: Er war dafür bekannt, dass er die eigene Karriere durch fragwürdige Tricks aller Art zu fördern verstand. Da ist zum Beispiel der Fall eines Dirigenten, dem man ohnehin schon eine Abneigung gegen die Nazis nachsagte. Gallet hielt es für richtig, seine eigene Position zu verbessern, indem er sich weigerte, mit diesem Mann zusammenzuarbeiten. Er erreichte, dass der Dirigent seine Stellung verlor und schließlich in einem Konzentrationslager starb.« Musgrave schloss mit besonderer Betonung: »Der Name dieses Mannes war übrigens Selverer. Richard Selverer.«

Er hob den Kopf und sah in die starren blauen Augen, die ihn voller Abscheu anblickten. »Würden Sie das einen Zufall nennen?«

»Sie wissen genau, dass Sie von meinem Vater sprechen. Wenn ich von mir aus nichts dazu sagen wollte, so liegt es daran, dass ich nicht einsehen kann, was Sie damit zu tun haben. Ich lehne dieses Eindringen in meine Privatangelegenheiten ab.«

»Sie werden gleich sehen, wo die Zusammenhänge zu suchen sind. Als Antoine Gallet vor einiger Zeit hierher kam, um in der Neuinszenierung die Rolle des Figaro zu singen …«

Hans sprang bebend auf. »Was sagen Sie da? Ich begreife

das nicht. Wollen Sie mir allen Ernstes einreden, Marc Chatrier und Antoine Gallet seien ein und derselbe?«

»Mein lieber Selverer, wollen Sie mir allen Ernstes einreden, Sie hätten das nicht gewusst?«

»Woher sollte ich das wissen? Ich habe ihn nie gesehen. Ich dachte, er sei schon lange tot, der Name ausgelöscht, vergangen. Für mich ist das nur eine Kindheitserinnerung. Chatrier habe ich nie damit in Zusammenhang gebracht. Warum sollte ich auch?«

»Aber sehen Sie, jemand ist hier, der es Ihnen gesagt haben könnte. Dr. Hassilt wusste Bescheid.«

»Ich habe ihm nichts gesagt«, erklärte Franz schlicht und eiskalt. »Und Sie werden mir gewiss nie beweisen können, dass ich es ihm gesagt habe. Setzen Sie sich, mein Junge, setzen Sie sich hin und beruhigen Sie sich. Der Mann hier will Sie bloß dazu veranlassen, dass Sie sich selbst belasten, und ich muss schon sagen, bis jetzt hat er es damit nicht weit gebracht. Er macht sich nur lächerlich.«

»Herr im Himmel!«, protestierte Johnny. »Der Junge muss damals ungefähr sieben Jahre alt gewesen sein. Was glauben Sie, wie lang das Erinnerungsvermögen eines Kindes vorhält?«

»Ach, ich will damit nicht sagen, dass er die ganze Zeit über daran gedacht hat, als eine Art Sohnespflicht – keineswegs. Aber wenn diese Person plötzlich in Gestalt des berühmten, großen Chatrier hier wieder auftaucht, hier, an Ort und Stelle, wenn er täglich mit dem Sohn beisammen ist wie früher mit dem Vater – sehen Sie, das kann schon einen mächtigen seelischen Zwang auslösen.«

Hans setzte sich langsam wieder hin. Er stieß die aufgestaute Luft in einem wilden Seufzer aus. »Ja, das halte ich auch für möglich«, stimmte er grimmig zu. »Aber ich kann nur wiederholen, dass ich von Chatriers Identität mit Gallet nicht die leiseste Ahnung hatte, bis Sie es mir eben sagten.«

»Das mag stimmen oder auch nicht, wir haben dafür jedenfalls nichts weiter als Ihr Wort. Die Vorgeschichte ist jedenfalls eindrucksvoll. Als weiteres Element kommt noch Ihre Rivalität mit Chatrier wegen Miss Truscott …«

»Wir waren keine Rivalen!«, fuhr ihm Hans empört dazwischen. »Sie haben kein Recht, so von Miss Truscott zu sprechen.«

»Und schließlich ist es eine schlichte Tatsache, dass Sie nach den bisher vorliegenden Informationen die letzte Person waren, die den Degen in der Hand hielt, mit dem Chatrier getötet wurde. Ihre Fingerabdrücke befinden sich sowohl auf dem Griff als auch auf der Scheide. Ansonsten wurden darauf nur die Abdrücke von Miss Truscott selbst und die ihres Vaters gefunden.«

Hans betrachtete stirnrunzelnd die kräftigen, wohl geformten Finger, von denen die belastenden Abdrücke stammten.

»Natürlich hatte ich den Degen in der Hand«, sagte er. »Aber ich ließ ihn, wie ich Ihnen schon sagte, in Miss Truscotts Türnische angelehnt stehen. Ich sah ihn erst nach dem Mord wieder.«

Gisela erhob sich, drückte ihre Zigarette in dem silbernen Ascher neben ihrem Sessel aus und trat vor an den Schreibtisch. Sie hatte die ganze Zeit über geschwiegen. Nur ihre Blicke waren von einem zum anderen gewandert, als sie sprachen. Mindestens einmal schien sie Hans eine Warnung oder auch eine Aufmunterung signalisieren zu wollen. Musgrave hatte ihre Anwesenheit beinahe vergessen. Marcellina war schon immer die Stille im Lande. Er hob überrascht den Kopf, als sie plötzlich dicht neben ihm stand.

»Ich denke, es ist an der Zeit, dass ich auch mal etwas sage, sonst verlieben Sie sich allzu sehr in die Idee von Mr Selverers Schuld.« Ihre Stimme klang weich und sanft. »Sie werden zweifellos zu dem Schluss gelangen, dass alle Frauen so skrupellos sind, wie Hero Ihnen als Warnung gesagt hat. Aber das dürfte Sie vermutlich kaum verwundern.«

Hans gab sich alle Mühe, ihren Blick auf sich zu lenken. Er wollte sie warnen, anflehen. Sie legte ihm die Hand auf die Schulter, drückte ihn auf den Stuhl und erreichte, dass er schwieg.

»Mr Musgrave, er hat nicht als Letzter den Degen in der Hand gehabt. Ich selbst hab' ihn an jenem Abend auf dem Flur aufgehoben. Ich hatte meinen Fächer vergessen und wollte ihn aus meiner Garderobe holen, nachdem ich nach meiner Arie abgegangen war. Dabei komme ich an Heros Tür vorbei. In diesem Punkt hat sie Ihnen zumindest die Wahrheit gesagt. Der Degen war zu Boden geglitten und bis in die Mitte des Flurs gerollt. Ich stieß versehentlich mit dem Fuß dagegen. Sie wissen ja, bei diesen enorm weiten Röcken sieht man nie genau, wohin man tritt. Ich hob ihn also auf und nahm ihn mit in die Kulissen.«

»Aber Ihre Fingerabdrücke wurden an dem Degen nicht festgestellt«, wandte Musgrave fast zornig ein.

»Ein wirklich bedauerlicher Zufall, tut mir Leid. Es geschieht bestimmt nicht aus böser Absicht, dass Marcellina stets lange, schwarze Spitzenhandschuhe trägt. Ich hätte nie geglaubt, wie nützlich die noch einmal werden sollten.«

»Und warum haben Sie den Degen überhaupt aufgehoben?«

Sie sah ihm gerade ins Auge und sagte, ohne die Stimme zu heben oder die Worte besonders zu betonen: »Mir kam ganz plötzlich die Idee, Chatrier damit umzubringen.«

Johnny war mit einem Satz auf den Beinen und packte sie beim Arm.

»Gisela, halt den Mund!« Er drehte sich zu Musgrave um, der sie aufmerksam anstarrte. Das aus tiefster Seele kommende Glitzern des Jagdeifers in seinen Augen wurde durch einen ganz bestimmten Zweifel gedämpft.

Johnny sagte entschieden zu Musgrave: »Sie versucht doch nur, den Fall zu verwickeln, um alle anderen zu decken. Das ist alles. Was sie da sagt, kann doch gar nicht stimmen, wie Sie bereits wissen. Bevor Chatrier getötet wurde, stand sie mit Nan unter den Bäumen, und sie ist von dort nicht weggegangen, bis Tonda aufschrie und wir alle gerannt kamen. Das wissen Sie doch – Sie waren ja selbst dabei.«

»Ich habe ja nicht behauptet, ihn getötet zu haben«, widersprach Gisela in sachlichem Ton. »Ich sagte nur, ich nahm den Degen in dem Gedanken, ihn damit vielleicht zu töten. Nein – getan habe ich es nicht.« Sie schob sehr behutsam Johnnys Hand von ihrem Arm.

»Was haben Sie also mit dem Degen gemacht?«, fragte Musgrave.

»Ich habe ihn außen an die linke Baumkulisse gelehnt. Da ich wieder auf die Bühne musste, blieb mir nichts anderes übrig. Aber Sie kennen ja das Libretto bis in alle Einzelheiten.«

Sie lächelte. Das hatte er sie oft genug fühlen lassen.

»Wenn es Barbarina nicht ohnehin langweilig wurde und sie bis zum Finale wegging, wie sie es ruhig hätte tun können, dann wollte ich selbst sie wegschicken, mir etwas aus meiner Garderobe zu holen. Wenn sie weg war, hatte ich keine Schwierigkeiten zu befürchten. Ich brauchte nur von hinten aus der Baumkulisse treten, den Degen aufnehmen und Figaro damit töten. In unserem Kulissenwald ist es so finster, dass es nicht schwer gewesen wäre, von hinten an ihn heranzukommen – jedenfalls theoretisch. Und dieser Degen ist ein hervorragendes Meisterstück der Waffenschmiedekunst aus dem achtzehnten Jahrhundert, ungewöhnlich scharf, wie Sie sicher wissen. Er ist schließlich Ihr Beweisstück Nummer eins.« In ihrem ruhigen Gesicht zuckte es kurz, dann fuhr sie gelassen fort: »In der Praxis allerdings glaube ich kaum, dass ich es geschafft hätte, wenn es erst einmal so weit gewesen wäre. Die Frage stellte sich gar nicht. Barbarina war noch da, und bevor ich sie wegschicken wollte, fühlte ich nach der Stelle hinter der Kulisse, wo ich den Degen hingestellt hatte – er war weg. Er war nicht etwa umgefallen, sondern einfach verschwunden. Ich blieb also bei Nan und tat keinem Menschen etwas zu Leide. Um ehrlich zu sein: Ich bin ganz froh darüber.«

»Aber wenn das stimmt«, sagte Musgrave mit dünner, scharfer Stimme, »dann könnte doch jeder andere das Ding weggenommen haben. Jeder von Ihnen.«

Nun war wieder alles völlig offen. Selverer kam als Täter immer noch in Betracht, aber er war nicht mehr und nicht weniger verdächtig als jeder andere, der in dem fieberhaften Kommen und Gehen des letzten Aktes hinter der Bühne herumlief.

Sogar Truscott selbst – er hatte sich in seiner Loge aufgehalten, als Susanna zur Rosenarie ansetzte, aber zu dem Zeitpunkt, da sie sich zwischen die Bäume zurückzog, war er ganz sicher nicht mehr in der Loge gewesen. Er war während der ganzen Darbietung wie eine verlorene Seele hin und her gelaufen.

»Nein, alle kommen nicht in Frage«, sagte Gisela. »Ich kann's nicht gewesen sein, Nan nicht, und Tonda auch nicht. Aber ansonsten ist alles ziemlich offen.«

Musgrave betrachtete sie eine ganze Weile schweigend, dann stellte er die abschließende, unausweichliche Frage. Sie war darauf vorbereitet. Ihre großen Augen wichen ihm nicht aus.

»Warum? Weil ich den Gedanken nicht ertragen konnte, dass er das Leben anderer ebenso zerstören sollte, wie er meines ruiniert hat. Weil ich nicht wollte, dass er sein ganzes Leben lang immer wieder ungestraft andere schädigen sollte. Ich nehme an, Sie haben seinen Lebenslauf nicht so intensiv verfolgt, dass Sie den Mädchennamen seiner Frau kennen. Das war ein Fehler, Mr Musgrave. Sie sagten ja selbst, dass die internationale Musikwelt gar nicht so groß ist. Sie war auch Sängerin, gebürtige Elsässerin. Ihr Name war Gisela Salberg.«

Sekundenlang starrten alle Gisela regungslos und mit angehaltenem Atem an.

»Sie hat ihn sehr geliebt«, sagte Gisela leise. »Sie können sich vielleicht vorstellen, wie ihr zu Mute war, als er sie den Wölfen zum Fraß vorwarf, um seine eigene Haut zu retten, als er ihr sogar seinen Namen wieder abnahm. Jawohl!«, bestätigte sie mit bitterem Lächeln, da sie merkte, wie verzweifelt Musgraves Verstand hinter den erstaunten Augen rechnete. »Ist das nicht ein einwandfreies Motiv für einen Mord? Ist es nicht besser als das andere, das Sie sich gegen Hans zurechtgezimmert haben, weitaus glaubwürdiger als das Motiv, das Sie Dr. Hassilt unterschieben wollten? Schade, wirklich jammerschade, dass Nan mich in der Baumgruppe nicht für eine einzige Sekunde aus den Augen verloren hat!«

5

Musgrave kam und ging in diesen Tagen durch den Bühneneingang, der sonst nur ›Befugten‹ und Angehörigen des Ensembles offen stand. Sonst unterschied er sich von diesen jedoch deutlich: Wo immer er auftauchte, folgte ihm ein leises Frösteln, eine kurze Stille, gedämpftes Murmeln. Hände hielten mitten in der Bewegung inne, Stimmen blieben sekundenlang in ausgetrockneten Kehlen stecken, heimlich wandten sich Köpfe nach ihm um und gaben sich alle Mühe, dabei nicht von ihm überrascht zu werden. Er war das wandelnde Pech, der personifizierte böse Blick.

Mateo, der Malteser, machte sich heimlich das abwehrende Daumenzeichen an die Hüfte, wenn der Böse, Fremde vorüberging.

Während der Mittagspause spielten sie Karten in Sams Verschlag. Da spürten sie ihn kommen, und keine Hand rührte sich, bis er wieder vorüber war. Hero, die für eine Runde aushalf, weil Stoker Bates für seine Frau etwas besorgen musste, hielt ein Ass in der Hand und hob den Kopf. Sie brachte es einfach nicht fertig, die Karte auf den Tisch zu legen, ehe Musgrave durch die Glastür verschwunden war.

Das alles war nicht richtig, und es war auch grausam. Eigentlich war er kein übler Bursche, und doch fühlten sie sich alle gegen ihn vereint. Sobald er erschien, bildeten sie eine solide Phalanx der Feindseligkeit. Warum nur? Glaubten sie denn, einer von ihnen hätte Marc Chatrier getötet?

Ja, genau das glaubten sie.

Sie glaubten es wirklich. Das spürte Hero ganz deutlich, als sie ihr Ass ausspielte und ihr Solo gewann. War ihnen denn auch klar, wer der Mörder sein könnte? Als sie darüber nachdachte, gelangte sie zu dem Schluss, dass sich die anderen sicherlich eine Meinung gebildet hatten. Aber sie verbargen diese Meinung sogar voreinander, und nicht zwei von ihnen waren vermutlich zu derselben Theorie gelangt.

Stoker Bates schien auf Hero selbst zu tippen, wie man aus seiner ganz besonders betonten Beschützerrolle entnehmen konnte. Von dieser Seite her hatte sie sich das noch niemals überlegt. Der Gedanke jagte ihr einen Schauder des Entsetzens und der Dankbarkeit über den Rücken. Die anderen würden auch dann noch an ihr hängen, wenn sie einen Menschen umgebracht hätte! Sie würden sich dann nur noch umso enger um sie scharen. War das vielleicht der Grund, warum Sam seinem Johnny noch treuer als sonst nachlief wie ein guter Wachhund?

Der Schatten war von ihnen genommen, die Stille wurde wieder durchbrochen. Nur Codger, der ihre Ängste und

Vorahnungen undeutlich als ein Angstbeben auf seiner Haut spürte, saß verständnislos und stumm dabei und strickte fleißig an Hans Selverers blaugrauem Pullover. Seine großen, vertrauensvollen und doch unergründlichen Augen waren unverwandt auf Hero gerichtet. Sie gehörte Johnny. Wenn Johnny selbst nicht da war, vertrat sie ihn, und Codger beobachtete sie voller Eifersucht und Liebe als Symbol und Erfüllung seiner Treue.

»Ich hab' schon geglaubt, dass wir ihn los wären, sobald die Untersuchung vorüber ist«, sagte Mateo. Er bewegte den Kopf nicht, aber seine Blicke folgten unwillkürlich dem entschwindenden Geräusch von Musgraves Schritten.

»Er hat sein fehlendes Stück Seidenband noch nicht gefunden«, sagte Sam und mischte die Karten. »Vermutlich wird er's nie finden. Er wird also noch hier herumlaufen, wenn er schon steingrau und uralt ist wie Lord Lovell auf der Suche nach seiner verlorenen Braut. Ich mag Gespenster nicht. – Du bist dran, Mädchen.«

»Ist die Untersuchung denn vorüber?«, fragte Hero und sortierte ihre Karten mit geschickten Fingern. »Ich habe geglaubt, man hätte sie vorläufig vertagt.«

»Stimmt auch, Kleine: für eine Woche. Aber diese Woche ist gestern abgelaufen. Die Anklage lautet, wie nicht anders zu erwarten war, gegen unbekannt wegen Mordes.«

»Und die Mordwaffe war tatsächlich mein Degen?« Irgendwo in ihrem Herzen hatte sie sich noch eine kleine Hoffnung bewahrt, dass sich dies als Irrtum herausstellen könnte.

»Um die Wunde wurde viel technischer Klimbim gemacht, über Breite und Tiefe und Einstichwinkel und wie das Herz durchbohrt wurde und so weiter. Aber es bleibt dabei: der Degen war's. Hast du denn geglaubt, es könnte was anderes gewesen sein?«

»Ach, ich weiß nicht, ich hab' mir nur gesagt, man kann's

ja nie wissen. Mir wär's lieber gewesen, wenn's nicht gerade mein Degen gewesen wäre.«

»Wenn du dir jetzt noch länger zu viel darüber den Kopf zerbrichst und zu wenig auf deine Karten achtest, ziehen dir diese Burschen da noch dein Taschengeld aus der Börse. Du bist mitten in einer Gewinnsträhne, wenn du aufpasst. Komm jetzt, sag an.«

»Solo!«, sagte Hero mutig an. Damit verpflichtete sie sich, mindestens neun Stiche allein zu machen.

»Na, dann versuch's mal.«

Sie schaffte es. Es sah ganz danach aus, als ob wegen Stokers Einkaufsbummel der Wollfonds – dort landeten ihre Spielgewinne unweigerlich – ganz schön aufgestockt würde.

»Was glaubt ihr denn, wer's nach seiner Meinung gewesen ist?«, fragte Mateo mit unterdrückter Stimme und deutete mit dem Kopf in Richtung auf den gemeinsamen Feind.

»Wenn ich das nur wüsste. Maat, wenn ich das nur wüsste!«

»Er möchte gern Miss Salberg drankriegen, nur geht das nicht, weil die kleine Nan die ganze Zeit über bei ihr war. Er möchte es auch gern Johnny zuschieben, wenn er nur nachweisen könnte, dass Johnny die ganze Zeit über wusste, dass er der Lump war, der ihr vor Jahren so übel mitgespielt hat – aber das kann er nicht beweisen. Und er möchte es gern dem Maestro anhängen, nur hat der gerade das liebliche Continuo geklimpert, als die Bombe hochging. Er hätte es auch gern, dass es seine Hoheit der Graf wäre, nur hat er bei ihm an die falsche Tür geklopft, wie er ihm mit der Tatsache ins Gesicht gesprungen ist, dass Chatrier dieser andere Kerl war. Vielleicht hält er zwei oder drei von diesen für gemeinschaftliche Täter«, sagte Mateo trübsinnig. »Wählerisch ist er nicht. Ich will nicht sagen, dass Johnny es nicht vielleicht selbst hätte tun wollen, wenn er's gewusst hätte. Das nur nebenbei.«

»Halt endlich den Schnabel«, sagte Sam und zog so hart an seiner kleinen alten Briarpfeife, dass sie kochte und gurgelte wie der Krater eines kleinen Vulkans. »Gib lieber das letzte Blatt. Nach diesem Spiel ist Schluss. Ihr Herumlungerer müsst noch die Flugmaschine der alten Astro-sowieso flottmachen, bevor morgen die Probe steigt. Außerdem liegen heute Abend drei große Umbauten an. Dass es mir ja funktioniert! Unsere Königin der Nacht ist ohnehin schon schlechter Laune, seit sie nicht mehr mit Miss Gennoni spricht. Wenn sie mit diesem Ding abstürzt, können wir uns alle auf etwas gefasst machen.«

Sie spielten das Blatt zu Ende und stritten noch ein wenig über das Zuspiel. Hero blieb noch eine Weile in Codgers Nähe sitzen und strich den graublauen Ärmel glatt, der sich aus einem Spiel Stricknadeln hervorringelte. Dabei sprach sie leise und ein wenig traurig mit ihm, aber sie war mit ihrem Herzen nicht bei der Sache. Er gab leise, liebevolle, tierartige Laute von sich – deutlicher konnte er sich nicht ausdrücken.

Sie behielt die Glastür im Auge und lauschte auf das Klicken der Bühnentür.

Hans hatte seit sechs Tagen kaum ein Wort mit ihr gesprochen und sie nicht ein einziges Mal zum Essen eingeladen. Er war freundlich und korrekt, ein wenig distanziert und an keiner Ecke zu fassen. Sie wurde das Gefühl nicht los, wieder einmal alles gründlich verdorben zu haben. Jetzt mochte er wohl sein ganzes Leben lang nichts mehr von ihr wissen. Ein nettes, geschwisterliches Verhältnis zu ihm hätte sie haben können, wenn sie sich damit nur zufrieden gegeben hätte. Alles, was sie sich stattdessen eingehandelt hatte, war eine völlige Zurückweisung. Er hielt eben nichts von verzogenen, eigensinnigen Mädchen. Er kümmerte sich um sie, wenn sie einmal in eine Klemme geriet, doch nicht aus Liebe oder auch nur Freundschaft, sondern einfach deshalb, weil er ein gewissenhafter Mensch war. Danach war er froh, sie so rasch wie möglich wieder loszuwerden. Konnte sie es ihm eigentlich verübeln?

Sam klopfte ihr auf die Schulter und sagte: »Hör auf, dir Sorgen zu machen, Kleines, es kann ja nicht ewig so weitergehen. Unser neugieriger Mr Musgrave wird die Sache auch einmal leid und haut ab. Lass ihm nur noch ein bisschen Zeit.«

»Sam«, sagte sie und lehnte ihren Kopf dankbar an seine Hüfte. »Sag mal – Johnny kann's wirklich nicht getan haben, wie?«

»Wie soll ich denn beurteilen, wer etwas tun kann und wer nicht? Wie käme ich dazu? Wir alle wären dazu vermutlich im Stande, wenn es sich gerade so ergibt. Aber Johnny hat's nicht getan, ob er's nun gekonnt hätte oder nicht. Er hat es nicht getan. Nur daran musst du denken und dich um nichts anderes kümmern.«

»Ach, Sam! Und schließlich bin nur ich daran schuld, wie? Ich tauge nichts für Johnny, und ich werde auch für …«

Sie beendete den Satz nicht und konnte den Namen Hans Selverer gerade noch rechtzeitig hinunterschlucken. Sie hörte auch Sams zornigen Ausruf und seinen Zuspruch nicht mehr, weil sie in dem Augenblick aufgesprungen war, wo sie die Bühnentür aufgehen hörte. Ihre Augen strahlten, sie spitzte die Ohren.

Ja, es war der richtige Schritt. Sie ging aus der Tür und schlenderte lässig den Flur entlang, bevor Sam noch vor freudigem Erstaunen erleichtert blinzeln konnte.

»Hallo!«, rief Hero strahlend, verlangsamte ihren Schritt und hielt sich so geschickt in der Mitte des Flurs, dass er nicht gut an ihr vorbeilaufen konnte, ohne ein Wort mit ihr zu wechseln.

»Hallo!«, erwiderte Hans erzwungenermaßen und hielt

ebenfalls inne, weil ihm nichts anderes übrig blieb. Ein kleines, angestrengtes Stirnrunzeln war nicht zu übersehen. Für einen Augenblick sah es so aus, als hätte er am liebsten gelächelt, getraute sich aber nicht. Er gab sich steif und, wie sie fand, besorgt. Er reckte das Kinn vor und sah geradeaus, als sei es für ihn gefährlich, sie anzusehen.

Er riskiert nichts, dachte sie bedrückt. Trotzdem versuchte sie es.

»War's nett beim Mittagessen?«

Sie hatte die Worte kaum ausgesprochen, da taten sie ihr schon Leid. Das klang viel zu sehr nach einem Tadel, weil er sie nicht mitgenommen hatte. Aber über welches andere Thema konnte man unverfänglich plaudern? Mein Gott, weit ist's mit uns gekommen, dachte sie erschrocken. Jetzt reden wir gleich übers Wetter.

»Ja, danke – bei Ihnen auch?«

»Johnny hat heute etwas bringen lassen, weil ihn niemand von den Bühnenbildern für den nächsten ›Rosenkavalier‹ wegbringt. Er ist jetzt mit Mr Fawcett oben. Sie schieben die kleinen Figuren hin und her wie Kinder ihre Spielsachen. Ein nettes Spiel!« In Hero quoll ein warmes, hoffnungsvolles Gefühl auf. »Wollen Sie nicht hinaufgehen und es sich auch einmal ansehen?«

»Das möchte ich natürlich gern, aber – jetzt lieber nicht. Franz braucht mich für eine halbe Stunde, und dann muss ich wieder in die Stadt. Morgen vielleicht.« Er achtete darauf, dass die Absage nicht unfreundlich klang, gab sich peinliche Mühe, nicht zu verletzen. Aber er sah sie immer noch nicht an.

»Aber Franz ist doch auch da oben. Er ist genauso schlimm wie Johnny. Will alles geändert haben. Um die Bühnenbilder gibt's jedes Mal Streit zwischen den beiden.«

Sie hatten die etwas dunklere Ecke am Ende des Korridors erreicht. Hero wandte ihm hoffnungsvoll das Gesicht entgegen, aber noch nie war ihr ein Lächeln schwerer geworden. Er streifte unabsichtlich mit dem Arm ihre Brust. Da spürte sie, wie er vor der Berührung zurückzuckte.

»Ich – nein, Hero, jetzt nicht. Entschuldigen Sie mich.«

Sie sah ihm jetzt direkt ins Gesicht. Eine leichte Röte beginnenden Ärgers verfärbte ihre Wangen.

»Schön, dann weiß ich Bescheid. Es tut mir Leid, ich hätte Sie nicht dazu zwingen sollen, es auszusprechen. Sie wollen außerhalb der Bühne nichts mit mir zu tun haben. Das kann ich verstehen, aber … Ich hatte eben gehofft … Ich weiß, dass ich selbst daran schuld bin«, sagte sie. »Und ich weiß auch, was Sie jetzt von mir denken werden. Aber ich dachte mir, wir könnten wenigstens versuchen, noch das Beste daraus zu machen. Ich habe mir alle Mühe gegeben …«

»Hero«, sagte er bewegt, »Sie wissen ja gar nicht, worum es geht! Ich gebe Ihnen doch keine Schuld. Wie können Sie nur glauben …«

Er wandte sich ab, weil er spürte, dass er sie sonst ganz offen mit seinen Blicken verschlungen hätte.

»Morgen«, murmelte er verzweifelt und nicht sehr logisch, dann schob er sich an ihr vorüber und stieg so rasch die Treppe hinauf, wie es ihm seine Würde eben noch erlaubte. Vielleicht sogar ein wenig schneller.

Nach vierzehntägiger Verbannung wurden die Kulissen für den ›Figaro‹ wieder aus der Requisitenkammer geholt und für die reibungslosen Szenenwechsel vorbereitet, auf die alle Mann von der ›Hellespont‹ besonders stolz waren.

Johnny strich zwischen den Kulissen umher, betrachtete sie Stück für Stück und ließ dabei nie Musgrave aus den Augen, der sich im Orchesterraum häuslich niedergelassen hatte. Er nahm mit finsterer Miene den ganzen ersten Akt auseinander und gestaltete ihn mehr nach seinen eigenen Wünschen. Er gab sich gar keine Mühe, unauffällig zu bleiben, und er hatte auch nichts Geheimnisvolles an sich. Manchmal fragte sich Johnny, ob er wirklich immer wieder kam, weil er noch hoffte, etwas Neues über Marc Chatriers Tod zu erfahren – oder ob er ganz einfach das herrliche Gefühl genoss, einmal in seinem Leben völlig freien Zugang zu einem Opernhaus zu haben. Der Gedanke, dass sie ihn vielleicht nie wieder loswerden könnten, war ein Albtraum. Seine Ansichten waren zu extrem, um noch als Kritik bezeichnet zu werden; Zersetzung kam der Sache schon näher.

»Der ganze Rosenplunder um den Armsessel, das ist nichts als reine Komödiantengewohnheit. Sie ruinieren den Eindruck durch den Realismus auf der anderen Seite – dass Sie einen raffinierten Liebessitz bauen, der wirklich groß genug ist, sich darin zu verstecken. Viel zu schwerfällig. Und der realistisch-dunkle Pinienhain im letzten Akt – all diese Figuren aus der Komödie brauchen doch nicht überzeugend zu wirken.«

»In diesem Theater schon«, sagte Johnny. Wenn er an den dunklen Pinienhain dachte, schlug sein Puls unwillkürlich schneller. Wenn er nicht so sehr auf dem richtigen Eindruck bestanden hätte, wäre Marc Chatrier jetzt möglicherweise noch am Leben.

Ein bisschen mehr Licht, und niemand hätte sich an ihn herangewagt.

»Sie heben Mozart aus dieser Welt heraus.«

»Alle Welten gehören Mozart«, sagte Johnny. »Jedenfalls alle bewohnten Welten. Seine Sprache ist universell. Und wissen Sie was? Deshalb kann man sein Grab auch nicht finden. Sein Leib konnte nicht an einem bestimmten Ort ruhen. ›Ein Tautropfen fällt in die glitzernde See‹. Er ist überall.«

»Ich habe das immer so verstanden, dass der Tautropfen dadurch verloren geht«, sagte Musgrave mit seinem leisen, leicht überheblichen Lächeln. Er tastete sich zwischen den Notenständern hindurch.

»Kann ich mir vorstellen!«, sagte Johnny. »Das gehört zu den grundlegenden Unterschieden zwischen den Menschen. Es gibt warme und kalte Menschen. Es gibt Leute, die essen von ihrem Kuchen zuerst die Schokoladenglasur, andere sparen sie sich bis zuletzt auf.«

In diesem Augenblick konnte er seinen Widersacher nicht sehen. Zwischen ihnen lag die Verankerung der stehenden Prospekte. Er stand gerade unter dem Bogen, der zum linken Pinienhain führte. Hierhin hatten sich Nan und Gisela in der Katastrophennacht zurückgezogen und einander damit unabsichtlich ein hieb- und stichfestes Alibi verschafft. Eine Reihe dumpfer Farbflecken war es nur bei Normalbeleuchtung. Erst die Bühnenbeleuchtung zauberte daraus Zweige und tiefe Schatten. Dazwischen ruhte aber, hell und dunkel, das Gewirr von leinwandbespannten Lattenrahmen.

Er zog sich vor der predigenden Stimme, die ihn förmlich verfolgte, noch tiefer zwischen die Kulissen zurück. Seine Finger glitten dabei liebevoll die Holzrahmen und die raue Leinwand hinauf und hinab. Hier hinten hatte Gisela die Hand ausgestreckt und nach dem Degen getastet. Er konnte die seltsamen Ereignisse jener Nacht immer noch nicht erfassen. Das heißt, sein Verstand begriff wohl, aber seine Sinne konnten sich nicht an die Vorstellung gewöhnen, dass Gisela sich beiseite schlich und die Hand im schwarzen Spitzenhandschuh nach der bereitstehenden Waffe ausstreckte.

Als er sich umdrehte, bemerkte er dicht vor seinem Auge einen haarfeinen, roten Faden, der sich in einem leisen Luftzug bewegte. Er stand aus dem Zwischenraum zwischen Leinwand und Holz hervor. Ein feiner Seidenfaden. Johnny zog daran. Der Faden riss sofort ab und hing mit der lebendigen Zähigkeit echter Seide an seinem Finger. Aber ein dickerer Faden von blauer Farbe folgte nach, ein Stückchen Weiß, die winzige Ecke eines Stoffstreifchens.

Johnny schob sehr behutsam die Fingerspitzen zwischen

Leinwand und Rahmen und fühlte den Rand eines kleinen, eng zusammengefalteten Gegenstands, der bis dahin geschoben war, wo die Leinwand am Holz befestigt war. Lebendige, knisternde Seide brachte die Nerven in seinen Fingern zum Prickeln. Die Härchen an den Handgelenken richteten sich auf. Dreifach gefaltet und winzig klein zusammengepresst, nahm das Ding nicht viel Raum in Anspruch. Er schob auch die letzte kleine Faser beiseite, bis man nichts mehr sehen konnte. Etwas anderes wagte er nicht. Die dozierende Stimme näherte sich ihm, suchte nach ihm. Musgrave hatte den Orchesterraum verlassen und stand schon auf der Bühne.

Johnny ging ihm entgegen. Seine Miene war unbewegt, sein Blick nichts sagend. Er ging an ihm vorbei, blieb mitten auf der Bühne stehen und betrachtete die ringsum aufgestellten Spielsachen.

»Wollen Sie wissen, was mit Ihnen los ist, Musgrave?«, fragte er. »Sie haben die Fähigkeit verloren, sich wirklich und ehrlich zu freuen. Und da Sie sich nicht mehr freuen können, soll sich auch kein anderer freuen. Die kritische Einstellung bedeutet für Sie eine Waffe, mit der Sie anderen Leuten etwas verderben können, Leuten, die damit zu Recht ganz glücklich gewesen wären, wenn Sie nur Ihren Mund gehalten hätten.«

»Ach, ich weiß«, sagte Musgrave. Er folgte Johnny dicht auf dem Fuße und trug wieder sein überlegenes Lächeln zur Schau. »Wenn's nach Ihnen ginge, sollten wir alle werden wie die Kinder.«

Johnny hatte ihn nun auf die andere Seite der Bühne gelockt, Schritt um Schritt weg von dem winzigen, zusammengefalteten Stoffrestchen, das im Pinienhain versteckt lag. Wenn ich ruhig weiterrede, sagte er sich, dann zappelt Musgrave wie ein Fisch an der Angel. Aber wie schwierig ist es doch, logisch zu argumentieren, wenn man mit seinen Gedanken bei einer anderen schwierigen Sache ist, einer Frage von Leben und Tod, die unter allen Umständen geheim gehalten werden muss!

»Aber nein, das würde ich nicht sagen«, widersprach er und betrachtete seinen Widersacher mit einem kritischen Blick. »Wenn ich es mir recht überlege, müssen Sie ein schreckliches Kind gewesen sein, das ewig anderen Kindern die Luftballons platzen ließ und es dabei wohl auch noch gut meinte. Nein, mein Freund, bleiben Sie ruhig so erwachsen wie Sie wollen und sonnen Sie sich in Ihrer frostigen, intellektuellen Erfahrung. Aber dann dürfen Sie auch nicht erwarten, dass das Himmelreich Ihrer wird.«

Herunter von der Bühne. Führ ihn weg von dort, bitte ihn hinauf ins Büro, lass ihn notfalls die Modelle zum ›Rosenkavalier‹ ansehen. »Abklatsch« wird er diesen herrlichen Erben Figaros nennen, zweifellos – aber lass ihn ruhig reden. Es spielt alles keine Rolle, solange er nur nicht in die Nähe dieses Hains gerät.

»Ich werde heute Abend Ihre Figaro-Aufführung besuchen«, verkündete Musgrave, als er Seite an Seite mit Johnny den Korridor entlangging.

»Selbstverständlich. Sie können gern meine Loge haben, wenn Sie möchten.«

»Besten Dank, aber wenn Sie nichts dagegen haben, möchte ich mich lieber hinter der Bühne aufhalten.«

Das sieht ihm ähnlich! Johnny sah ihn schon im Geiste als ewiges, lächelndes, unüberwindliches Hindernis zwischen sich und dem winzigen Stoffteilchen aufragen, das er wegholen und vernichten musste. Jetzt würde er bis zum Ende der heutigen Vorstellung wieder nicht darankommen. Aber irgendwann musste ja wohl auch dieser Mann nach Hause gehen und schlafen.

Als Johnny hinter verschlossenen Türen allein war, setzte er sich hin und überlegte. Zwei Mal streckte er schon die

Hand nach dem Telefon aus, um Gisela anzurufen, einmal begann er sogar, ihre Nummer zu wählen, aber dann legte er den Hörer doch wieder auf, ohne das Gespräch geführt zu haben.

Was sollte er ihr auch sagen? Und was konnte er sie fragen?

Jetzt wusste er, wo das Stück Seidenband, das von Heros Gehänge abgerissen worden war, geblieben war. Er wusste, wo er es in dieser Minute holen konnte – wenn der Wachhund da unten wenigstens für eine bloße Viertelstunde weggerufen würde! Mohn, Kornblumen und Ähren, auf weiße Seide gestickt, mit Goldfäden eingerahmt, Teil des Bandes von einem böhmischen Brautschmuck, umgearbeitet zum Waffengehänge für ein dreizehnjähriges Kind – vor nahezu zwei Jahrhunderten. Seine Finger brannten noch von der Berührung mit diesem geheimnisvollen Stückchen Stoff, weich, lebendig, an der Haut klebend.

Und niemand außer Gisela konnte es dort versteckt haben.

Das stand fest. Sie hatte während Tondas Arie dort verborgen gestanden. Und sie schien gleich gewusst zu haben, dass sie sich sofort dieses kleinen, weichen Seidenstückchens entledigen musste. Sie hatte es an der Stelle versteckt, an der sie gerade gestanden hatte, bevor sie hinaustrat und der Katastrophe begegnete, die über sie alle gekommen war.

In der dunklen Ecke konnte das alles durchaus geschehen sein, ohne dass Nan etwas davon merkte.

Danach ließ sich nichts mehr rückgängig machen. Musgraves Leute hielten sich ununterbrochen im Theater auf. Ihr blieb nichts anderes übrig, als das Ding in seinem Versteck zu belassen und keinerlei Interesse daran zu zeigen – und zu hoffen, dass der Gegner irgendwann einmal gehen würde. Aber der Gegner war nicht weggegangen.

Sie hatte den Stoff versteckt. Sie hatte gewusst, dass sie ihn verstecken musste. Sie hatte den Grund für die Bedeutung dieses kleinen Streifens Seide gekannt – weil sie wusste, weil sie gewusst haben musste, dass Chatrier bereits tot war.

Gleichgültig, wie die Wahrheit über diese Nacht auch aussehen mochte, Gisela hatte jedenfalls gelogen.

Der Vorhang fiel nach einem ›Figaro‹, der so enttäuschend war, wie er zunächst erfolgreich zu werden versprach. Acht oder neun Vorhänge, ein paar Blumen. Aber Johnny wusste ebenso Bescheid wie sein Ensemble. Selbst der tapfere und unglückliche Ersatz-Figaro wusste nur zu genau, dass er seiner Aufgabe nicht gewachsen war und sich vergebens anstrengte. Das Publikum bekam den falschen Eindruck. Die Hälfte der Plätze wurde mindestens von Leuten eingenommen, die sonst nicht im Traum daran dachten, eine Mozartoper zu besuchen. Sie waren nur aus makabrer Neugier gekommen, weil sie sich die Wiederholung einer Tragödie oder sonst irgendeine prickelnde Sensation davon versprachen.

Die Sache war für alle Beteiligten unbefriedigend. Johnny empfand Mitleid für seinen Figaro. Der Junge hatte sich mächtig angestrengt und alles gegeben, was in ihm steckte. In solch einem Fall ist es bitter, sich mit der Erkenntnis abzufinden, dass das Beste noch nicht gut genug ist.

Am Ende der Vorstellung gab Johnny sich Mühe, ein paar tröstende Worte zu ihm zu sagen. Nicht übertrieben, denn dumm war der Junge keineswegs. Ich könnte einen guten Künstler aus ihm machen, überlegte Johnny. Wenn ich ihn für zwei Spielzeiten hätte, würde ich schon die Rollen herausfinden, die ihm liegen. Warum sollte er einen schlechten Figaro singen, wenn er doch das Zeug für einen recht ordentlichen Masetto in sich hat?

Das Theater leerte sich rasch. Das abschwellende Murmeln der Erregung, das heute Abend einen seltsam falschen Ton an sich hatte, klang Johnny noch in den Ohren, als er in den Seitenkulissen stand. Die Orchestermusiker kamen klappernd aus dem Orchesterraum. Sie schoben ihre Instrumente durch die niedrige Tür, holten ihre Mäntel und rüsteten sich zur Heimfahrt. Ihre Gespräche drehten sich um eine Anfrage, die wegen der Polizeistunde in diesen Randbezirken Londons eingebracht worden war, und um das Problem, wo man trotzdem vielleicht noch etwas zu trinken bekommen könnte. Dann um das Pferd, das im Halbviererrennen gestürzt war und um die Chancen der Hotspurs beim Europapokal.

Johnny war das ganz recht. Er kannte die kleinen Realitäten wie auch die großen und sah zwischen beiden keinen Widerspruch.

Die Harfenistin war natürlich geschmackvoller. Sie strickte in den Pausen eifrig, während die anderen Siebzehnundvier spielten.

Johnny stand da und sagte: »Gute Nacht – Gute Nacht! – Gute Nacht!« Von Musgrave hatte er keine Spur mehr gesehen, seit der Vorhang gefallen war. Es waren noch drei Kriminalbeamte in Zivil im Haus, aber auch von denen ließ sich jetzt keiner blicken.

Johnny schlenderte gemächlich quer über die Bühne auf den linken Pinienhain zu. Dort blieb er im Schutz der Kulissen stehen und zündete sich eine Zigarette an. Niemand kümmerte sich um ihn, keiner stand in der Nähe, der ihn hätte sehen können.

Er wusste das Ergebnis bereits im Voraus. Trotzdem schob er seine Finger zwischen Leinwand und Holzrahmen und tastete nach der Stelle, wo der Stoffrest gesteckt hatte.

Er war nicht mehr da. Nur eine feine Faser weißer Seide, eineinhalb Zentimeter lang und fein wie Distelhaar, hing an der Kante des Vierkantholzes.

Sie hatte lange auf ihre Gelegenheit warten müssen. Aber Figaro hatte sie ihr schließlich beschert. Dieselbe Hand, die

Heros Seidenband versteckt hatte, musste es während des letzten Akts wieder hervorgeholt haben.

Er fühlte sich elend, als er sich langsam in Giselas Garderobe schleppte, und er wusste, dass er die Sache nicht auf sich beruhen lassen konnte. Noch nie zuvor hatte er gezögert, an ihre Tür zu klopfen. Diesmal kostete es ihn einige Überwindung. Und als sie ihn hereinrief und ihn aus dunkel geränderten, müden Augen über die Schulter anlächelte, wusste er, dass er nicht mit der Tür ins Haus fallen und sie danach fragen konnte. Nach all der Zeit, die sie einander nun schon kannten, wusste er plötzlich nicht mehr, wie er die Sache anfangen sollte.

»Nun?«, fragte Gisela. »Wie war's?«

Sie trug noch Marcellinas schwarzes Spitzengewand mit dem steifen Mieder um die schlanke Taille. Er trat hinter sie und blickte ihr in die ruhigen Augen, die ihn aus dem Spiegel betrachteten.

Sie lächelte, und er erwiderte das Lächeln. Es war die Frage, wem von beiden es schwerer fiel.

»Ich denke, viel mehr durften wir uns nicht erhoffen. Eigentlich war's nicht übel. Nach allem, was geschehen ist, konnten wir nicht mit einem unbefangenen Publikum rechnen.«

»Es geht vorüber«, sagte Gisela, als fiele ihr kein besserer Trost für ihn oder für sich selbst ein.

»Tut mir Leid, ich dachte, du wärst schon umgezogen. Soll ich gehen?«

Er legte ihr die Hand auf den Spitzenschleier, der ihre milchigen Schultern noch weißer erscheinen ließ. Sie wandte den Kopf ein wenig zur Seite, öffnete die Lippen und senkte die langen Wimpern, als hätte nur ein einziges weiteres Wort genügt, damit sie ihre Wange an seine Hand legte und sich ein wenig ausgeruht hätte. So müde hatte er sie noch nie gesehen. Um ihren Mund verliefen feine Linien, andere um die Augen.

Sein Herz war plötzlich von einer so traurigen und tiefen Zuneigung zu ihr erfüllt, dass er kaum reden konnte.

»Ach, Mädchen – wenn du es mir nur gesagt hättest!«

Wie oft hatte er das in den letzten Tagen schon zu ihr gesagt? Und wie oft sprachen es seine Blicke aus, selbst wenn er schwieg?

»Nein, lass das doch! Wie sollte ich denn? Als ich erfuhr, dass er kommen würde, war es schon zu spät. Wir hätten von unserem Vertrag nicht mehr zurücktreten können. Welchen Zweck hätte es gehabt, dich damit zu belasten und mit allem wieder von vorn anzufangen? Ich dachte, wir würden es schon schaffen. Ich habe geglaubt, es ertragen zu können.«

»Aber wenn ich's gewusst hätte! Ich hätte das niemals zugelassen.« Er trat mit einem hilflosen Seufzer einen Schritt zurück. »Ich gehe jetzt«, sagte er. »Zieh dich um, dann bringe ich dich nach Hause.«

»Nein, geh nicht. Setz dich da hin, es geht schon.«

Sie zog sich hinter den breiten Türen ihres Wandschranks um. Er hörte, wie der endlos lange Reißverschluss ihres Spitzenkleides heruntergezogen wurde.

»Hero war heute Abend ein wenig bedrückt«, sagte ihre Stimme, gedämpft durch die weiten Unterröcke, die sie sich gerade über den Kopf zog.

»Sind wir das nicht alle?«, fragte er bitter.

»Sie hat ihre Sache sehr gut gemacht. Trotz allem aber ein bisschen zu gedämpft.«

Ihre Handtasche lag auf dem Schminktisch, nicht weit von seiner Hand entfernt. Er wusste schon seit ein paar Minuten, was er tun würde, aber noch nie war ihm etwas so schwer gefallen. Er saß mit dem Rücken zu ihr und verdeckte ihr den Blick auf die Tasche aus weichem Kalbsleder, die so unschuldig dalag. Auch im Spiegel würde sie nichts von dem sehen können, was er nun vorhatte. Aber er musste damit zurechtkommen, nicht nur jetzt, sondern auch später, so gut es eben ging. Und vielleicht war alles vergebens. Es wäre albern, einen so gefährlichen Gegenstand so schlecht unterzubringen, sich selbst einer derartigen Bedrohung auszusetzen – aber Frauen sind seltsam, was Handtaschen angeht. Sie glauben, auf Grund irgendeiner Magie seien sie heilig und unantastbar.

»Du bist so still«, sagte Gisela und hängte Marcellinas Kleid auf den gepolsterten Bügel. Sie griff nach ihrem schwarzen Jerseykostüm. »Was ist denn los? Ich meine, abgesehen von dem Üblichen?«, fügte sie halb ironisch hinzu, denn der Schatten, der über ihnen lag, wurde von allen als täglich schwerer werdendes Gewicht empfunden.

»Nichts. Wahrscheinlich geht's mir wie Hero: ein bisschen bedrückt.«

Seine Finger öffneten behutsam den Verschluss der Handtasche. Er ging sehr vorsichtig vor, weil er Angst hatte, irgendetwas könnte klicken. Ein derartiges Geräusch hätte sie sofort erkannt. Aber das Rascheln weiter Taftunterröcke im Schrank übertönte seinen Frevel.

Sie war ein Muster an Ordnungsliebe. Selbst ihre Handtasche spiegelte die Ordnung wider, die ihr Grundsatz war: Lippenstift, Geldbörse, Schlüssel, Taschentuch, Zigarettendose, Feuerzeug, zwei oder drei bereits geöffnete Briefe. Sonst nichts. Oder doch! In einem der Briefe steckte etwas Weiches, Glattes, jedenfalls kein Papier. Er schob die Hülle ein Stück auseinander – da hatte er es vor sich: ein Stück strahlend-bunter Seide, golden, rot, blau und weiß. Hauchzarte Fasern streckten sich wie Tentakel nach seinen Fingern aus und wollten an der Haut haften bleiben.

Er zog das Band mit Zeige- und Mittelfinger heraus und faltete es auseinander. Es waren ungefähr zwanzig Zentimeter mit einem eingerissenen Saum auf der einen und lose flatternden Fäden auf der anderen Seite. In der Mitte führte ein gerader, schmaler Streifen einer dunkleren, rötlich-braunen Farbe darüber, kaum dicker als ein Bleistiftstrich, an den Rändern wie bei einem Tintenfleck ein bisschen ausgelaufen.

Kein Zweifel: das war ein dünner Blutstrich.

Marc Chatriers Blut.

6

Er hörte ihren leichten Schritt hinter sich und spürte, wie ihm vor Scham und Angst der kalte Schweiß in den Handflächen ausbrach. Das Band lag wieder zusammengefaltet im Umschlag, die Handtasche war geschlossen, wie sie zuvor dagelegen hatte – alles war genau wie vorhin, bis auf die tiefe Farbe in Johnnys Wangen.

Als Gisela sich bewegte, erreichte ihn ein feiner Hauch ›Muguet‹ und ließ ihn leise zittern. Noch nie war er ihrer so bewusst geworden wie in diesem Augenblick, wo sie sich ihm nicht anvertrauen konnte und er nicht wusste, wie er ihr dabei helfen sollte.

Ihre Blicke trafen sich im Spiegel. Er stand langsam auf und drehte sich zu ihr um. Eine ganze Weile fehlten ihnen die Worte. Sie presste den Kragen ihres Pelzmantels an die blassen Wangen und griff nach ihrer Tasche.

»Johnny …«

Es war mehr ein gedämpfter Seufzer.

Eine Sekunde lang glaubte er schon, es werde nun alles aus ihr hervorbrechen, aber er hätte sie eigentlich besser kennen müssen. Sie wollte nichts weiter als eine Stunde Pause zum Luftholen vor dem nächsten Gefecht.

»Johnny, führ mich bitte aus. Irgendwohin. Es ist mir ganz gleich. Gehen wir doch in den Mezzodi-Klub essen – oder in ein anderes Lokal, wenn du willst.«

»Mir ist es recht«, sagte er überrascht. »Wenn du nicht zu müde bist?«

»Ich bin doch nicht müde. Ich brenne nur darauf, woanders hinzugehen und etwas anderes zu sehen – nur nicht Inspektor Musgraves Gesicht.«

»Dann schicke ich Hero mit Tom nach Hause«, sagte Johnny bereitwillig. »Wir leihen uns ihren Aston aus und fahren nach London hinein.«

»Du hast bestimmt nichts dagegen?«

»Etwas dagegen? Aber nein, ich freue mich. Ich muss auch mal hier heraus.«

Das stimmte zwar, nur war die Lösung seines Problems in London ebenso wenig zu finden wie hier. Wie konnte er mit ihr über das sprechen, was er wusste? Jahrelang hatte er sich ganz auf Gisela verlassen, Seite an Seite mit ihr gearbeitet, sich in ihrer Gegenwart rückhaltlos ausgesprochen und laut gedacht. Sie hatte seine besten wie auch seine schlechtesten Seiten kennen gelernt, und er hatte sich darauf verlassen, dass sie ihn so akzeptierte, wie er nun einmal war. Sie hatte nie einen Versuch unternommen, ihn zu behindern oder zu ändern, aber sie hatte ihm auch niemals ihre Treue und Freundschaft entzogen.

Er nahm ihren Arm, als sie den Flur entlang zu Heros Garderobe gingen. Die Handtasche befand sich zwischen ihnen wie ein Symbol ihres Schweigens und ihrer Einsamkeit. Sie schenkte ihm das Vertrauen nicht, das er ihr immer entgegengebracht hatte. Wie konnte er ihr entlocken, was sie ihm nicht freiwillig anbot? Es gab keinen Ausweg. Er fühlte sich ratlos und elend und hielt ihren Arm nur sehr locker, weil er fürchtete, schon die Berührung seiner Hand könnte ihr verraten, wie viel er wusste.

Wo stand er jetzt? Was sollte er tun? Wie konnte er ihr helfen, wenn sie ihn nicht um seine Hilfe bat? Er spürte sie an seiner Seite, schlank und ruhig, und sie bedeutete ihm mehr, als er es jemals für möglich gehalten hätte. Er musste sie bewahren, unter allen Umständen. Ohne sie hatte alles andere keinen Sinn mehr für ihn.

»Wir gehen essen«, rief Johnny und legte den Kopf an Heros Garderobentür. »Kleines, du hast doch nichts dagegen, mit Tom nach Hause zu fahren, wie? Leihst du uns dann für heute Abend deinen Aston? Nelly hat dir zu Hause sicher etwas zu essen und trinken gerichtet. Schlaf gut, mein Liebes. Morgen hast du keine Probe, da kannst du ausschlafen.«

Hero öffnete ihm und bemerkte zärtlich: »Man könnte meinen, ich sei schwer krank.« Dann drückte sie ihm ihren Mantel in die Hand, weil sie sich, wie sie meinte, das Vergnügen nicht nehmen lassen wollte, sich von ihrem Lieblingskavalier in den Mantel helfen zu lassen. Es war so einfach gewesen, das alte Verhältnis zu Hero wiederherzustellen.

»Du warst nur in den letzten paar Tagen etwas niedergeschlagen, das ist alles.« Er legte den Mantel um sie und nahm sie dabei in den Arm. Sie drückte ihren zerzausten Blondschopf an seine Wange. »Ist etwas?«, fragte er.

Hero seufzte ergeben und sagte: »In diesem Theater läuft jeder herum und fragt jeden, ob etwas los sei. Eigentlich nicht, Johnny. Wir hatten einen kleinen Mord, sonst nichts. Seltsam, wie sich die Leute darüber aufregen. Sollte man nicht glauben.« Dann drehte sie sich um und nahm ihn auch in die Arme. »Tut mir Leid. Aber mir geht's gut, mach dir keine Sorgen. Macht euch auf den Weg, geht tanzen oder treibt sonst etwas, das wird euch gut tun.«

Sie gingen gemeinsam nach unten. Dass Hero zwischen ihnen ging, erleichterte Gisela ein wenig, weil damit das gegenseitige Sichanvertrauen vorerst ausgeschlossen blieb. Die beiden konnten sich selbst einreden, sie hätten sich freimütig unterhalten, wenn nicht das ahnungslose Mädchen bei ihnen gewesen wäre.

Im Foyer erwartete sie Sam. Sobald sie auftauchten, schrie

er nach Codger, der sofort gerannt kam, um ja sein Vorrecht wahrzunehmen.

»Er ist draußen«, sagte Sam in einem Ton, dass nur Musgrave gemeint sein konnte. »Steht schon seit über zehn Minuten da und tauscht mit ein paar von seinen Kollegen Neuigkeiten aus. Pass nur auf, dass er dir nicht einen ganzen Kordon von Wächtern um dein Haus gestellt hat, wenn du zurückkommst.«

»Wir fahren jetzt nicht nach Hause, Sam. Hero braucht ihren Schönheitsschlaf. Wir Jungen ziehen noch einmal los.«

»Da hab' ich mir ja einen feinen Vater eingehandelt«, sagte Hero, indem sie seinen Ton verständnisvoll aufgriff. Nach Hans Selverer brauchte sie sich gar nicht erst umzusehen. Der war sicher schon längst fort und hatte ihr außerdem deutlich genug gezeigt, was er von ihr hielt. Sie wusste, wie er sich die Fortsetzung ihres Verhältnisses zueinander vorstellte: rein beruflich.

»Komm mir nur nicht blau nach Hause und fahr mir keine Beule in meinen Wagen, sonst kannst du was erleben!«, drohte sie.

Sam und Codger folgten ihnen hinaus zum Bentley. Es war Anfang November, ein trister, feuchter Abend mit einem nassen Schleim auf den Straßen und feinem Dunst in der Luft; alle Lampen trugen matte, graue Heiligenscheine. Die schmucken Bäume, die den halbkreisförmigen Vorhof des Theaters zierten, hatten sich längst verfärbt, aber noch hatte sie kein Frost ihres Laubes beraubt. Das einförmig graue Licht nahm den Blättern all ihre Buntheit. Sie hingen wie feuchte, ein wenig schimmernde Lappen an ihren Zweigen, schweigend und traurig.

Unter der Torbeleuchtung hielt der Bentley am Fuß der Treppe. Tom Connard lehnte daneben, die Hände in den Hosentaschen. Seine gewaltige, knochige Stirn überschattete wie bei einem Menschenaffen die gütigsten und verständnisvollsten Augen der Welt. Rasch spuckte er die Zigarette, die ihm an der Unterlippe klebte, in den Rinnstein und trat sie aus, als er seinen Chef näher kommen sah. Tom bestimmte die Form ihrer Beziehungen zueinander, nicht Johnny. Nicht einmal bei der Marine hatte Johnny viel um eine formelle Hierarchie gegeben und übrigens auch seinerseits nie besonderen Respekt vor höheren Rängen aufgebracht.

Auf dem Hof standen immer noch ein paar andere Fahrzeuge herum. Musgraves schwarzer Austin war strategisch sehr geschickt genau am Ende der halbrunden Auffahrt geparkt. So konnte der Inspektor jederzeit unbehindert und unauffällig wegfahren. Selbst die Beleuchtung war dort schwächer, und die allgemeine Feuchtigkeit, die von Autodächern, Straße und Gras schimmerte, ließ den schwarzen Wagen mit der Umgebung verschmelzen.

Musgrave selbst stand auf halbem Wege zwischen dem Bentley und seinem eigenen Wagen und sprach mit zweien seiner Leute. Wie auf ein verabredetes Zeichen hin brach er den Dialog ab, als Johnny die Einfahrt erreicht hatte. Rasch, aber unauffällig ging er auf seinen Austin zu.

Johnny juckten die Daumen. Die Art, wie Musgrave seinen Wagen aufgestellt hatte, mochte das Ergebnis von Instinkt und langer Erfahrung sein. Dass Musgrave sich herumtrieb, bis Johnny erschienen war, konnte nichts anderes bedeuten, als dass der Inspektor sichergehen wollte, dass an diesem Abend die Ereignisse ihren gewohnten Gang gingen wie an allen anderen Abenden auch. Beides zusammen deutete jedoch auf eine intensivere Beschäftigung mit Johnnys Tun und Lassen hin, als diesem lieb sein konnte. Seinetwegen konnte es ihm gleichgültig sein, wie viel Schlaf Musgrave an ihn verschwendete; aber wenn er an das kleine, zusammengefaltete Ding in Giselas Handtasche dachte, drehte sich ihm vor Angst der Magen um.

»Heute Abend hast du nur mich, Tom«, sagte Hero. »Wir tauschen die Wagen. Johnny will noch in die Stadt.«

»Sehr wohl, Miss«, sagte Connard und trat großmütig beiseite, damit ihr Codger die Tür öffnen konnte.

»Nein, vorn, mein lieber Codger. Ich möchte bei Tom mitfahren. So ist's fein.« Sie drehte sich rasch um und hielt Johnny ihre kalt gewordene Wange hin. »Gute Nacht, mein Lieber! Gute Nacht, Gisela!«

»He, und deine Schlüssel?«, fragte Johnny.

»Die stecken. Ich hab' den Wagen in der Garage abgestellt, da wollte ich sie nicht mitnehmen.«

Codger schlug hinter ihr die Tür fest zu und zog noch einmal an dem Griff, um sich davon zu überzeugen, dass die Tür auch tatsächlich gesichert war. Dann trat er strahlend zurück. Der Bentley rollte davon.

Vorn links brannten inzwischen auch die Scheinwerfer des Austin, und der Motor surrte leise. Sehr, sehr langsam schob sich der Wagen auf die Straße zu. Er ließ den Bentley vorbei. Der hielt an der Ausfahrt und rollte dann mit majestätischem Schwung auf die freie Straße hinaus. Erst sah es ganz so aus, als wolle ihm der Austin folgen, aber er tat es nicht. Aus dem Auspuff kräuselte noch für ein paar Sekunden bläulicher Rauch, die Maschine brummte einmal auf, dann wurde der Wagen dichter an den Rand des Gehsteigs gesteuert. Der Motor verstummte. Sekunden später öffnete sich auf der Fahrerseite die Tür.

So war das also. Jetzt wussten sie, woran sie waren. Aber zumindest Hero befand sich auf dem Heimweg und in Sicherheit. Auf sie hatte er es nicht abgesehen, für sie interessierte er sich offenbar nicht. Als er gemerkt hatte, dass sie neben dem Fahrer der einzige Insasse des Bentley war, ließ er von diesem ab.

Er lauerte auf anderes Wild.

»Der Schweinehund!«, presste Sam zwischen den Zähnen

hervor. Er sah den Inspektor langsam zurückkommen. Die beiden Kriminalpolizisten hatten sich abgewandt und waren die Stufen zum Portal hinaufgegangen, um dem Wachmann Gesellschaft zu leisten. Es würde Musgrave nicht schwer fallen, eine Ausrede zu erfinden, irgendein paar Worte, die er noch zu Johnny zu sagen hatte.

Johnny stellte sich unwillkürlich vor, wie er und Gisela nebeneinander im Wagen sitzen würden, einander so nahe wie Liebende und doch durch Welten voneinander getrennt, unfähig, sich einander mitzuteilen, nicht einmal im Stande, diese Gefahr gemeinsam zu bestehen, wie sie seit jener ersten Flucht in dunkler Nacht alle Gefahren in geistiger und seelischer Harmonie überwunden hatten. Immer war diese Einheit zwischen ihnen da gewesen. Und nun hatten sie nichts mehr. Bisher war er immer sicher gewesen, dass sie sich in jeder Notlage zuerst an ihn wenden würde; jetzt war er machtlos und konnte ihr nicht helfen.

Plötzlich packte ihn eine so hilflose Wut, dass er am ganzen Körper unkontrollierbar bebte. Die Gestalt des auf ihn zukommenden Musgrave verschwamm vor seinen Augen wie das Spiegelbild eines Menschen in einem bewegten Teich.

»Der Teufel soll ihn holen!«, stieß er hervor. Es war ein Stoßseufzer machtloser Verzweiflung. »Wenn mir nur jemand den Gefallen täte, ihn aus dem Weg zu räumen!«

In diesem einen Augenblick meinte er es ernst; es war wie ein krampfartiger Schmerz, der ihn durchzuckte und sein Blut in Galle verwandelte. Dann ebbte das Gefühl rasch ab. Er zitterte vor Scham und Verlegenheit, als es vorüber war. Er fuhr sich mit der Zunge über die Lippen, schmeckte den salzigen Schweiß und merkte, dass seine Stirn mit eiskalten Perlen bedeckt war.

»Mach dir keine Sorgen, mein Sohn«, sagte Sam dicht hinter ihm ganz leise. »Er kann nicht gefährlich werden. Hörst du das, Johnny?« Eine harte, alte Faust traf ihn zwischen den Rippen und brachte ihn wieder zu sich. »Dir kann nichts passieren«, sagte Sam.

»Berühmte letzte Worte«, sagte Johnny mit einem Grinsen, das ihm wehtat, das nach außen hin aber ganz natürlich wirkte.

Nach dem Wutanfall legten sich bald auch Schwäche und Übelkeit. Er nahm die Dinge, wie sie waren und dachte nicht mehr an das, was hätte sein sollen. Musgrave war schon ganz nahe, und ihm blieb nicht mehr viel Zeit. Er glaubte kaum, dass sich hier etwas ereignen würde; Musgrave war es sicherlich lieber, die Zügel locker zu lassen und darauf zu warten, dass von selbst etwas passierte – solange er nur in der Nähe war und es bemerkte. Doch wegen des Seidenbandes in Giselas Handtasche bestand akute Gefahr. Er konnte sie jetzt nicht mit Musgrave allein lassen, nicht einmal für den kurzen Augenblick, den er gebraucht hätte, um den Wagen aus der Garage zu holen.

»Sam«, sagte er mit völlig ruhiger Stimme, »würdest du bitte Norrie anrufen und ihm sagen, er möchte Heros Wagen herschaffen? Du brauchst nicht mehr herauszukommen, es ist hier draußen kalt genug.«

Glücklicherweise wusste Musgrave noch nicht genug über das Leander-Theater, um zu erkennen, wie ungewöhnlich es war, dass Johnny sich den Wagen vorfahren ließ, wenn Tom Connard nicht in der Nähe war. Normalerweise wäre er selbst die wenigen Schritte um die nächste Straßenecke gelaufen und hätte ihn geholt. Doch das waren die Kleinigkeiten, die Musgrave nicht so rasch ins Auge fallen konnten.

»Alles klar«, sagte Johnny halblaut und stieß Sam den Ellbogen in die Seite, um ihn anzutreiben.

Er schaute sich nach Codger um, doch der war verschwunden. Er würde sicher wiederkommen. Bei Codger hatte es keinen Zweck, ihm zu sagen, er sollte sich die Mühe sparen. Johnnys Wagentür sicher zuzuschlagen, bedeutete für ihn einen der Höhepunkte des ganzen Tages. Dabei war es ihm völlig gleich, um welchen Wagen es sich handelte.

»Ich sollte Ihnen wohl mitteilen, dass ich über Nacht einen Mann hier lasse«, sagte Musgrave in normalem Ton. »Haben Sie etwas dagegen?«

»Keineswegs«, antwortete Johnny. »Ist es sehr indiskret, wenn ich frage, ob Sie mit irgendeinem ungewöhnlichen Ereignis rechnen?«

»Ich rechne nicht damit. Aber es kann nicht schaden, wenn sich die Hoffnung erhält. Er kann sich dann die Bühnenausrüstung einmal in aller Ruhe betrachten, ohne dass sich ringsum Proben und Vorstellungen abspielen.«

»Meine Erlaubnis hat er, überall herumzustöbern. Was soll das eigentlich – ein letzter Versuch?«

»Wir geben niemals auf«, sagte Musgrave mit einem gar nicht unfreundlichen Lächeln. »Sie haben mir zwar zu Anfang Blankovollmacht erteilt, aber ich wollte Ihnen doch lieber Bescheid sagen.« Er trat einen Schritt zurück und blickte von einem zum anderen. »Gute Nacht, Mr Truscott! Gute Nacht, Miss Salberg!« Noch ein Schritt. Er wandte sich gerade ab, als er noch hinzufügte: »War eine sehr lobenswerte Vorstellung heute Abend.«

»Wie herablassend der Kerl ist!«, fauchte Johnny leise. Noch einmal schüttelte ihn ein schwaches Nachbeben der früheren Wut. Er sah aber jetzt klar genug, um zu wissen, dass Musgrave eigentlich nicht die richtige Zielscheibe dafür war. Doch der Schmerz in seiner Brust ließ nicht nach. Sie stand schweigend an ihn gelehnt, so blass und still und stumm, dass er es kaum ertragen konnte. Wenn sie ihn nur ins Vertrauen ziehen wollte!

Der Aston Martin glitt flink um das weite Halbrund der Auffahrt herum. Norrie, der sich um die Autos kümmerte und über der Garage wohnte, hüpfte freudestrahlend heraus und hielt ihnen die Tür auf. Der arme alte Codger verpasste diesmal seine Chance. Er würde sich auf seine Art noch tagelang darüber beklagen, und sie mussten sich dann wieder zu seinem Trost die verschiedensten Ablenkungen einfallen lassen. Johnny erwartete schon, dass Codger die Treppe heruntergerannt kam, aber sicher befand er sich irgendwo außer Hörweite – wohl sicher geborgen bei Sam –, denn er tauchte nicht auf.

Musgrave setzte sich gerade gelassen ans Steuer seines Austin, als der Sportwagen an ihm vorüberfuhr und an der Ausfahrt kurz anhielt. Er teilte seine Zeit sehr geschickt ein. Es fiel gar nicht auf – für Jäger wie Gejagte blieb das Gesicht gewahrt. Die Absicht wurde nicht verhüllt, sondern nur bemäntelt. Das verlangte Johnny zumindest ein gewisses Maß an Respekt für seinen Gegner ab.

Johnny bog nach links, in Richtung auf London, ab. Der Verkehr war nicht sehr dicht, die feuchte Luft seltsam still. Man hatte den Eindruck, als sei die Stadt tausend Meilen weit entfernt. Ein paar Fußgänger waren noch unterwegs, aber so wenige, dass sie aus der Ferne selbst fast wie Gespenster wirkten.

»Sag etwas, Mädchen!«, verlangte Johnny mit einem Blick in den Rückspiegel. »Woher weiß ich denn, dass ich eine Frau neben mir sitzen habe, wenn sie kein Wort sagt?«

Der Austin war hinter ihnen ebenfalls in die Straße eingebogen und folgte in einigem Abstand Johnnys Rücklichtern.

»Er verfolgt uns«, sagte Gisela. Sie lehnte klein und verlassen an seiner Schulter.

»Ich weiß. Keine Sorge, sobald wir die Geschwindigkeitsbegrenzung hinter uns haben, lasse ich ihn einfach hinter mir zurück.«

Er hielt sich strikt an die Vorschriften, weil er nicht nur fahren, sondern gleichzeitig auch intensiv nachdenken musste. Außerdem wünschte er sich mit jeder Faser seines Herzens, sie möge die Gelegenheit wahrnehmen, sich ihm anzuvertrauen. Er konnte von sich aus nichts für sie tun. Sie musste den Anfang machen. Aber sie schwieg immer noch und verlangte nichts.

Was sollte er tun, wenn sie ihn ganz ausschloss? Was sollte er nur mit dieser Frau machen, von der er plötzlich entdeckte, dass er sie verdammt lieb hatte?

Wenn sie nicht reden wollte, wurde für ihn das Nachdenken umso dringlicher. Sie hatte gelogen und Beweismaterial unterdrückt. Kein Material, das für sich schon jemanden des Mordes überführen konnte, aber dennoch äußerst wichtiges Material. Belastender als das Ding selbst war der Umstand, dass sie es versteckt und so lange darüber geschwiegen hatte. Das bunte Band war vom Gehänge des Degens abgerissen, mit dem Marc Chatrier getötet worden war, und es klebte Chatriers Blut daran.

Und es war an einer Stelle gefunden worden, wo nur sie es versteckt haben konnte.

Die Herkunft des Bandes ließ logischerweise den Gedanken zu: Wenn sie nun ihren Mann getötet hatte …

Von diesem Punkt ausgehend, entwickelte er seine Überlegungen. Der Austin folgte ihm unterdessen in angemessenem Abstand.

Wenn sie ihren Mann getötet hat, dann bestimmt nicht, nachdem sie den Hain betrat, denn von diesem Zeitpunkt an war sie mit Nan zusammen, bis Tonda über die Leiche stolperte und zu schreien begann. Kein Einwand konnte diese Tatsache umstoßen.

Figaro musste also schon tot gewesen sein, bevor Gisela den Pinienhain betrat!

Aber danach sang er doch noch zwei Passagen aus den Kulissen.

Nein, er sang sie nicht, weil er sie nicht mehr singen konnte. Er war schon tot. Richtiger musste es also heißen: Ein anderer sang die beiden Zeilen für ihn, nachdem sie den Hain betreten hatte. Dass Figaro seine Arie selbst gesungen hatte, daran konnte kein Zweifel bestehen. Er hatte die Bühne für sich allein und war bis zum Schluss, wo er sich zwischen die Bäume zurückzog, von mehreren hundert Menschen deutlich zu sehen gewesen. Nur die beiden Passagen aus dem Hintergrund mochten von einem anderen gesungen worden sein. War das möglich? Von einem anderen Bariton? Einem guten Imitator, wie viele Sänger es sind? Ja, in diesem Fall war das gut möglich. Es waren zornige, gezischte Ausrufe, an denen man kaum die Eigenart einer bestimmten Stimme einwandfrei erkennen konnte. Ja, das konnte auch ein anderer Bariton gewesen sein.

Hans Selverer.

Nur allzu deutlich hatte Johnny jetzt den ganzen Ablauf des Abends vor Augen. Es war eine gemeinsam durchgeführte Rache. Gisela hatte den Degen aufgehoben, wie sie selbst zugegeben hatte, aber sie hatte ihn nicht weggestellt, sondern ihn ganz einfach unter ihren umfangreichen Röcken mit in die Kulissen gebracht. Dann war sie in den dunklen Pinienhain getreten, hatte lautlos Chatrier erstochen und war danach seelenruhig aufgetreten. Und Hans hatte ihr durch die zwei von ihm gesungenen Passagen hinterher ein Alibi verschafft. Dadurch waren kaum mehr als zwei Minuten gewonnen worden, doch diese zwei Minuten reichten aus, den Verdacht von ihr zu nehmen. Vielleicht war es eine impulsiv zu Stande gekommene Verschwörung, das Werk jener wenigen Minuten, vielleicht eine spontane Handlung, zu der sich Hans aus eigenem Antrieb bereits gefunden hatte.

Blieben einige unbeantwortete Fragen übrig. Warum hat sie hinterher das Band vom Waffengehänge mitgenommen? Schön, es war Blut daran, aber warum ließ sie es nicht einfach zusammen mit der Scheide an Ort und Stelle zurück, neben der Leiche? An dem Seidenstreifen war nichts, was sie mehr gefährden konnte als irgendeinen anderen. Wenn sie es liegen gelassen hätte – was hätte die Polizei daraus an zusätzlichen Informationen entnehmen können? Die Sache mit den Blutflecken?

»Er kommt näher«, sagte Gisela mit einem Blick über die Schulter. Sie musste die Augen im Scheinwerferlicht des verfolgenden Wagens zusammenkneifen. Die Straßenlampen standen hier in größeren Abständen. Den Bezirk der Geschäfte und Kinos hatten sie hinter sich gelassen und glitten nun durch Vorortsiedlungen mit einer hübschen Kneipe an jeder Straßenecke. Aber immer noch lag alles geisterhaft still da. Draußen auf dem Land kann es nie so einsam werden wie in einem wenig belebten Gebiet in der Stadt bei Nacht.

»Ich weiß«, sagte Johnny bitter. »Dabei fahre ich schon vierzig Meilen. Als Polizist kann er es sich erlauben, die Grenze zu überschreiten. Er soll sich aber nicht einbilden, dass er mich wegen Geschwindigkeitsüberschreitung drankriegt!«

Giselas Stimme konnte er nichts entnehmen. Sie machte die Bemerkung in einem Ton, als hätte sie aus seinem Verhalten geschlossen, es könnte ihn interessieren, aber als hätte die ganze Sache überhaupt nichts mit ihr zu tun.

Welche Entschlossenheit und Selbstbeherrschung hatte sie doch die ganze Zeit über an den Tag gelegt – das Band ganz einfach an der besten verfügbaren Stelle zu verstecken und dann vierzehn Tage lang nicht einmal einen Blick in diese Richtung zu werfen! Sie vermied den wahrscheinlich fatalen Fehler, das Band wieder an sich zu nehmen, ehe die nächste ›Figaro‹-Aufführung ihr eine günstige Gelegenheit dazu bot. Und nun, ausgerechnet an dem Abend, wo Musgrave sich zu ihrer Überwachung entschloss, musste sie es bei sich haben!

Wenn ich nicht dabei wäre, überlegte Johnny, dann könnte sie einfach das Fenster herunterdrehen und das Band hinauswerfen, sobald wir Musgrave nachher abgehängt haben. Wenn die Seide erst einmal über Nacht im Straßengraben gelegen hat und ein paar Räder oder Stiefel darüber hinweggegangen sind, werden die Farben keinem Passanten mehr auffallen. Noch weniger wird jemand auf den Gedanken kommen, sich danach zu bücken. Die Straßenreinigung wird es irgendwann mit auffegen, und alle sind so klug wie zuvor.

Aber sie kann es nicht hinauswerfen, weil Musgrave nicht der Einzige ist, der nichts davon wissen darf. Ich darf es auch nicht erfahren. Und ich kann ihr nicht sagen, dass ich es bereits weiß. Nicht nur, weil ich mich schäme, ihr nachspioniert zu haben, sondern mehr noch deshalb, weil ein Übergriff mich nicht zu einem nächsten berechtigt. Wieder ging es ihm durch den Kopf: Mein Gott, was soll ich nur tun, wenn er beschließt, sie heute Abend festzunehmen, bevor sie Gelegenheit bekommt, das Band loszuwerden?

Das Ende der Geschwindigkeitsbegrenzung kam in Sicht. Die Lampen standen hier weit auseinander wie goldene Perlen an einer langen Kette. Sie malten hellere Inseln in den dichten Dunst zwischen den Sträuchern des Mittelstreifens. Die Häuser hörten auf, sie fuhren plötzlich durch eine bedrückende Vorstadteinsamkeit.

Der Austin war noch mehr aufgerückt, versuchte aber nicht, den Aston zu überholen. Johnny drückte allmählich das Gaspedal durch. Der kleine Wagen machte einen Satz nach vorn wie ein endlich losgelassener Windhund.

Der Abstand vergrößerte sich zusehends, da sah Johnny plötzlich im Rückspiegel, dass die Lichter des Austin unvermittelt einen wilden Tanz aufführten. Sie brachen seitwärts aus, richteten sich noch einmal nach vorn und rasten dann unkontrolliert mit voller Geschwindigkeit quer über die Straße.

Gisela drehte sich auf ihrem Sitz herum. Eiskalte Finger umklammerten seinen Arm. Sie hatte die Augen weit aufgerissen.

»Johnny! Was ist da passiert? Er kann doch nicht …«

Reifen kreischten hinter ihnen, rutschten über die nasse Fahrbahndecke hinweg. Ein furchtbarer Krach zerriss die nächtliche Stille. Ein schräger Lichtstrahl blieb in einer Hecke hängen. Noch ein Krach, dumpf und ohne Echo, folgte dem ersten. Es klang, wie wenn ein gewaltiger Fuß eine Blechdose zertritt.

Johnny hatte schon wie wild gebremst, die Tür aufgerissen und war herausgesprungen, noch ehe sein Wagen richtig hielt. Er rannte die Straße zurück. Wieder senkte sich die Stille der Nacht über die Landstraße. Nur Johnnys hastige Schritte waren zu hören.

Gisela zwängte sich aus dem Wagen und lief Johnny nach, die Handtasche unter den Arm geklemmt. Selbst in der schlimmsten Gefahr lässt eine Frau nie ihre Handtasche los.

Sie sah Johnny auf den Blechhaufen zugehen, der einmal ein Austin war. Er schrak unwillkürlich vor dem Anblick zurück. Als er sie näher kommen hörte, wirbelte er herum und hielt sie am Arm fest.

»Geh zurück! Bitte! Das ist nichts für dich!«

»Ja«, antwortete sie keuchend. »Ich halte das schon aus, ich kann vielleicht helfen. Was ist aus ihm geworden?«

»Das weiß der liebe Gott.«

Er schob sie hinter sich, hatte aber jetzt keine Zeit, mit ihr zu streiten. Rasch wandte er sich dem zerschmetterten Wagen zu. Er war frontal gegen den Laternenmast geprallt und hatte sich mit der Kühlerhaube um den eisernen Schaft gewickelt. Der linke Scheinwerfer hing lose aus seiner Höhle wie ein ausgeschlagenes Auge. Der obere Teil des Lampenmastes war glatt abgebrochen und quer über das Dach des Wagens gefallen. Er hatte es dabei tief eingedrückt. Der Beifahrersitz sah aus wie eine in die Metallpresse geratene Konservendose. Doch als Johnny auf die rechte Seite hinüberrannte, sah er, dass die Tür unbeschädigt in ihren Angeln hing. Sie saß auf dem Boden auf, und eine Gestalt versuchte gerade, dic Beine aus dem Wageninnern zu ziehen.

Musgrave erhob sich benommen von der nassen Straße, richtete sich auf, starrte blindlings in die Gegend, stieß ein paar unzusammenhängende Laute aus und brach dann in Johnnys Armen zusammen.

Aber er hatte aufrecht gestanden. Er lebte.

Johnny hob ihn geschickt hoch, indem er Musgraves Hüfte mit der Schulter stützte. Er ließ ihn sanft auf den Rasen am Straßenrand sinken und schob ihm seinen eigenen Schal unter den Kopf. Musgrave atmete, rau, aber regelmäßig. Johnny konnte keinerlei sichtbare Anzeichen von Verletzungen entdecken.

»Mein Gott, welches Glück haben manche Leute doch! Wenn die Tür nicht aufgesprungen wäre ...«

Musgraves Brille war davongeflogen, als er aus dem Wagen geschleudert wurde. Sie lag zersplittert im Graben. Die Glasstückchen glitzerten ein wenig im Licht.

Gisela sagte hinter Johnnys Rücken: »Johnny ...«

Ihre Stimme klang leise und bedrückt. Er brauchte eine Weile, bis er merkte, warum ihm dabei die Härchen im Nacken zu Berge standen. Dieser entsetzte, dumpfe Ton ließ ihn herumfahren.

»Johnny, da ist noch jemand im Wagen.«

Das war doch nicht möglich! Es war absurd. Musgrave war allein in seinen Wagen geklettert, und unterwegs hatte er nirgendwo angehalten. Aber Johnny ließ den Kopf des Bewusstlosen rasch auf den Schal zurückgleiten und raffte sich hastig auf.

»Auf dem Rücksitz. Jemand ...«

Sie beugte sich durch die halb offene Tür, kniete in den

Glassplittern auf dem Fahrersitz und presste ihre Schultern gegen das zerknautschte Metall des Wagendachs, das nach hinten hin tief durchhing. Über die Lehne des Sitzes baumelte ein Arm. Zitternd tastete sie sich bis an die Schulter vor, die von dem furchtbaren Gewicht eingeklemmt worden war. Von einem Gesicht, das dem ihren nahe war, kam ein rasches, keuchendes Atmen. Ihre Hand wurde blutig.

Johnny packte sie an der Hüfte und zerrte sie zurück. Plötzlich fuhr sie mit einem Aufschrei herum, starrte ihn voll Liebe, Mitleid und Verständnis an und schlang ihre Arme um ihn.

»Johnny – es ist Codger.«

Johnny sagte kein Wort, erstarrte nur in ihrer Umarmung. Sekundenlang konnte er sich nicht mehr regen, dann stieß er sie beiseite, drang in den Wagen ein, zerrte und schob, riss sich die Handgelenke an scharfkantigen Ecken auf und bemühte sich aus Leibeskräften, das furchtbare Gewicht hochzustemmen, das den zerschmetterten Körper festhielt. Seine Hand berührte ein Kinn, das sich matt bewegte, strich über eine mit Blut verklebte Wange.

»Codger, alter Junge, ich bin hier – Johnny. Aushalten, mein Junge, ich hol' dich schon 'raus. Ich bin's, Codger – Johnny ist da.«

Ein schwaches Geräusch, ein Mittelding aus Stöhnen und Reden, antwortete ihm aus dem Blechgewirr. Etwas an dem Ton sagte ihm, dass Codger ihn verstanden hatte. Johnny schob seine linke Hand mühsam unter Codgers Achsel und griff fest in den derben Stoff des Rocks.

»Gisela ...«

»Ja«, antwortete sie dicht hinter ihm.

»Versuch mal, ob sich die hintere Tür nicht öffnen lässt.« Er ruhte sich aus, während sie es versuchte. Dabei stemmte er seinen Rücken fest gegen das eingesackte Wagendach.

»Sie klemmt.«

Sie stemmte einen Fuß gegen das Trittbrett und zog aus Leibeskräften am Türgriff.

»Ich weiß. Aber ich nehme an, das Schloss hält nicht mehr; vielleicht gibt sie doch nach. Vorsicht, tu dir nicht weh!«

Die Tür klaffte an der Oberseite. Mit grässlichem Kreischen gab schließlich auch der untere Teil nach. Die Tür stand offen. Gisela beugte sich weit in den Wagen herein und streckte beide Arme stützend nach Codger aus. Ihr Ärmel rutschte dabei über geborstenes Blech, aber sie packte zu und hielt fest.

»Braves Mädchen! Wenn ich das Dach um ein paar Zentimeter anheben kann, dann versuch, ihn herauszuziehen.«

Er duckte sich, stellte einen Fuß auf den Sitz, biss die Zähne zusammen und presste seine Schultern hoch. Er spürte, wie sich über ihm das Gewicht etwas verlagerte. Es kam nicht so sehr darauf an, den Laternenmast anzuheben, als ihn vielmehr etwas zu verschieben. Unter Johnnys Anstrengungen glitt das Hauptgewicht etwas weiter nach links. Das eingedrückte Metall gab auf Grund der eigenen Spannung etwas nach, als das Gewicht von außen nicht mehr darauf drückte. Johnny merkte es und gab noch einmal alles, was er an Kraft in sich hatte.

Codger glitt rücklings aus dem Trümmerhaufen heraus. Johnny kletterte hinterher und half Gisela, ihn äußerst behutsam auf den Boden zu betten. Gisela nahm seinen Kopf in den Schoß.

»Lass mich, ich mach' das schon.«

Er trat hinter sie, übernahm das Gewicht aus ihren Armen, wartete, bis die nachschleifenden Füße ebenfalls aus dem Wrack befreit waren, und ließ ihn dann endgültig nieder.

Dann hielt Johnny den entstellten, zerschmetterten Leib in seinen Armen. Er beugte sich über eine Stirn, auf der heller Schweiß stand, er wischte Codger das Blut aus dem Gesicht.

Die großen, blanken Augen öffneten sich weit und starrten blind in die Nacht. Angst, Einsamkeit, Zweifel durchzuckten sie. Einsames Entsetzen, das sich irgendwo in seiner Seele bis zuletzt versteckt gehalten hatte, schien sich in seinem Gefängnis aufzubäumen. Alles an dem Mann suchte nach einem Menschen, nach Trost.

»Ich bin ja da«, sagte Johnny dicht an Codgers Ohr. »Ich hab' dich herausgeholt, es ist jetzt alles gut.« Noch nie hatte ein Mensch diesen Ton bei Johnny gehört, außer vielleicht Hero, als sie drei Jahre alt war und er ihr plötzlich auch die Mutter ersetzen musste.

Codgers Lippen bewegten sich. Ein paar Sekunden lang kämpften sie gegen die alten, krampfartigen Zuckungen an, dann vergaßen sie die Behinderung. Eine dünne Stimme sagte matt, aber klar und deutlich: »Tut mir Leid, Johnny. Hab' alles falsch gemacht – tut mir Leid.« Es war eine herzzerreißende Entschuldigung und Selbstanklage.

»Du hast es fein gemacht!«, widersprach Johnny bestimmt und kapierte im Augenblick nicht einmal, was diese Worte zu bedeuten hatten. Ihm kam nicht einmal zu Bewusstsein, dass der arme Stumme zuletzt klare Worte hervorgebracht hatte.

Er wiederholte dieselben Worte immer wieder, in ruhigem, tröstendem Ton, bis ihm allmählich klar wurde, dass Codger ihm schon lange nicht mehr zuhörte.

7

Johnny ließ seine Last ins Gras zurücksinken und erhob sich steifbeinig.

»Ich hol' den Wagen und fahre zum nächsten Haus zurück, um die Polizei anzurufen. Sieh inzwischen zu, was du für Musgrave tun kannst.« Nach zwei Schritten blieb er stehen und schaute über die Schulter. »Kann ich dich einen Augenblick allein lassen?«

»Ist schon gut«, antwortete sie.

Jeden Augenblick musste ein Wagen vorüberkommen und anhalten. Es war schon ein Wunder, dass sie die Nacht bisher für sich allein hatten, obgleich sich alles in kaum zehn Minuten abgespielt hatte. Das stellte er fest, als er nun einen Blick auf seine Uhr warf. Er wischte sich die Hände ab, um nicht irgendeine brave Hausfrau zu Tode zu erschrecken, die dann vielleicht glaubte, einen leibhaftigen Mörder vor sich zu haben, der sie frisch nach getanem Verbrechen heimsuchte.

Mit seinem Taschentuch säuberte er, so gut es ging, seine zerkratzten Wangen und die beschmierten Handflächen, dann wendete er den Wagen auf der Straße. Nur ungefähr hundert Meter weiter zurück stand ein Haus. Es war das Letzte seit gut einer halben Meile und hatte mit ziemlicher Sicherheit einen Telefonanschluss. Er nahm sich vor, lieber auch gleich einen Krankenwagen zu rufen, wenn er schon dabei war. Codger konnte das nichts mehr nützen, aber Musgrave brauchte Hilfe.

Er fuhr ganz mechanisch und tat, was eben nötig war. Noch empfand er nichts weiter als eine Kälte und Benommenheit, die vermutlich vom Schock herrührte. Er dachte nicht, er suchte nicht nach Gründen, sein eigener Verstand hatte zu funktionieren aufgehört. Er war ein zivilisierter Bürger, der genau das tat, was man von ihm erwartete.

Als er zur Unfallstelle zurückkam, saß Musgrave, von Giselas Arm gestützt, aufrecht unter der Hecke. Ein dunkler Morris hatte ganz in der Nähe angehalten. Der Fahrer schien Gisela mit Brandy versorgt zu haben, denn sie hielt eine flache Flasche in der Hand.

Glücklicherweise war der edle Spender ansonsten nicht scharf darauf, sich länger als unbedingt nötig hier aufzuhalten, wenn er schon nicht mehr helfen konnte. Zweifellos wartete zu Hause seine Frau auf ihn. Vielleicht sogar eine ganze Familie, so sah er jedenfalls aus.

Da Polizei und Krankenwagen bereits verständigt seien und es an Ort und Stelle nichts mehr zu tun gab, könne er sich wohl wieder auf den Weg machen, meinte er.

Johnny war derselben Meinung. Bei dem, was ihm nun bevorstand, wollte er nicht unbedingt noch neugierige Zuschauer in der Nähe haben.

»Dann lasse ich Ihnen noch meine Karte hier, falls ich gebraucht werden sollte.«

Er hielt sich immer noch an Johnny, warf aber schon ab und zu respektvolle Blicke zu Musgrave hinüber – ein deutlicher Gradmesser für die rasche Rekonvaleszenz des Inspektors.

»Danke«, antwortete Johnny. »Aber ich glaube nicht, dass wir Sie werden belästigen müssen. Wir kommen schon zurecht. Wir müssen ja, es bleibt uns nichts anderes übrig.«

»Furchtbare Sache«, murmelte der Samariter erleichtert und zog sich dankbar zurück. »Tut mir wegen Ihrer Frau Leid. Das ist wirklich schrecklich für sie. Großartige Frau. Sehr tapfer.«

Als der Mann schon längst weggefahren war, klangen seine Worte noch in Johnnys wirrem Kopf nach. Es war wie ein kleiner Funke, der unsichtbar in den Tiefen seiner Gedanken glomm.

Meine Frau.

Es war so lange her, seit er diese Worte zuletzt gebraucht hatte. Sie hatten einen bittersüßen Beigeschmack, anregend und herausfordernd.

Er holte eine Decke aus seinem Wagen, hob Giselas Mantel vom Boden auf und deckte Codger behutsam zu. Sein

Körper schien eingeschrumpft zu sein. Im Gras wirkte er eigentümlich flach, als sei er schon im Begriff, zur Erde zurückzukehren. Johnny schloss die Lider über den großen, verwunderten und geduldigen Augen, die nun so starr blickten. Dann wandte er sich abrupt den Lebenden zu.

»Da, nimm den Mantel, Mädchen. Zieh ihn lieber an. Tut mir Leid, dass er dabei kaputtgegangen ist.« Er drehte sie wie ein kleines Kind um und knöpfte ihr den einzigen noch verbliebenen Knopf unter dem Kinn zu. »Setz dich bitte ins Auto, Liebling. Ich bring' dich nach Hause, sobald es geht.«

Er war nicht einmal überrascht, als sie sich weigerte. Schon immer hatten die Frauen Johnny geliebt, aber sie hatten ihm nie gehorcht. Das war umso seltsamer, als Männer ihm in dieser Beziehung niemals Schwierigkeiten bereiteten. Sie stand dicht bei ihm, als er vorsprang, um Musgrave zu stützen. Der Inspektor versuchte nämlich ein wenig unsicher, wieder auf die Beine zu kommen.

»Langsam, langsam, nichts überhasten!«, mahnte er. »Ihre Kollegen werden ja gleich hier sein. Ich hab' sie vorhin angerufen, und auch den Sanitätswagen. Für heute Nacht sollten Sie es eigentlich genug sein lassen, denke ich.«

»Es geht schon wieder«, knurrte Musgrave trotzig. »Das ist mein Fall, solange ich mich auf den Beinen halten kann. Jetzt bin ich durchaus wieder im Stande, die Sache in die Hände zu nehmen. Sie haben ihn herausgeholt, wie? Miss Salberg hat es mir berichtet. Wo ist er?«

Musgrave hielt sich an Johnnys Arm fest, blieb aber auf den Beinen. Noch drehte sich die Welt rings um ihn, sobald er den Kopf nur bewegte. Aber aus seiner Stimme klang schon wieder die alte, trockene Autorität. Seiner Sinne war er offenbar wieder mächtig.

Johnny deutete schweigend mit einer Kopfbewegung zu der Stelle hin, wo er die Decke über Codgers Leiche gebreitet hatte. Er konnte immer noch nicht recht begreifen, dass nun alles vorüber sein sollte. Dass einer seiner Freunde, eines seiner Kinder, von ihm gegangen war. Zweifellos auf seine Art ein schwieriges Kind, aber liebt man schwierige Kinder denn nicht mehr als die anderen?

Musgrave ließ sich vorsichtig auf die Knie nieder und zog die Decke zurück. Das leblose Gesicht sah an ihm vorbei. Es war schon eingesunken, eingegangen, eingegangen in Gefilde, wo der Inspektor nichts zu suchen hatte. Weder als Freund noch als Gegner.

»Er wollte mich ermorden«, sagte Musgrave ruhig. Dann war seine Stimme plötzlich klar, deutlich und hellwach. »Oder wussten Sie das schon?«

»Was hat er getan?«

Johnny lauschte den eigenen Worten wie einem fernen Echo, das von weither zurückgeworfen wird. Er bemerkte nicht einmal, dass sich Giselas Hand warm um seinen Arm schloss.

»Er hat versucht, mich zu ermorden«, wiederholte Musgrave genauso gelassen. Dabei hob er den Kopf und sah über den reglosen Körper zu ihm empor. »Sie haben's also nicht gewusst? Was dachten Sie denn, was er in meinem Wagen zu suchen hatte?«

»Codger?« Er fasste sich an den Kopf, als wollte er seinen zerflatternden Verstand festhalten. »Er war der sanftmütigste Mensch, der jemals gelebt hat. Er konnte keiner Fliege etwas zu Leide tun.«

»Vielleicht doch – wenn er glaubte, Sie seien bedroht, Mr Truscott. Sie oder jemand, der zu Ihnen gehört. War er denn auch so sanftmütig, als er die Spezialausbildung absolviert hatte, die Sie ihm während des Krieges angedeihen ließen? Und wozu, glauben Sie, war das hier bestimmt?«

Er hatte die Decke vom rechten Arm zurückgeschoben und die mächtige Hand hochgehoben, die kraftlos an Codgers Seite lag. Er schob auch den Ärmel zurück und zeigte

Johnny die dünne braune Schnur, die ihm zwischen den Fingern herabhing. Sie war höchstens dreißig Zentimeter lang, zusammengedreht und an beiden Seiten mit einem Knoten gesichert. Eine schwarze, feste Schnur, wahrscheinlich auch noch eingewachst.

»Und was glauben Sie, woher ich das hier habe?«

Musgrave schob seinen Hemdkragen herunter und reckte das Kinn hoch. Johnny sah die dünne, dunkle Linie, die an seinem Hals entlangführte. An einigen Stellen waren Blutstropfen durch die Haut gesickert.

»Und das hier?«

Er hielt Johnny die linke Hand vor die Augen. Über den Handrücken verlief ein ganz ähnliches Mal. Unterhalb der Basis des kleinen Fingers war die Haut aufgerissen.

»Er saß hinten im Wagen. Ruhig wie eine Katze. Ich merkte nichts weiter von ihm, als dass es im Rückspiegel plötzlich etwas dunkel wurde, als hätte ein Gegenstand einen Schatten geworfen. Gehört habe ich überhaupt nichts. Ich weiß nicht, warum ich plötzlich meine Hand hob, aber das ist jedenfalls der einzige Grund, warum ich noch lebe. Es war nur eine Reaktion auf die Bewegung, die ich hinter mir spürte. Die Schnur legte sich um meine Hand, und er konnte sie nicht richtig festziehen. Ich verlor die Kontrolle über den Wagen. Aber ich lebe wenigstens noch.«

Der Tod hatte auf seiner Seite die Tür aufgestoßen und ihn hinausgeworfen – er wollte ihn noch nicht.

»Haben Sie so etwas schon einmal gesehen?«

Musgrave stützte die Hand ins Gras und raffte sich schwankend auf. Johnny stand da, starrte mit verschwommenem Blick auf die Schnur hinab. Kein Muskel rührte sich in seinem gefühllos gewordenen Gesicht.

Ja, ähnliche Schnüre hatte er schon oft gesehen. Sie sind nur eine von vielen Methoden des lautlosen Tötens. Wer in Johnnys kriegerischem Gewerbe am Leben bleiben und von

Nutzen sein wollte, musste so viele dieser Methoden wie nur irgend möglich kennen. Codgers wirrer Verstand hatte diese Kenntnisse nie vergessen, seine Hände konnten sie immer noch ausüben. Sie verkrampften sich nicht, als sie Musgrave die Schnur um den Hals warfen und enger zogen, sie zitterten nicht. Nur der blinde Instinkt der Angst und die rasch hochgerissene Hand hatten ihn gerettet.

Johnny drückte die Knie durch, weil er plötzlich das Gefühl, hatte, dass die Beine unter ihm nachgeben wollten, und die Finger, die sich um seinen Arm schlossen, schienen ihn plötzlich nur mit Mühe aufrecht halten zu können; fast hätte er sein Gesicht mit den Händen bedeckt und seine Qual in die Nacht hinausgeschrien.

Er wusste jetzt, inwiefern Codger alles verdorben hatte: ›Hab alles verpfuscht, tut mir Leid, Johnny, tut mir Leid‹. Erst jetzt verstand er die Worte, die er vorhin gehört hatte.

»Ach, mein Gott«, sagte er hilflos, »mein Gott!«

Das Brummen von mehreren Autos kam rasch näher. Sie befanden sich noch nicht zwischen den Bäumen. In der Ferne klingelte die Glocke eines Krankenwagens, er mochte drüben bei der letzten Straßenkreuzung sein.

»Die brauchen wir nicht«, sagte Musgrave, kniete noch einmal nieder und durchsuchte die Taschen des Toten, allerdings ohne große Hoffnung auf irgendwelche Offenbarungen. Was sollte ein Mensch wie Codger Bayliss schon bei sich tragen? Die Würgeschnur war ein Ausnahmefall, eine Erinnerung an Kriegszeiten, eine in aller Harmlosigkeit wiederholte Gewalttat von damals.

»Ich weiß es nicht, und für mich ist es auch egal«, sagte Johnny mit einer Stimme, die kaum zu verstehen war, »ob Sie mir glauben oder nicht, aber ich muss es zu meinem eigenen Seelenfrieden aussprechen: Ich habe ihn nicht geschickt, ich hatte keine Ahnung, was er vorhatte.«

»Er weiß«, flüsterte ihm Gisela zu.

Musgrave hob den Kopf, und seine blitzenden Augen sahen erst sie an und dann ihn.

»So seltsam Ihnen das auch erscheinen mag«, sagte er, »ich glaube Ihnen. Ich kann mir vorstellen, dass Sie einen Mord begehen, Truscott, aber nicht, dass Sie diesen Mord von jemand anders begehen lassen. Nicht einmal von einem Mann, der nicht richtig im Kopf ist. Wenn es wirklich einmal dazu käme, bin ich ganz sicher, dass Sie Ihre Geschäfte selbst erledigen.«

»Ich glaube, für dieses Vertrauen sollte ich Ihnen dankbar sein. Und doch verstehen Sie hoffentlich, dass ihn keine Schuld treffen kann, dass man ihn für seine Handlungen nicht verantwortlich machen kann. Ich habe die Verantwortung für ihn übernommen, und ich habe kläglich versagt.«

Ich habe alles falsch gemacht – tut mir Leid, Codger! Tut mir wirklich Leid!

»Ihr Gewissen fällt nicht in meinen Zuständigkeitsbereich«, sagte Musgrave trocken. »Damit müssen Sie fertig werden.«

»Der Teufel soll Sie holen – ich habe gar nicht versucht, Ihnen mein Gewissen aufzudrängen oder Sie um Ihren Rat zu fragen. Ich habe Ihnen lediglich gesagt, dass wir es fertig gebracht haben, einen Unschuldigen zu töten, ganz unabhängig davon, als was sie ihn bezeichnen werden.«

»Mich interessieren allein nur die Fakten. Fakten wie zum Beispiel die Länge einer Schnur, die sich um meinen Hals legte, Mr Truscott. Oder ...«

Er zog die Hand aus Codgers linker Jackentasche und hielt etwas darin, das auf den ersten Blick wie ein zusammengerolltes Taschentuch aussah. Es entrollte sich zwischen seinen Fingern wie etwas Lebendiges – erglühte in bunten Farben und schien im Licht der Scheinwerfer plötzlich aufzuflammen.

»Oder das zum Beispiel«, beendete Musgrave den Satz,

und seine Stimme klang nun scharf und zitternd vor Eifer. Es folgte ein tiefer, erleichterter Seufzer. Mit beiden Händen breitete er vor Johnnys Augen etwa fünfundzwanzig Zentimeter buntes Seidenband aus, bestickt mit Mohn und Kornblumen und reifen, goldenen Ähren. Es waren die abgerissenen Enden von Heros Wehrgehänge, bespritzt mit dem Blut von Marc Chatrier.

»Dann werde ich also gehen«, sagte Johnny und blieb an der Tür stehen. »Bist du ganz sicher, dass du allein zurechtkommen wirst?«

»Willst du nicht hereinkommen? Ich könnte mir vorstellen, dass du jetzt einen Drink nötig hast, Johnny.«

»Jetzt nicht, wir sollten lieber schlafen.«

Es war inzwischen fast drei Uhr morgens. In diesen drei Nachtstunden schien die Welt sich einmal um die eigene Achse gedreht zu haben.

Sie betrachtete sein Gesicht mit den tief liegenden, dunkel geränderten Augen, verschleiert von Müdigkeit. Sie spürte, wie er sich immer mehr von ihr zurückzog in eine verborgene Kammer, wo er mit seinem tiefsten Kummer allein war. Dort hatte sie trotz all der vielen Jahre anscheinend noch immer keinen Zutritt.

»Johnny, geht's dir auch gut?« Eine lächerliche Frage. Aber man benutzt sie eben für jeglichen Grad von Wohlbefinden, von der nackten Existenzangst bis hin zum Glück. Und er würde schon verstehen.

»Es geht schon wieder«, sagte er.

»Weißt du übrigens, dass du auf dem ganzen Heimweg kein einziges Wort gesprochen hast?«

»Was gab es auch noch zu sagen?«, fragte er schleppend. »Er ist tot. Er hat versucht, Musgrave zu töten, und Musgrave wird wahrscheinlich beweisen wollen, dass er auch Chatrier getötet hat. Wenn es mir nicht gelungen ist, ihn aus dieser Sache herauszuhalten, dann habe ich meine Sorgfaltspflicht ihm gegenüber eben verletzt. Aber es ist zu spät, dazu noch irgendetwas zu sagen. Es ist eben geschehen.«

»Ich wollte, das alles wäre dir erspart geblieben«, sagte sie in einem schmerzlichen Flüstern und meinte damit die Trauer und die Selbstvorwürfe und auch den bloßen Schmerz um Codgers Tod.

»Ja, das wünschte ich mir auch«, sagte Johnny und hätte seine rechte Hand dafür gegeben, wenn er das alles nicht hätte erfahren müssen – aber nun konnte er dieses Wissen nie wieder loswerden. Er hatte kein einziges Wort gesprochen und die Dinge geschehen lassen, weil er das alles nicht wissen durfte; und was konnte es Codger jetzt noch nützen, wenn er Gisela verriet?

Hatte er selbst sich nicht den Kopf zerbrochen und überlegt, auf welche Art und Weise sie das Seidenband sicher loswerden konnte, ohne ihm das Geheimnis mitteilen zu müssen? Und hatte es nicht den Anschein gehabt, als wollte sie lieber sterben als es ihm sagen? Nun, jetzt hatte sie einen Weg gefunden.

Der immer noch halb benommene Musgrave hatte seine Entdeckung nie in Frage gestellt. Warum sollte er auch? Als er die Augen öffnete, beugten sich zwei Menschen über ihn, und einer davon war ein völlig unbeteiligter Fremder, dessen Gegenwart eine Garantie für Giselas korrektes Verhalten bedeutete. Warum sollte er sich auch danach erkundigen, wann der Zeuge am Schauplatz eingetroffen war, und ob Gisela zuvor nicht ein paar Minuten lang allein gewesen sein konnte? Er hatte einen Mörder, warum sollte er es nun eilig haben, noch einen zu suchen?

Vielleicht hätte ich es an ihrer Stelle genauso gemacht, überlegte Johnny. Codger war tot und hatte mit der ganzen Sache nichts mehr zu tun. Musgrave war bewusstlos gewesen, sonst war niemand in der Nähe – das war die einzige

Gelegenheit, die sich ihr bot. Codger konnte es nicht mehr schaden.

Vielleicht hätte ich ihm das Ding ebenfalls in die Tasche geschoben, woher soll ich das wissen? Wer bin ich eigentlich, dass ich mir erlaube, ihr Vorwürfe zu machen? War es wirklich so schrecklich, den Toten die doppelte Last tragen zu lassen, wenn er die eine schon freiwillig auf seine Schultern genommen hatte? Wer bin ich, dass ich mir herausnehme, über sie ein Urteil zu fällen? Wer bin ich, um Himmels willen, dass ich überhaupt ein Urteil über jemanden spreche, nachdem ich in meiner Verantwortung so kläglich versagt habe? Lassen wir es also dabei.

Johnny spürte, dass Musgrave zufrieden war, dass er diesem netten und abgerundeten Ende bestimmt nicht würde widerstehen können. Irgendwie ließ sich nun jede Einzelheit in dem Gesamtbild von Codgers leidenschaftlicher und eifersüchtig gehüteter Beschützerrolle einpassen, und es würde interessant sein zu beobachten, wie genial Musgrave die einzelnen Steinchen des Puzzlespiels einfügen würde. Warum nach einem zweiten Kriminellen suchen, wenn einer sich so dankenswerterweise darbot?

»Schön, wenn du nicht hereinkommen willst …«

»Nein, ich fahre lieber nach Hause. Am Morgen muss ich Hero Bescheid sagen.«

Er sah, wie Gisela zurückzuckte. Plötzlich war es, als sei zwischen ihnen ein Vorhang weggezogen worden, und er merkte ihrem Gesicht auch den kleinsten Stempel an, den das Leben ihr aufgeprägt hatte. Die zusammengepressten Lippen, die bleichen, etwas hohlen Wangen, die Haut, die sich weiß über die fein ziselierten Knochen der Backen und des Kinns spannte, als wollten sie sich durch die zu dünne Haut hindurcharbeiten. Ihre Augenbrauen sahen aus, als könnten sie das schweigende und geduldige Leiden der Augen nicht länger ertragen.

Während all der Zeit, die er sie nun kannte, hatte er in ihren Augen niemals Tränen gesehen, aber er kannte den Ausdruck, der sich an Stelle der Tränen einschlich, wenn ihre Selbstbeherrschung sie dazu bewog, diese Tränen krampfhaft zurückzuhalten.

»Dann gute Nacht, Johnny.«

»Ach, mein Mädchen!«, sagte er mit einem tiefen Seufzer des Mitleids, der Resignation und Verwirrung, streckte beide Arme aus, zog sie an sich und presste sie an seine Brust. Ihre Wange lag kalt an seiner. Er küsste sie sehr zärtlich, wandte sich ab und ging ohne ein weiteres Wort hinaus; er war plötzlich so müde, dass er kaum den Weg die Treppe hinunter fand, nachdem er die Tür zwischen sich und ihr geschlossen hatte.

»Also können wir den Fall als abgeschlossen betrachten«, sagte Musgrave. »Ich nehme an, Sie werden es erwartet haben. Nach Aufdeckung dieses einen Mordversuchs war kaum damit zu rechnen, dass sich im gleichen, verhältnismäßig kleinen Personenkreis noch ein zweiter Mörder finden würde. Ab und zu kommt das zwar vor, aber alle Wahrscheinlichkeit spricht dagegen. Dass dieser Gegenstand sich in seiner Tasche fand, hat den Fall mehr oder weniger besiegelt.«

Er breitete auf Johnnys Schreibtisch das Seidenband aus, beugte sich mit nachdenklichem Stirnrunzeln darüber und ließ in seiner Miene etwas wie tiefe Befriedigung erkennen. Seine neue Brille mit dem modisch geschweiften Gestell verlieh ihm einen seltsamen, fragenden Ausdruck und ließ ihn jünger wirken. Die dünne Linie um seinen Hals, die wie ein feiner brauner Bleistiftstrich aussah, verblasste rasch. Seine Begegnung mit dem Tode hatte, soviel man feststellen konnte, bei ihm keine weiteren Spuren zurückgelassen, nicht einmal einen Anflug von Achtung oder Bescheidenheit.

Johnny saß da und betrachtete das strahlend schöne Stückchen Seidenstoff, die goldgestickten Ähren, das Scharlachrot und Kornblumenblau.

»Ein normaler Mensch hätte diesen Beweis schon längst verbrannt«, sagte Musgrave und versuchte, Johnny freundlich klar zu machen, wie der Verstand aller Menschen – außer seinem eigenen natürlich – funktionierte.

Dann fuhr er fort: »Er hatte ja hinreichend Gelegenheit dazu. Ich nehme an, er behielt den Streifen, weil er so hübsch war und er Freude daran hatte, ihn anzufassen und zu betrachten.«

»Ja, das kann es gewesen sein«, sagte Johnny mit unbewegter Miene.

»Er trug ihn also nach dem Mord über vierzehn Tage lang mit sich herum. Es ist seltsam, dass wir so verzweifelt danach gesucht haben, und dass uns dieser Beweis dann auf so simple Art und Weise in die Hände fallen musste.«

»Ja, ungewöhnlich«, gab Johnny zu, ohne Freude und ohne sich darüber zu wundern.

Er streckte die Hand aus und fuhr mit dem Finger behutsam über das abgerissene Ende des Bandes, wo die einzeln aufgefaserten Seidenfäden hochstanden und an seinem Finger festklebten. Seide ist schon ein magischer Stoff. Legt man sie an eine Wand und streicht mit der Hand darüber, so bleibt sie auch dort haften. Vielleicht wäre auch das Gewicht der Stickerei zu groß und das Seidenstück würde herabfallen.

Johnny berührte die schnurgerade Linie aus stumpfbrauner Farbe.

»Darüber machen Sie sich Gedanken, wie?«, fragte Musgrave mit leisem Lächeln.

»In gewisser Weise schon. Es ist eine recht seltsame Spur. Zweifellos entnehmen Sie daraus eine ganze Geschichte, aber ich werde ganz einfach nicht schlau daraus.«

»Nun, ich glaube, ein paar kleine Berufsgeheimnisse muss es eben doch geben. Sie haben auf Ihrem Gebiet andere, die in ihrer Weise ebenso komplex sind.«

»Aber ich lasse Ihnen wenigstens Ihre Geheimnisse«, sagte Johnny, zum ersten Mal mit einem leisen Anflug von Humor und Boshaftigkeit. »Sind Sie auch sicher, dass Sie hier nicht zu viel hineininterpretieren? Ist der Fall damit wirklich und endgültig abgeschlossen? Wenn dieses Stückchen Seide so allein da auf dem Tisch liegt, macht es doch einen recht unscheinbaren Eindruck.«

»Der Besitz dieses Beweises ist fast ebenso aufschlussreich wie das, was wir dem Band selbst entnehmen können. Dieses Ding wurde seit dem Abend des Mordes vermisst, es war ganz einwandfrei im Verlauf des Mordes abgerissen worden. Und dann taucht es plötzlich in Codger Bayliss' Rocktasche wieder auf. Wer sonst außer dem Mörder sollte es abgerissen und entfernt haben? Ich muss zugeben, dass ich von Anfang an diesem Codger Bayliss zu wenig Beachtung schenkte. Er schien mir zu simpel und harmlos zu sein, um sich eine solche Tat auszudenken, geschweige denn sie auch auszuführen. Aber solche Fälle können sehr komplex sein. Wer will schon wissen, was in ihrem Kopf wirklich vorgeht?«

»Ja, wer?«

Bei dem Gedanken an Codger, diesem Gefangenen in einer Welt ohne Sprache, der sich ständig krampfhaft um eine Verbindung zur Welt draußen bemüht hatte, drehte sich Johnny schmerzhaft das Herz in der Brust herum, und doch erhob sich die Frage: War Codger wirklich einsamer als andere Menschen? Er selbst war ja auch nicht im Stande, Gisela die Hand hinzustrecken oder ihre Hand zu nehmen.

»Und dieser Fleck – ich nehme an, es ist doch Blut?«

»Dieselbe Blutgruppe wie bei Chatrier. Es kann kaum Zweifel daran bestehen, dass es sich tatsächlich um Chatriers

Blut handelt. Das bringt uns einen Schritt weiter. Dann ist die Form dieser Blutspur interessant. Interessant waren auch einige Einzelheiten, die die Wunde betrafen, und die ich Ihnen noch nicht mitgeteilt habe. Die tiefsten Punkte der Wunde weisen Anzeichen dafür auf, dass der Stoß doppelt geführt wurde, als hätte jemand versucht, die Klinge zurückzuziehen, und dann, als das zu schwierig erschien oder die Zeit dafür nicht mehr reichte, wieder in die Wunde gestoßen und dort stecken gelassen. An der tiefsten Stelle des Wundkanals, nur im untersten Bruchteil eines Zentimeters, sind diese Spuren eines doppelten Stoßes bemerkbar.

Wir stellten uns vor, dass etwa Folgendes geschehen ist: Bayliss war während des ganzen dritten Aktes und auch noch während eines Teils des vierten bei Mrs. Glazier oben in der Bar. Dann machte er sich unbemerkt davon und befand sich in den Seitenkulissen, als Alarm geschlagen wurde. Niemand konnte den genauen Zeitpunkt angeben, wann er dort aufgetaucht war, aber bei dem vielen Hin und Her ist das auch gar nicht überraschend, und Sie waren ja alle an seine Gegenwart gewöhnt.

Es scheint mir als möglich, dass er auf seine Weise schon seit einigen Tagen die Unrast spürte, die ihn rings umgab, und dass er das Gefühl bekam, Chatrier sei Ihnen lästig oder gar gefährlich. Er hielt sich also zwischen den Kulissen auf, als Chatrier Figaros Arie aus dem letzten Akt sang und sich in den Pinienhain zurückzog. Chatrier hat dann Bayliss den Rücken zugekehrt, weil er natürlich beobachtete, was sich weiterhin auf der Bühne abspielte.

Bayliss hatte Miss Truscotts Degen an der Stelle gefunden, wo Miss Salberg ihn hingestellt hatte. Der Zierdegen selbst ist schon ein hübsches Ding, und das abgerissene Gehänge war noch attraktiver. Er spielte damit, als Chatrier rückwärts auf ihn zukam. Wie ich erlebt habe, versteht er etwas von der Kunst des lautlosen Tötens, und Sie haben mir selbst bestätigt, dass er in dieser Technik ausgebildet worden ist. Konnte er in besseren Tagen auch mit Messern und Bajonetten umgehen?«

»Er hat mit Stahl in jeder Form umzugehen gelernt. Aber das ist schon sehr lange her.«

»Er hat schließlich auch nicht vergessen, wie man eine Schlinge handhabt, nicht wahr? Nun hält er einen gut geschmiedeten, sehr spitzen Degen in der Hand, und Ihr Feind wendet ihm den Rücken zu – er gibt also seinen Instinkten nach und tötet ihn.«

»So lautlos? Mit einem einzigen Stoß, dass Figaro nicht einmal mehr ein Wort von sich geben kann?«

»Da ist noch etwas, das ich Ihnen nicht gesagt habe: Auf Figaros Lippen fanden wir schwache, aber eindeutige Spuren. Jemand hat ihm eine Hand auf den Mund gepresst. Der Degen wurde, wie wir glauben, zusammen mit dem Seidenband gepackt; das ist auch der Grund dafür, dass wir außer Ihren, Hans Selverers und Miss Truscotts Fingerabdrücken keine weiteren auf dem Griff entdecken konnten. Figaro stürzt und stirbt vermutlich innerhalb einer Minute.

Bayliss hat Verstand genug, ihn sanft auf die Bretter gleiten zu lassen. Dann versucht er, den Degen wieder herauszuziehen, aber der sitzt zu fest. Er kann ihn kaum bewegen. Bei diesem Versuch, den er schon bald aufgibt, dürfte die Spur hier auf dem Seidenband entstanden sein.

Da es ihm nicht gelingt, den Degen am Griff herauszuziehen, reißt er dieses Ende des Bandes ab, das schon lose herunterhängt, und packt damit die Klinge dicht am Körper mit der rechten Hand, um sie so herauszuziehen. Er bewegt sie ein Stückchen und ruft dadurch die sehr leichte Blutung hervor. Er hält die Klinge dann durch das Band fest, und die Schneide, um die sich die Seide faltet, hinterlässt diese schnurgeraden Blutflecken. Sie sehen ja selbst, dass es sich um eine schmale, ganz gerade Linie handelt.«

»Das ist mir aufgefallen. Ich konnte es mir aber nicht erklären. Aus Ihrem Mund klingt alles so einfach. Und die Schneide hat den Stoff nicht beschädigt?«

»Versuchen Sie einmal, eine sehr scharfe Klinge durch gefaltete Seide festzuhalten. Man krampft ja nicht die Hand darum, sondern man legt die Seide um die Kante, die Ihrer Hand zugewandt ist, und packt die Klinge dann auf beiden Seiten fest mit den Fingerspitzen und dem Daumen.

Dann gab Bayliss es auf, weil die Sache schon in der nächsten Sekunde auffallen musste. Er ließ Degen und Scheide zurück, nahm aber dieses Stück Seidenband mit – vielleicht war ihm im ersten Augenblick gar nicht klar, dass er es in der Hand hielt, aber später behielt er es, weil es ihm gefiel und der Besitz gefahrlos zu sein schien.«

»So ist das also. Damit wäre dann wohl alles erklärt«, sagte Johnny mit leerem Lächeln.

»Ja, ich glaube, dass damit wirklich alles erklärt ist.«

»Herzlichen Glückwunsch, Inspektor Musgrave.«

Musgrave faltete das Stück Seide wieder sorgfältig zusammen und schob es in den Plastikumschlag zurück, in dem er es aufbewahrte.

»Ich weiß, Mr Truscott, Sie mochten den Burschen sehr gern. Ich weiß auch, dass es ein tragischer Fall ist. Aber seien Sie froh, dass alles vorüber ist. Sie können jetzt aufatmen und Ihre Arbeit fortführen.«

»Darf ich meinen Leuten sagen, dass der Fall geklärt ist? In gewisser Weise hat das alles wie eine dunkle Wolke über uns gehangen.«

»Ja, natürlich können Sie es den anderen sagen. Sie alle haben ein Recht darauf, es zu wissen.« Er erhob sich und ließ seine Aktenmappe zuschnappen. »Miss Truscotts Degen können Sie jetzt bald zurückbekommen. Die Untersuchung ist unter den gegebenen Umständen für Sie natürlich eine Qual, aber sie wird nun auch bald vorüber sein.«

»Ich glaube nicht, dass Hero den Degen wiederhaben möchte«, sagte Johnny und begleitete seinen Besucher an die Tür. »Die Sache mit Codger hat sie schon genug aufgeregt, und ich möchte nicht, dass sie das Ding noch einmal zu Gesicht bekommt. Aber da war noch etwas, was ich Sie fragen wollte …«

Musgrave blieb auf der Schwelle stehen und drehte sich mit aufmunterndem Lächeln um.

»Ja?«, fragte er.

»Was wird nach der Untersuchung? Ich weiß nicht, wie die Sache vor sich geht, wenn ein solcher Fall ohne eine Verhandlung abgeschlossen wird. Kann ich dann seine Leiche herausbekommen? Ich möchte mich gern um eine anständige Beerdigung kümmern.«

»Ja«, antwortete Musgrave, nachdem er Johnny lange schweigend betrachtet hatte. »Ich glaube, das kann ich Ihnen versprechen.«

Innerhalb einer Stunde hatte es sich herumgesprochen.

Die Neuigkeit ging von Mund zu Mund, und ein Schatten hob sich dabei vom Leander-Theater und seinem Ensemble. Johnny sagte es Franz, und Franz gab es auf der Vormittagsprobe zur ›Zauberflöte‹ den anderen bekannt. Inga, eine wahrhaft faszinierende Königin der Nacht, sprach zum ersten Mal seit zehn Tagen wieder freiwillig und sogar in zivilisiertem Ton mit Tonda, ihrer Pamina. Max Forrester, selbst in zerknautschter Hose und in Pullover ein imposanter Sarastro, bemerkte zu Monostatos, das müsse man feiern, und Monostatos stimmte ihm zu, mit der Bemerkung, die Kneipe ›Blackcock's Feather‹ gleich um die Ecke würde in ein paar Minuten öffnen.

In den Regionen hinter der Bühne war der Schatten erst vor einigen Tagen aufgekommen. Hier blieb der Himmel wolkenverhangen, und Codgers Platz in der Ecke von Sam

Priddys Box war schmerzlich leer. Aber selbst hier ließ der Druck etwas nach, der allen die Brust einzwängte, und sie schauten wieder nach vorn, statt den Blick immer nur nach rückwärts zu richten.

Aber die durchschlagendste Wirkung erzielte die Neuigkeit bei Hans Selverer.

Papagenos Gesicht strahlte plötzlich vor Entschlossenheit, er setzte den magischen Schellenbaum mit einem Bums ab und verließ unbemerkt die Probe. Als seine Stimme das nächste Mal aufklingen sollte, blieb alles still. Der Vogelfänger war nirgendwo aufzufinden. So etwas hatte es bisher noch nie gegeben. Normalerweise war er ein äußerst gewissenhafter junger Mann.

Hans suchte nach Hero. Er wusste, dass sie am Morgen zusammen mit ihrem Vater ins Theater gekommen war, hatte sie seitdem aber nicht mehr gesehen. Sie war nicht in der Nähe der Bühne, sie war nicht in Johnnys Büro, sie war auch nicht in ihrer Garderobe. Aber Hans hatte eine Ahnung, wo er sie wohl würde finden können.

Er schob seinen Kopf bei Sam hinein, und da war sie auch.

Sie saß allein in der hintersten Ecke, wo Codger Bayliss so oft mit seinem Strickzeug gehockt hatte, und es sah fast so aus, als hätte sie mit seinem Platz auch seine Aufgabe übernommen, denn sie hielt Codgers nicht fertig gewordenen Pullover mit den langen blauen Plastik-Stricknadeln in der Hand und zählte mit konzentrierter Miene die Maschen.

Auch nachdem Hans eingetreten war, ließ sie sich nicht stören. Wenn man kein bestimmtes Muster als Vorlage hat, ist das Abnehmen der Maschen zum Ende des Ärmels hin eine schwierige Sache, und ihr Vorgänger hatte ihr keine Hinweise hinterlassen, wie er sich die Sache dachte.

»Hero!«, rief Hans und blieb stehen.

Sie hob rasch den Kopf und riss ihre grauen Augen auf. Seit zwei Tagen hatten sie ihre Klarheit und ihren Glanz eingebüßt, weil sie insgeheim so viel wegen Codger geweint hatten. Aber sie war neunzehn, und ihre Welt war so voller Menschen, dass die Leere, die beim Verlust eines dieser Menschen zurückblieb, rasch wieder ausgefüllt wurde. Die Trauer, die auf ihrem Gesicht zurückgeblieben war, gab ihr einen Hauch von Reife.

Sie sah ihn zweifelnd und erstaunt an, sogar mit einer Spur von Abwehr. Er war ihr seit Tagen aus dem Weg gegangen, und nun überfiel er sie mit strahlender, besitzergreifender Miene, als ob sie ihm gehöre.

»Hero, haben Sie schon erfahren, dass der Fall Figaro abgeschlossen ist? Es ist jetzt amtlich. Franz hat es uns gerade mitgeteilt, und er weiß es von Ihrem Vater.«

Er setzte sich neben sie und bemühte sich um ein ernstes Gesicht, aber es gelang ihm nicht.

»Ich weiß, dass Sie traurig sind, und Sie wissen auch, dass mir die Sache mit Codger nahe gegangen ist. Aber jetzt kann ich wenigstens zu Ihnen kommen und Sie etwas fragen, was ich mich vorher nicht getraut habe.«

Er nahm ihr mit einer entschiedenen Bewegung das Strickzeug aus den Händen und achtete darauf, dass die Maschen nicht von den Nadeln fielen. Dann legte er es in sicherer Entfernung weg. Da sich in ihren Augen plötzlich ein Zornesfunkeln regte und ihre Wangen sich dunkler färbten, nahm er hastig ihre Hände, die er ja zu diesem Zweck freigemacht hatte. Er wollte ganz sicher sein, dass sie ihm nicht davonlaufen würde.

»Ich möchte Sie fragen, ob Sie mich heiraten wollen«, sagte Hans mit fester Stimme und sah sie aus seinen enzianblauen Augen an, aus denselben Augen, die seit über einer Woche immer so beflissen in die andere Richtung geblickt hatten, wenn sie in der Nähe war.

Die dunkle Farbe wich abrupt aus ihren Wangen, ihre Lippen öffneten sich zu einem Ausruf der Verwunderung und völligen Verblüffung. Wie oft hatte sie sich insgeheim einen solchen Augenblick ausgemalt, als es noch eine solche Möglichkeit zu geben schien, ihn in die Wirklichkeit umzusetzen. Und dieser Augenblick war ihr immer als die höchste Wonne erschienen. Sogar ihre eigene Antwort hatte sie sich ausgemalt – aber das war etwas ganz anderes. Jetzt, wo er ihr die Frage in allem Ernst gestellt hatte, reagierte sie impulsiv, fast in einer Art Panik.

Es kam zu früh, zu plötzlich, sie war nicht darauf vorbereitet. Sie war erst neunzehn, und ein solcher Entschluss ist etwas, das man nicht in einem Jahr wieder rückgängig machen kann, wenn es einem nicht gefällt – jedenfalls nicht eine Ehe, wie die Truscotts sie verstanden. Sie war noch nicht viel herumgekommen, hatte noch nichts erlebt, noch nicht die Hälfte der Rollen gesungen, die sie gern singen wollte.

Und dann – nur ein einziger Mann, wo man doch bloß zu pfeifen braucht und ein anderer ist zur Stelle, wenn der Erste einen langweilt. Wo man sich ein Rendezvous mit geschlossenen Augen aus einem halben Dutzend Angeboten auswählen kann. Selbst wenn man einen solchen Mann sehr gern mochte, selbst wenn man sicher war, ihn sehr zu lieben, so bedurfte es doch einiger Überlegung, ehe man für ihn alles andere aufgab.

Am Schluss überfiel sie ein unvernünftiger Zorn darüber, dass er sie mit der Frage so plötzlich überfallen hatte, ohne sie darauf vorzubereiten, ohne ihr Zeit zum Nachdenken zu gewähren.

»Nein!«, rief sie und dachte nicht mehr an Ausweichmanöver, sondern nur noch an schlichten, direkten Rückzug. Sie versuchte, ihre Hände zu befreien, aber das war nicht so einfach. Er war vor den Kopf gestoßen, doch er ließ nicht locker. Vielleicht traute er auch seinen Ohren nicht. Oder vielleicht war er auch ganz einfach nicht der Typ, der so rasch aufgibt.

»Hero, Sie müssen doch wissen, wie sehr ich Sie liebe. Eine Frau weiß so etwas doch.«

Irgendjemand musste ihm das gesagt haben. Vielleicht eine der älteren Frauen, die ihn so unwiderstehlich fanden. Inga vielleicht.

»Sie haben Nerven, Hans Selverer«, stieß sie hitzig hervor. »Die ganzen Tage über gehen Sie mir aus dem Weg, als ob ich die Pest hätte, und sagen mir kaum guten Morgen, doch dann treten Sie vor mich hin und erwarten – und erwarten ...«

»Nicht Sie hatten die Pest, Hero, sondern ich. Sehen Sie denn nicht ein, wie aussichtslos meine Situation war, bis dieser Fall geklärt wurde? Inspektor Musgrave glaubte doch, ich hätte es getan. Er kannte die Sache mit meinem Vater, und er dachte – er war ganz sicher – ich hätte diesen Mann getötet. Wie hätte ich Sie da fragen können, ob Sie überhaupt etwas mit mir zu tun haben wollen? Wie konnte ich da versuchen, Sie an mich heranzuziehen, wenn ich doch der Hauptverdächtige war?«

»Ich glaube nicht, dass Sie sich überhaupt etwas aus mir machen«, sagte sie trotzig und wehrte sich verzweifelt gegen seine überwältigende Gegenwart, die ihren Widerstand schon allmählich abbröckeln ließ. »Ist das vielleicht die richtige Art, jemandem seine Liebe zu beweisen, dass man ihn nicht an seinen Sorgen teilhaben lassen will? In guten Zeiten fällt es jedem leicht, sich großartig zu zeigen.«

»Es tut mir Leid, wenn ich das falsch gemacht habe. Ich konnte doch nur tun, was ich für richtig hielt. Jetzt aber bin ich frei und kann Ihnen sagen, dass ich Sie liebe. Und ich kann Sie fragen ...«

»Nein, das können Sie nicht. Sie haben mich ein verzogenes, eigensinniges Kind genannt.«

Sie wandte den Kopf von ihm ab und drängte von ihm weg, weil sie genau spürte, dass ihr Widerstand nicht mehr lange vorhielt. Sie war fasziniert, wie rasch diese selbst errichteten Mauern umfielen. Und das Einstürzen selbst musste herrlich sein.

Er ließ ihre Hände los und nahm sie bei den Schultern. Er zog sie zu sich heran. Er lächelte, nicht gerade zuversichtlich, aber mit einem kindlichen Vertrauen darauf, dass sie letztlich doch nachgeben würde, als kenne er sie besser als sie sich selbst und wolle diese Kenntnis nur nicht allzu offen dartun.

Schließlich gibt es doch wohl einigen Ersatz für das, was man zurücklässt, dachte sie und ergab sich bereits resigniert in die neue Situation, wie eine Frau, die bereits kurz vor dem Ertrinken ist.

Nur ein einziger Mann – vielleicht ist das gar nicht so schlecht, vorausgesetzt, es handelt sich um den nettesten, den begabtesten, den attraktivsten Mann weit und breit, den einen, nach dem sich auch alle anderen Mädchen sehnen. Außerdem musste man auch daran denken, dass man schließlich kein Risiko eingehen darf, wenn man von einem solchen Mann gefragt wird, weil immerhin die Gefahr besteht, dass er seine Frage nicht ein zweites Mal stellen wird.

»Und Sie haben mich einen lästigen, aufdringlichen Menschen genannt. Dabei stimmte das gar nicht. Ich machte mir nur Sorgen um Sie und war sehr, sehr eifersüchtig.«

»Sie meinen also, es stimmt, was Sie über mich sagten? Sie sagten nämlich, Johnny sollte mir den Hosenboden …«

Er legte ihr den Arm um die Schultern. Sie stemmte beide Hände flach gegen seine Brust, aber diese Hände schienen keine Kraft zu besitzen, und einen Augenblick später kroch ihre rechte Hand an seinem Rockaufschlag hinauf und in seinen Nacken. Dort blieb sie liegen, und ihre Finger fuhren ihm durchs Haar.

»Ich hab's doch nicht so gemeint«, flüsterte er an ihrer Wange. »Ich war nur wütend. Und weißt du, in der Oper ist es immer die Frau, die den Mann schlägt – wie bei Susanna und Figaro. Heirate mich also ...«

»Nein!«

Er küsste sie so zärtlich, dass sie Gelegenheit hatte, so zu tun, als hätte sie dieses Nein nie ausgesprochen und als hätte er es nie gehört. Und dann gab ihm eine Inspiration genau die Zauberformel ein, der sie nicht widerstehen konnte.

»›Friede, Friede, du einzig Geliebte!‹«, flehte Hans sehr leise an ihrem Ohr.

Sie stieß einen hilflosen, langen, hohen Seufzer aus und rief dann: »Ja, ja!« Damit legte sie ihm beide Arme um den Hals.

Die letzten Mauern fielen, und das Einstürzen war wirklich herrlich.

Hans stieg mit festem Schritt und siegessicherer Miene die Treppen hinauf, einen Strich Lippenstift dicht vor dem linken Ohr, und ohne jeden Zweifel über die Art seines bevorstehenden Empfangs, bis er vor Johnnys Bürotür stand. Schließlich war er jemand, er hatte etwas zu bieten, seinen aufsteigenden Ruf, seinen Ehrgeiz, ein ausreichendes Einkommen, einen Geschmack, der sich großartig mit dem Heros deckte, und einen Charakter, auf den nun kein Schatten mehr fiel. Dennoch spürte er den unvermeidlichen Krampf in der Magengegend, als er an die Tür klopfte und Johnny etwas gepresst »Herein!« rief.

Hans trat ein und sah seinen künftigen Schwiegervater über den Schreibtisch hinweg mit so ernster Miene an, dass Johnny schon den Mund öffnete, bevor der entscheidende Schuss noch auf ihn abgefeuert wurde.

»Mr Truscott«, sagte Hans, »ich habe hiermit die Ehre, um die Hand Ihrer Tochter anzuhalten.«

Johnny wurde es trotz seiner Verwunderung warm ums Herz, und er überlegte unwillkürlich, aus welchem Handbuch der englischen Sprache Hans diese Phrase wohl ausgegraben haben mochte.

»Na, na!«, sagte er und schluckte den Schrecken mit einiger Schwierigkeit hinunter. »Das kommt ein bisschen plötzlich. Über so etwas muss man doch ein bisschen nachdenken. Und vergessen wir schließlich nicht, dass Väter in diesen Dingen heutzutage nicht mehr allzu viel zu sagen haben. Setzen Sie sich also hin und lassen Sie mir Zeit, wieder zu Atem zu kommen.«

Hans lehnte den angebotenen Stuhl ab, denn er war viel zu unruhig, sich hinzusetzen; seine Nervosität zeigte sich darin, dass er weiterredete.

»Ich liebe Ihre Tochter sehr, aber Sie werden verstehen, dass ich mich ihr nicht nähern konnte, während ich das Gefühl hatte, unter Mordverdacht zu stehen.« Glücklicherweise konnte er nicht wissen, wie sehr er Johnny damit traf. »Und es ist uns wirklich außerordentlich an Ihrer Zustimmung gelegen.«

Johnny stand von seinem Stuhl auf, um den blauen, beunruhigenden Augen aus dem Weg zu gehen, trat ans Fenster und starrte auf den kleinen Hof hinunter, der mit toten, bunten Blättern bestreut war.

»Und Hero?«, fragte er, ohne den Kopf zu wenden. »Was meint sie dazu?«

Die Frage war reine Verzögerungstaktik, weil er Zeit zum Nachdenken brauchte. Er hatte den kleinen rosaroten Bogen wohl bemerkt, der das linke Ohr des jungen Mannes zierte, und seine Frisur war auch noch nicht wieder ganz vorschriftsmäßig.

Eines musste man ihm lassen: Er hatte wirklich keine Zeit verloren, die Treppe hinaufzujagen, um sich den väterlichen Segen zu holen.

Dinge, die er nicht verstanden hatte, erschienen nun auf einmal vernünftig; Dinge, die ihr Leben unnötig kompliziert hatten. Das hieß nicht, dass er seine Tochter jemals begreifen würde. Oder die Frauen überhaupt, was das betraf.

»Sie hat mir die Ehre erwiesen, mich zu akzeptieren, das heißt natürlich, Ihre Erlaubnis vorausgesetzt.«

»Das wird Hero nie gesagt haben«, erklärte Johnny mit absoluter Gewissheit und musste trotz seiner Besorgnis für einen Augenblick leise lächeln. »Ach ja, ich weiß, ich weiß. Sie ist ein nettes Mädchen und sie möchte, dass ich dabei auch glücklich bin. Aber sehen Sie, ich brauche wirklich Zeit zum Nachdenken. Ich muss mich mit dem Gedanken erst abfinden. Bis jetzt ist mir kaum zum Bewusstsein gekommen, dass ich eine erwachsene Tochter habe, und schon laufe ich Gefahr, sie wieder zu verlieren. Sie ist erst neunzehn; wenn sie sich jetzt auf ein eigenes Leben einrichtet, so muss ich die Gewissheit haben, dass es für sie ein gutes Leben ist.«

»Natürlich«, antwortete Hans, »das kann ich durchaus verstehen. Wenn Sie es wünschen, werden wir warten, um ganz sicher zu sein – das heißt, ich bin sicher, aber ich werde gern so lange auf sie warten, wie Sie als Vater das für richtig halten.«

»Nun ja – lassen Sie mich die ganze Sache jetzt einmal überdenken. Keine Sorge, ich werde Sie nicht zu lange auf die Folter spannen, aber heute möchte ich doch Zeit haben, mich mit dem Gedanken vertraut zu machen. Führen Sie Hero heute Abend nach der Vorstellung irgendwohin aus, und bringen Sie sie nicht allzu spät nach Hause. Passen Sie gut auf sie auf, und morgen unterhalten wir uns noch einmal miteinander.«

Er spürte genau die geistige Verwirrung, in der er Hans Selverer wegschickte. Der Junge hatte vielleicht mit einem strengen Verhör gerechnet, das aber unweigerlich mit der

Aufnahme in die Familie endete. Warum auch nicht? Er wusste, was er wert war.

Aber da stimmte etwas nicht. Hans fühlte einen Widerstand, den er nicht begriff. Doch die Erlaubnis, mit dem Mädchen auszugehen, bedeutete doch wohl, dass der Vater ihm einiges Vertrauen entgegenbrachte.

»Wie Sie wünschen«, sagte Hans steif und mit deutlicher Enttäuschung in der Stimme. Dann verließ er das Büro mit einem Ausdruck leicht gekränkter Würde.

Johnny hatte nicht die leiseste Ahnung, was er nun zu Hero sagen sollte. Vielleicht kam sie schon im nächsten Augenblick die Treppe heraufgestürzt, um ihren widerstrebenden Vater zur Rede zu stellen und erzürnt zu fragen, warum er ihren Bräutigam nicht auf der Stelle mit offenen Armen aufgenommen hatte, wie es bei ihr anscheinend der Fall gewesen war.

Aber nein – das würde sie nie tun. Ihrem neuen Herrn und Meister zuliebe würde sie die treue, pflichtbewusste Tochter spielen und den geschäftlichen Teil ihm überlassen. Vielleicht hat sie sogar einiges Verständnis für ihren alten Herrn, dachte Johnny und versuchte, den Schock so weit wie möglich abzumildern. Wenn sie auch ein nettes Mädchen war, ein wenig schwierig war sie eben doch. Vielleicht hätte er Hans fragen sollen, ob ihm auch völlig klar war, worauf er sich da einließ.

Und jetzt, wo er wieder allein war, hatte er das Problem in aller Offenheit vor sich liegen. Es wurde auch dadurch nicht besser, dass er sich Mühe gab, sich in die Lage anderer Leute zu versetzen. Er wurde einfach nicht glücklich bei dem Gedanken, dass er sein Mädchen einem Mann anvertraute, der als Komplice bei einem Mord aufgetreten war und dem es offenbar nicht das Geringste ausmachte, die ganze Schuld auf einen armen Geistesgestörten abzuwälzen.

Ein guter Sänger, ein Künstler mit einer großen Zukunft,

ein angenehmer, gutartiger junger Mann – das alles war Hans zweifellos. Es lag auch nicht daran, dass Johnny auf ihn herabblickte oder dass er ihn nicht mochte; der Junge gefiel ihm sogar sehr.

Aber ihm Hero geben – das war doch wieder eine andere Sache. Jetzt blieb also nichts anderes mehr übrig, er musste mit Gisela sprechen.

8

Die Gräfin trat aus dem Hain auf der rechten Bühnenseite, einsam, hoch aufgerichtet, königlich selbst in Susannas hübscher Soubrettenkleidung, und übertönte mit klarer, ruhiger Stimme den Aufruhr von Bitten und Rufen und Widerspruch, der rings um die verkleidete Dienerin aufbrandete. Wie angewurzelt starrten alle sie an, und selbst ihre Rufe wurden leiser. Susanna entschleierte langsam ihr Gesicht und war glücklich, dass der Ruf vorüber und die Schlacht gewonnen war.

Der Graf, der an diesem Abend seine Rolle wie ein Besessener gesungen hatte, schmeichelnd und drohend, beherrschend wie nie zuvor, übertraf sich nun in diesem Augenblick der völligen Niederlage noch einmal selbst. Plötzlich war es klar, wie Recht Mozart damit gehabt hatte, dass er ihm diese vier letzten Worte allein überließ, ohne Zorn oder Entschuldigung, nur ganz einfach »›O Engel, verzeih mir.‹«

Es war auch klar, warum die Antwort so einfach klang, eine liebliche, runde, schmelzende Stimme der Verzeihung. Als sie ihm sagte: »›Wie könnt' ich denn zürnen? Mein Herz spricht für dich‹«, da sprach sie die letzte, absolute Wahrheit, nicht nur über das Ende seines Abenteuers, sondern auch über ihr turbulentes Eheleben. Keiner hätte dem Grafen widerstehen können. Mit seinen Seitensprüngen und seiner Eifersucht hätte er das Leben einer jeden Frau noch so elend machen und sie am Ende trotzdem um den Finger wickeln können, wenn er nachgab und auf so rührende Art seine Schuld eingestand. Auch wenn sie wusste – denn zweifellos wusste es die Gräfin –, dass sich die ganze Sache in einem Monat wiederholen würde.

Inga forderte ihren Tribut an feuchten Augen und absoluter Stille, indem sie an alle Herzen rührte, das ganze Ensemble sang wie im Echo seine zärtlichen Sätze. Und dann kam das Ende des Finales, frisch und fröhlich und voller Übermut, in der Bereitschaft, die ganze Nacht durchzutanzen.

Der Vorhang senkte sich über Verzeihung, Versöhnung und Hoffnung.

Johnny verließ seine Loge und ging herum in die Kulissen, als die Sänger nach mehreren Vorhängen von der Bühne eilten. Er hatte das angenehme Geräusch eines zufrieden nach Hause gehenden Publikums in den Ohren. Er kannte dieses tönende Summen der Zufriedenheit sehr wohl, und sein Ohr war empfänglich für jede kleine Abweichung geworden, die darin zu hören war.

Cherubino erblickte ihn, machte einen kurzen Umweg, warf sich ihm in die Arme, presste ihn an sich und wurde dann ebenso überschwänglich von ihm umarmt.

»He, meine Rippen! Waren wir gut heute Abend?«

Sie kannte die Antwort. Sie glühte vor Glück und Zufriedenheit über die eigene Leistung.

»Diesmal war er es! Er hat uns alle mitgerissen. Selbst Inga hat vergessen, was sie ihrer Würde schuldig ist. Sie hat uns beglückwünscht! Stell dir das vor.«

»Dann ist es für ihn also, dass er dich bekommt, wie?«, fragte Johnny leicht gereizt. »Er prahlt wohl schon mit seinem Glück.«

»Nein, er nicht. Ich hab's den anderen gesagt. Das ist doch

richtig, oder? Das heißt, ich habe es ihnen eigentlich nicht gesagt, es brach nur so aus mir heraus, und dann musste ich Fragen beantworten.«

Sie hegte keinerlei Zweifel, ihr war ganz klar, wie ihr Vater reagieren würde. Wer konnte schon ihrem Hans widerstehen?

Sie legte Johnny die Arme um den Hals und drückte ihn noch einmal warm an sich.

»Ach, ich bin so glücklich. Du hast doch nichts dagegen, wenn ich mit ihm einen Happen essen gehe, nicht wahr? Ich bin auch frühzeitig wieder zu Hause.«

Johnny fragte: »Seit wann holst du meine Erlaubnis ein, wenn du mit einem Liebhaber zum Essen gehen willst?«

Bei dieser Erinnerung lief sie dunkel an, aber ihre großartige Stimmung ließ sie sich dadurch nicht verderben.

»Von jetzt an«, antwortete sie. »Ich habe zwar keine Angst vor dir, das schreib dir hinter die Ohren, aber ich hab' dich sehr lieb. Deshalb.«

»Nun, was das betrifft, so habe ich wohl auch ein recht weiches Herz für dich.« Er drehte sie herum. »Na los, geh schon, und sei brav.« Er schubste sie mit einem leichten Klaps auf die Kehrseite ihrer vielen bunten Röcke von sich, und Cherubino rannte auf die Garderobe zu. Der kleine Zierdegen, der an Cherubinos Hüfte tanzte, war nun ein reines Theaterrequisit. Damit konnte niemand einen Mord begehen.

Also schien inzwischen schon das ganze Ensemble zu wissen, dass Hero sich als mit Hans Selverer verlobt betrachtete. Die Zeit und die Ereignisse arbeiteten gegen Johnny, und selbst ihre Unschuld und Zuversicht waren für ihn wie ein Zwang. Es blieb ihm wirklich nichts anderes mehr übrig, er musste zu Gisela gehen und sich heute Abend noch mit ihr aussprechen.

»Gute Nacht«, sagte er zu den Musikern aus dem Orchester, denen er auf dem Flur begegnete. Dann »Gute Nacht« zu Nan, die sich errötend aus den Armen des jüngsten Cellisten löste. »Gute Nacht, gute Nacht«, sagte er zu Don Basilio und Doktor Bartolo, die nebeneinander dem Bühnenausgang zueilten, um ›Blackcock's Feather‹ noch rechtzeitig zu erreichen; bis zur Polizeistunde hatten sie praktisch nur noch fünf Minuten Zeit. »Gute Nacht«, sagte er auch zu Tonda, die in ihrem prächtigen Nerz die Treppe herabgetrippelt kam, die Arme voller Blumen und die Augen voller Selbstzufriedenheit, Energie und Boshaftigkeit.

Alles schien im Leander-Theater wie üblich abzulaufen. Alles war wieder normal, selbst die jeweiligen Gefühle und Temperamente. Die Lücke, die Codger hinterlassen hatte, würde sich bald schließen – wenn auch für einige ein großer Teil ihres eigenen Lebens zusammen mit ihm dahingegangen war.

Johnny stieg müde die Treppe hinauf und klopfte an Giselas Tür.

Sie saß in ihrem alten Hausmantel vor dem Spiegel und wischte sich Marcellinas Schminke aus dem Gesicht. Ein Mezzosopran ist fast immer dazu verdammt, Mütter, Ammen und Haushälterinnen zu singen. Einmal hatte er große Pläne mit ihr und wollte sie als Carmen herausbringen, aber sie hatte sich entschieden geweigert. Dafür eigne sich ihre Stimme nicht, hatte sie behauptet, und auch nicht ihr Temperament. Und sie hatte wie üblich Recht behalten, das musste er am Ende sogar zugeben. Annina, die Intrigantin mit dem ausländischen Akzent und dem unruhigen Wesen, würde für sie eine angenehme Abwechslung bedeuten, wenn in der nächsten Saison die neue Inszenierung des Rosenkavaliers herauskam.

Er schloss die Tür hinter sich, lehnte sich eine Weile dagegen und schaute ihr zu, wie sie ihre künstliche Frisur löste und ihr Haar zu bürsten begann. Er wusste, dass sie ihn hatte hereinkommen sehen, denn ihre Augen hatten sich für einen Augenblick im Spiegel getroffen.

Doch es fiel ihnen schwer, jetzt die richtigen Worte zu finden. Und die Mühe, die sich beide darum gaben, ließ die Luft in der Garderobe dünn werden, sodass es schwierig wurde, darin zu atmen.

Sie fuhren immer noch wie früher gemeinsam nach Hause und hofften immer noch, dass die alte Vertrautheit und Leichtigkeit zwischen ihnen wiederkehren würde. Sie bemühten sich mit kleinen zögernden Gesten der Zärtlichkeit und Aufmerksamkeit, die alte Stimmung zurückzuzaubern. Aber sie fanden die frühere Nähe nicht wieder, und trennen konnten sie sich auch nicht. Eine Trennung war völlig undenkbar.

»Gutes Publikum heute Abend«, sagte er und trat neben sie.

Sie hob rasch den Blick zu seinem Gesicht empor, weil sie im Spiegelbild spürte, dass etwas ein wenig anders war als sonst.

»Was ist denn los?«

Wenn sie ihn so direkt fragte, mit einer Stimme voller Zuneigung und Besorgnis, dann erzitterte die unsichtbare Barriere, die sich zwischen ihnen aufgerichtet hatte, aber sie zerbrach nie ganz.

»Nichts«, antwortete er. »Es hat sich für mich als Vater nur ein kleines Problem ergeben. Heute Morgen kam der junge Hans Selverer zu mir, nachdem Musgrave gegangen war und ich Franz gebeten hatte, die anderen vom Ende dieser Geschichte zu unterrichten.«

»So?«, rief Gisela mit einem blassen, aber strahlenden Lächeln.

»Ja. Du hast es natürlich schon gehört. Alle scheinen es bereits zu wissen. Er hat sich offenbar vorgemacht, dass er als Hauptverdächtiger betrachtet wurde, und jetzt, wo er herausgefunden hat, dass er das nicht ist, kommt er schnurstracks zu mir und erklärt mir, er wolle Hero heiraten.«

Ihre Miene spiegelte Zuneigung und Freude wider, und es huschte sogar ein Ausdruck darüber, der an Lachen grenzte, aber dann bemerkte sie den schweren Schatten, der seine Stirn umwölkte.

»Aus dieser Richtung hat also die ganze Zeit über der Wind geweht. Als sie plötzlich zueinander so höflich wurden, glaubte ich zuerst an einen Irrtum. Heute haben sie so gestrahlt, dass keiner sich darin täuschen konnte.«

Als sie das letzte Wort ausgesprochen hatte, trat eine bedrückende Stille ein. Sie legte die Bürste hin und betrachtete ihn mit Augen, die plötzlich groß vor Staunen und Besorgnis wurden.

»Du bist nicht froh darüber, Johnny. Sie ist doch in ihn verliebt, und das ist nicht nur Spiel. Sie meinen es ernst.«

»Offenbar«, murmelte Johnny. Er hatte das silberne Band aufgehoben, mit dem ihr Haar zusammengebunden war, und wickelte es um seinen Zeigefinger. Seine Stimme war genauso bedrückt wie seine Miene.

Gisela betrachtete ihn aufmerksam und wortlos, und der dunkle Vorhang ihres Haars verdeckte dabei halb ihre Augen.

»Ich weiß, Johnny, es ist sehr früh für sie. Sie ist noch so jung. Aber es musste so geschehen, schau sie doch nur an. Und er passt doch wirklich gut zu ihr. Er ist ein sehr ordentlicher junger Mann. Du wirst sie doch nicht verlieren«, sagte sie und glaubte, damit an den wunden Punkt zu rühren.

»Nein, ich weiß, man verliert seine Tochter nicht, man bekommt einen Sohn dazu. Ich weiß! Ich muss allerdings zugeben, dass es mich wie ein Blitz aus heiterem Himmel getroffen hat. Die Kinder wachsen so schnell auf, dass man mit ihnen gar nicht Schritt halten kann.«

»Und was hast du ihm gesagt?«

»Ich habe ihm noch keine endgültige Antwort gegeben. Ich habe ihm gesagt, er möchte bitte morgen noch einmal zu mir kommen.«

»Aber Hero schien doch ganz sicher zu sein ...«

»Doch ich bin es nicht«, unterbrach er sie in plötzlich ausbrechendem Zorn und legte das Band wieder hin.

Er kam um den Stuhl herum, damit er ihr ins Gesicht sehen konnte.

Ihr fiel auf, wie krampfhaft sich seine Hand um die Kante des Toilettentisches schloss, und die kräftigen, harten Gelenke malten sich weiß in dem gebräunten Handrücken ab.

»Eine Ehe ist kein Spaß, Gisela. Eine Ehe ist etwas fürs ganze Leben, und vergiss nicht, dass ich in diesem Fall verantwortlich bin. Sie ist noch nicht volljährig. Wenn ich es für richtig halte, kann ich die ganze Sache noch fast zwei Jahre aufhalten – das ist lang genug, dass sie es sich vielleicht anders überlegt. Es geht gar nicht darum, dass ich ihn nicht mag. Ich habe ihn gern, aber ...«

Er hatte einen Umweg gewählt, den er eigentlich nicht vorhatte, aber er war am entscheidenden Punkt angelangt. Es brach nicht zornig oder gar grausam aus ihm heraus, sondern in hilfloser, unwiderstehlicher Schlichtheit.

»Was soll ich nur tun? Sag du mir's doch. Er hat dich gedeckt, nicht wahr? Er hat die zwei Zeilen gesungen, die dein Alibi bedeuten, weil du dann sicher bei Nan gestanden hast. Und dass die Schuld Codger zugeschoben wird, scheint ihn überhaupt nicht zu stören. Er ist nur glücklich darüber, dass der Verdacht jetzt von ihm genommen wurde. Ich kann es ja keinem von euch beiden übel nehmen, dass ihr den Kerl gehasst habt«, gab Johnny zu, »und ich habe auch kein Recht, den Richter zu spielen. Und trotzdem ... Man sieht es lieber, wenn der zukünftige Schwiegersohn nicht Beihilfe zu einem

Mord geleistet hat. Aber was soll ich Hero sagen, wenn ich ihn abweise?«

Gisela hatte ihn ganz ruhig und schweigend angehört. Aus dem Aufblitzen des Verstehens in ihren Augen wurde ein ständiges, gleichmäßiges Glimmen. Ihre Hände lagen steif und regungslos in ihrem Schoß. Er hatte den Eindruck, dass sie eine ganze Weile den Atem anhielt.

»Ich weiß, wo das vermisste Stück von Heros Waffengehänge verborgen war«, sagte Johnny. »Ich hab's nämlich dort gefunden. Und ich weiß auch, dass außer dir kein anderer es dorthin gesteckt haben kann und dass es kein anderer von dort wieder weggenommen haben kann. Es kommen nur zwei Personen dafür in Frage: Du und Nan. Und warum sollte Nan so etwas tun? Aber ich habe mich vergewissert«, fuhr er trotzig fort. »Ich habe in deiner Handtasche nachgesehen, als du dich an jenem Abend umzogst. Ich wusste also, dass du es warst, der es Codger nachher in die Rocktasche geschoben hat. Und wenn du Chatrier umgebracht hast, dann geschah das früher, als wir alle dachten, noch bevor du dich in den Hain zurückgezogen hast. Irgendjemand muss also Figaros Zeilen gesungen haben, die er außerhalb der Bühne zu singen hatte, denn zu dem Zeitpunkt war Figaro schon tot. Und es war Hans, der gesungen hat – stimmt das?«

Ihre Lippen bewegten sich. Fast lautlos antwortete sie: »Ja.«

»Was soll ich also tun? Ich mag ihn, aber ihm meine Tochter zur Frau geben, das ist wieder etwas ganz anderes. Ich bin weiß Gott selbst kein fleckenloses Lamm, aber es geht jetzt um Heros Zukunft und nicht um meine. Wenn du eine Antwort auf diese Frage weißt, dann sag sie mir.«

Sie blieb noch eine ganze Weile sitzen und starrte ihn aus großen, tiefen und erschrockenen Augen an. Dann überkam sie die Ruhe der Entscheidung, und die Blässe der ungeheuren inneren Anspannung wich allmählich von ihr. Sie stand langsam auf, trat an den Wandschrank und nahm Marcellinas raschelndes, schwarzes Kleid heraus. Auf ihren Armen trug sie es zu ihm hin.

»Sieh mal«, sagte sie und öffnete den Reißverschluss an dem schmalen, verstärkten Mieder.

Marcellinas Kostüm bestand aus allerlei Anachronismen. Es war nicht nur der Reißverschluss, der das Mieder schloss, sondern auch die Versteifung darin, aus etwas abgeflachten Drahtspiralen, mit einem glatten Plastikmaterial überzogen und nicht aus Fischbein. Vom Hals bis zur Hüfte war es ein ganzer Käfig federnder Versteifungen; die beiden vorderen links und rechts vom Reißverschluss waren etwas größer als die Übrigen und eine Kleinigkeit steifer. Die Säume waren am Hals nicht fest vernäht, sondern lediglich mit einer Spitzenkrause verdeckt. Die Spiralen konnten deshalb jederzeit herausgezogen werden.

Gisela schlug die Spitzenkrause auf der linken Seite zurück und zog die oberste der plastikumsponnenen Spiralen ein Stückchen heraus. Sie war steifer, als man erwartet hätte, und einen Augenblick später erkannte Johnny auch warum. Gisela drehte das offene Ende nach unten und schüttelte es, dann holte sie mit dem Zeigefinger und dem Daumen etwas Langes, Glänzendes heraus, das am Ende einen kleinen, runden Knopf hatte. Nachdem sie einmal den Knopf in der Hand hielt, ließ sich der Rest leicht herausziehen. Sie hielt ihm den Gegenstand vor die Augen.

Es war eine kräftige, stählerne Stricknadel von der altmodischen Art, wie man sie heutzutage in der Ära der Plastikartikel kaum mehr verwendet. Die Länge betrug etwa fünfundzwanzig Zentimeter, aber sie war früher wohl länger gewesen. Die Spitze war zu einem scharfen, tödlichen Dolch zurechtgefeilt worden.

Er nahm ihr die Nadel aus der Hand und betrachtete sie

aus der Nähe. Ein feiner, farbiger Film überzog die Nadel von der Spitze her mehrere Zentimeter weit, aber er spürte nichts, es schien bloß eine Verfärbung des Metalls zu sein.

Er sah sie verständnislos an, und sie merkte, wie seine Hände zitterten.

»Tut mir Leid«, sagte Johnny. »Ich bin vielleicht dumm, du musst es mir schon sagen.«

»Ist dir nicht aufgefallen, dass er für seine Strickerei neue blaue Nadeln benutzte? Hero hat versucht, seinen Pullover fertig zu stricken, sieh ihn dir an, wenn du willst. Dann erinnerst du dich vielleicht, wie viele Jahre lang er diese stählernen Stricknadeln hier benutzt hat.«

Das Zittern breitete sich über seine Arme auf seinen ganzen Körper aus. Er fuhr sich mit der Zunge über die trockenen Lippen und flüsterte heiser: »Willst du mir damit klar machen, dass das hier …? Nicht der Degen? Aber – der Degen steckte doch in seinem Rücken.«

»Ja, der Degen steckte in seinem Rücken. Aber der hat ihn nicht getötet.«

»Mädchen, weißt du eigentlich, was du da sagst? Bist du ganz sicher?«

Er nahm sie bei den Armen und hielt sie vor sich hin, zitterte plötzlich und schüttelte sie in seiner Verwirrung und Erschöpfung und Sorge. Im tiefsten Kern seines Herzens flackerte ein dünnes Flämmchen der Hoffnung auf.

»Wie kannst du so sicher sein?«

»Ich bin sicher«, antwortete sie, »weil ich gesehen habe, wie er getötet wurde. Es geschah vor meinen Augen, praktisch in meiner Reichweite. Und ich bin auch sicher, dass die Nadel die Mordwaffe war und nicht der Degen, denn – so wahr mir Gott helfe – ich weiß, dass er tot war, als ich ihm die Nadel aus dem Rücken zog und stattdessen den Degen in die Wunde stieß.«

Tief in dem Aufruhr seiner Seele bildete sich ein kleiner Kern der Ruhe, wie es offenbar auch immer einen winzigen Kern von Gerechtigkeit gegeben hatte, klein und unzureichend zwar, aber doch spürbar in dem Durcheinander um Marc Chatriers Tod.

Johnny nahm ihr Marcellinas Kostüm aus dem Arm, zog sie mit sich zu dem Sofa an der Wand und drückte sie nieder. Dann ließ er sich neben ihr auf die Knie nieder und hielt ihre Hände fest.

Bei all dem Chaos, das sie mit ihren Worten in seinen Gedanken angerichtet hatte, erkannte er immer noch nicht, dass die Barriere, der Abstand zwischen ihnen, gewichen war. Er konnte sie berühren, er konnte ihre Hände festhalten, er konnte Fragen stellen und ihre Fragen beantworten.

Codgers zurechtgefeilte Stricknadel lag neben ihr auf dem grünen Brokat. Musgrave hatte etwas davon gesagt, dass an der tiefsten Stelle der Wunde etwas von einem doppelten Stich zu bemerken gewesen war – ein Zeichen dafür, dass jemand den Degen ein Stück zurückgezogen und dann wieder in die Wunde gestoßen hatte. Für Musgrave passte alles großartig in seine Theorie Es schien durchaus möglich zu sein, den richtigen Mann zu erwischen, und trotzdem in jeder anderen Hinsicht Unrecht zu haben.

Plötzlich umklammerte sie seine Hände mit einer Verzweiflung, die ihre ruhige Miene Lügen strafte. Sie fragte: »Du hast doch nicht etwa geglaubt, dass ich es so perfekt fertig gebracht hätte, einem Mann einen Degen in den Rücken zu stoßen. In aller Stille – während er noch lebte?«

»Ach, Mädchen, woher sollte ich denn wissen, ob du das konntest oder nicht? Du oder irgendeine andere Frau? Oder irgendein Mann? Ich verstehe von all diesen Dingen nicht sehr viel, und was ich weiß, das verstehe ich falsch. Du musst es mir sagen. Du hättest mir alles gleich sagen sollen, gleich von allem Anfang an.«

»Wie konnte ich denn? Vor allen Dingen wollte ich, dass du es nicht weißt. Ich konnte doch nicht wissen, dass er – dass das Schuldgefühl ... Und du hast so an ihm gehangen.«

»Und – liebe ich dich etwa nicht?«

Er hielt ihre beiden Hände sanft in einer Hand und strich ihr mit der anderen das lange Haar von der Stirn und den Wangen zurück. Er wusste kaum, was er sagte. Seine Worte waren ihm wie selbstverständlich über die Lippen gekommen.

»Deshalb hast du also die Nadel weggenommen und versteckt, weil eine Stricknadel die Spur zu Codger gewesen wäre. Ich weiß! Jetzt kann ich es mir vorstellen!«

Jahrelang hatten sie sich die Verantwortung für Codger geteilt. Wie konnte sie zulassen, dass der geistig verwirrte Mann verhaftet und danach vor Gericht gestellt wurde, auch wenn das Gesetz sich noch so freundlich erweisen sollte, auch wenn man ihn bestimmt für unzurechnungsfähig erklären würde? Wie konnte sie in ihrer Fürsorge zulassen, dass man ihn wegführte und in eine Anstalt sperrte? Sie musste deshalb rasch und instinktiv gehandelt haben, ohne sich eigentlich etwas Bestimmtes dabei zu denken.

»Ich habe dir die Wahrheit gesagt, was den Degen betrifft«, fuhr sie fort, »ich habe ihn aufgehoben und mitgenommen. Aber der Grund war ein anderer. Ich dachte überhaupt nicht daran, jemanden zu töten. Ich habe versucht, mit Chatrier zu reden. Ich habe ihm sogar gedroht, damit er dich in Ruhe lassen sollte. Ich sagte zu ihm, ich könnte ihm das Leben zur Hölle machen, wenn er dich nicht in Ruhe ließe, und bei Gott, das hätte ich auch getan. Wie hätte die Sache wohl für ihn ausgesehen, wenn ich irgendeiner Sonntagszeitung die ganze Geschichte unserer Ehe erzählt hätte, eben alles, was er mir angetan hat? Aber das war auch alles, und ich war ganz sicher, das würde genügen. Er hatte genauso viel zu verlieren wie du, vielleicht sogar mehr. Er war ja nicht dumm.

Und dann stolperte ich auf dem Flur über Heros Degen, genau vor ihrer Tür, und merkte, dass das Band gerissen war. Ich nahm ihn mit hinunter. Ich habe mich nicht einmal gefragt, wie er da hingekommen ist, weil ich mir dachte, die Zeit würde noch reichen, das Band mit ein paar Stichen zusammenzunähen, damit es wenigstens den Abend über hielt und Hero den Degen wieder tragen konnte. Aber dann merkte ich, dass die Zeit doch nicht dafür reichte. Das ist der Grund, weshalb ich den Degen in der Hand hatte, als ich zwischen die Kulissen trat.«

Es passte alles genau. Sie räumte immer auf, sie brachte alles in Ordnung, beruhigte die anderen und fügte die Enden wieder zusammen. Um diese Kleinigkeiten kümmerte sich immer Gisela.

»Es war für meinen Auftritt noch ein wenig früh. Du weißt, wie dunkel die Bühne war, wie kompliziert das Bühnenbild ist. Tonda und Inga standen irgendwo rechts vor mir, aber nicht in meiner Nähe. Max und Ralph waren drüben auf der anderen Seite. Er stand auf der Bühne und sang seine Arie. Dann zog er sich rückwärts gehend in den Pinienhain zurück und kam fast genau auf mich zu. Aber zwischen den Kulissen stand noch jemand, der ihn erwartete. Ich sah und hörte ihn erst, als er sich von hinten auf Figaro zuschob. Und ich begriff nicht. Mir wurde gar nicht klar … Wir waren es alle so gewohnt, ihn auf der Bühne und hinter der Bühne zu sehen, und er konnte sich ja überall frei bewegen. Ich hatte also keinen Anlass, mir darüber Gedanken zu machen.

Dann legte er einfach von hinten Figaro die Hand über den Mund und stieß ihm die Nadel in den Rücken. Direkt vor meinen Augen – noch bevor ich ein Wort sagen oder eine Bewegung machen konnte. Ich hielt es kaum für möglich, dass so etwas so rasch und glatt gehen kann. Er ließ ihn zu Boden sinken und legte ihn auf die Bretter, und Chatrier hat sich nicht ein einziges Mal mehr gerührt.«

Ihre Stimme war vor Erstaunen und Entsetzen immer leiser und dünner geworden.

Er hielt ihre Hände fest und betrachtete die Tat beinahe objektiv: In diesem Geiste hatte Codger nämlich die Kunst des lautlosen Tötens gelernt. Wenn er etwas begriffen hatte, dann beging er keinen Fehler. Er hatte die Namen seiner Brüder und die meisten Ereignisse in seinem Leben vergessen, aber Kenntnisse, die er sich einmal angeeignet hatte, vergaß er nie; seine Hände waren jederzeit in der Lage, sie wieder auszuführen.

»Er war tot«, sagte sie, »bevor ich ihn noch berührte. Er hatte ihn da liegen lassen – er legte ihn einfach auf die Bretter, schlich davon und ließ ihn liegen. Und ich … Die Stricknadel, das war so kindisch und auffällig. Ich stellte mir vor, wie er vor Gericht erscheinen musste, ich dachte an dich … Vielleicht dachte ich auch gar nichts, ich glaube kaum, dass ich etwas dachte. Es überkam mich ganz einfach. Ich zog die Nadel heraus, die Wunde blutete fast gar nicht. Es war nicht einmal schwierig. Ich riss das lose Ende des Seidenstreifens ab, nur für alle Fälle, und hielt es an das Loch, aber es kam kein Blut, nicht einmal so viel, wie wenn man sich in den Finger schneidet. Ich wischte die Nadel an dem Stück Seide ab, und damit musste das Seidenband auch verschwinden …«

So einfach war das also: die seltsame diagonale Linie, die Musgrave mit einem solchen Aufwand an Fantasie erklärt hatte. Sie hatte nichts mit der Schneide des Degens zu tun, es war nichts weiter als die schwache Spur, wo sie die Nadel abgewischt hatte.

»Dann zog ich den Degen aus der Scheide, stemmte die Spitze im gleichen Winkel an die Wunde und …«

Plötzlich durchlief sie ein krampfartiges Zittern, aber ihr Gesicht blieb unbewegt und seltsam ruhig. Ihre Hände, die für einen Augenblick in den seinen wie die Flügel eines ängstlichen Vogels zu flattern begonnen hatten, beruhigten sich wieder und lagen still wie in einem warmen Nest.

»Die Wunde wäre genauso verräterisch gewesen wie die Waffe selbst. Ich musste sie irgendwie verändern und tarnen. Man bringt alles fertig, wenn man muss. Ich weiß jetzt nicht mehr viel darüber«, sagte sie und blickte starr auf die Erinnerungen zurück. »Ich weiß nur noch, dass ich es tat.«

Und das ist gut so, dachte Johnny und sah den dünnen, verräterischen Blutstreifen auf der leuchtenden Seide vor sich, den Degen, der aufrecht in Chatriers Rücken steckte und ein wenig hin und her schwankte.

»Und was hatte Hans mit der Sache zu tun?«, fragte er sanft. Er dachte, sie soll nur weiterreden, die Dunkelheit in sich ausschütten und das Schwere mit ihm teilen; nie wieder sollte auch nur der kleinste Schatten zwischen ihnen stehen. Er wusste jetzt, dass er eine solche Verbannung aus ihren Gedanken nicht mehr würde ertragen können.

»Er tat gar nichts. Er wusste nichts und es gab keine Verschwörung. Er kam ganz einfach zu seinem Auftritt in die Kulissen und muss gesehen haben, wie ich mich von der Leiche aufrichtete und auf die Bühne hinaustrat. Ich war für mein Stichwort schon fast zu spät dran. Ich merkte erst, dass er dastand, als ich mich umdrehte, um in den Pinienhain zu gehen, dann warf ich rasch einen Blick hinüber, um festzustellen, ob die Leiche zu sehen war – da war Hans.

Er stand dicht daneben und starrte mich an. Ich merkte seiner Miene an, dass er mich gesehen hatte, ich wusste, was er dachte. Dieses Entsetzen und dieses Mitleid! Ich hatte keine Ahnung, was er nun tun würde. Ich konnte es nicht ändern, was immer er auch vorhatte. Deswegen ging ich ganz einfach in den Hain. Dort hatte ich Ruhe, dort konnte ich nachdenken, dort hatte ich Zeit, das Seidenband an der Stelle zu verstecken, wo du es später gefunden hast, und dort konnte ich die Nadel in mein Korsett schieben.«

»Und Hans gab dir das, was du brauchtest: ein Alibi.«

Der Junge musste seinen Entschluss innerhalb weniger Sekunden gefasst haben, denn Figaros erste zornige Bemerkung kommt nur drei Zeilen nach Marcellinas Rückzug in den Pinienhain. Johnny hörte vor seinem inneren Ohr noch einmal das bittere letzte Wort: ›Schändliche!‹

Vielleicht machte sich Hans wegen der Sache später Gewissensbisse, vielleicht bedauerte er sein Handeln sogar, aber er blieb fest dabei, auch als er fürchten musste, zum Hauptverdächtigen geworden zu sein. Nein, Hans Selverer hatte bestimmt nichts an sich, was Johnny zögern lassen konnte, ihm seine Tochter anzuvertrauen. Im Gegenteil! Eine solche Treue findet man nur selten, und Johnny wusste sie sehr wohl zu schätzen.

»Er hatte auch keine Zeit nachzudenken«, sagte Gisela. »Wahrscheinlich tat ich ihm nur Leid.«

»Weiß er jetzt Bescheid, dass du es nicht warst? Dass du lediglich Codger decken wolltest?«

»Ja, jetzt weiß er es.«

»Und als Alarm gegeben wurde und die Polizei sich einschaltete, da musstest du das Seidenband natürlich lassen, wo es war, und eine Entdeckung riskieren. Die Nadel natürlich auch. Willst du mir sagen, dass du dieses Ding die ganze Zeit über in dem Korsett getragen hast? Auch als die Garderoben durchsucht wurden?«

»Die erste Durchsuchung fand statt, als ich das Kostüm noch anhatte. Und dann wurde nach dem Seidenband gesucht und nicht nach einer Stricknadel. Ich wusste wohl, dass ein gewisses Risiko damit verbunden war, das Ding an Ort und Stelle zu lassen, aber es schien mir noch viel riskanter, es wegzuschaffen, während die Polizei sich hier unter uns bewegte. Ich wusste, dass ich das Band zurückbekommen konnte, sobald wir wieder Figaro gaben, und ich lenkte am allerwenigsten die Aufmerksamkeit darauf, wenn ich bis dahin nicht hinsah und auch nicht daran dachte. Es war gar nicht überraschend, dass sie es nicht gefunden hatten, denn es war wohl so ziemlich der einzige Ort, von dem sie sicher annahmen, dass es sich dort nicht befinden konnte. Nan und ich waren ja beisammen, wie sie annahmen, und zwar vom Augenblick des Mordes bis zur Entdeckung des Toten. Als ich das Band dann wieder holte, wollte ich es aus dem Theater wegschaffen und verbrennen. Aber du weißt ja selbst, wie es dann gekommen ist.«

Ja, das wusste er. Nach all ihrer Geduld, ihrem Mut und ihrer Entschlossenheit, nach den Tagen und Nächten der Selbstbeherrschung, nach allem was sie getan hatte, um Codger zu retten, hatte Codger mit eigenen Händen ihre Bemühungen zunichte gemacht.

»Als du mich an jenem Abend mit dem Bewusstlosen und dem Toten allein gelassen hattest, da wusste ich nicht, was ich tun sollte. Codger konnte nicht mehr gerettet werden, und dir konnte ich es nicht mehr ersparen. Es war schon zu spät, etwas anderes zu tun als zu retten, was zu retten war, und mir erschien es am besten, Musgrave seine Beweise zu geben, damit er die Kette seiner Indizien schließen konnte. Diesmal gab es keine Möglichkeit, Codger aus der Geschichte herauszuhalten, und schaden konnte es ihm auch nicht mehr.

Deshalb steckte ich ihm das Seidenband in die Tasche, damit Musgrave es finden sollte. Vielleicht war das nicht richtig, vielleicht hätte ich das nicht tun sollen – ich weiß es nicht. Ich hatte Angst vor den Verwicklungen, die ich veranlasst hatte, und da ich jetzt nichts mehr damit anfangen konnte, wollte ich das Beweisstück loswerden.«

»Ach, Mädchen!«, sagte Johnny im Ton des Selbstvorwurfs und nahm sie in die Arme. »Was musst du alles durchgemacht haben.«

»Es war gar nicht so schlimm. Ich war noch nicht einmal

einsam dabei. Nachher sagte ich Hans Bescheid, um sein Gewissen zu beruhigen. Das war gleichzeitig auch gut für meinen Seelenfrieden. Er ist ein guter Junge, Johnny. Und er wird sie nie enttäuschen, dessen kannst du ganz sicher sein.«

»Aber warum hast du mir denn nicht gleich die Wahrheit gesagt? Das wäre doch möglich gewesen. Für Codger war alles vorüber, und es bestand keine Notwendigkeit mehr, die Sache noch länger zu verheimlichen.«

»Wenn ich geahnt hätte, dass du auch nur die Hälfte davon wusstest, dann hätte ich dir natürlich auch alles andere erzählt. Aber du hast ja nie etwas gesagt. Warum hast du mir nie erzählt, dass du über das Seidenband Bescheid wusstest? Dann hättest du natürlich alles erfahren.«

Warum hast du es mir nicht erzählt? Das fragten sie sich jetzt gegenseitig. Sie konnten das Gefühl der Hilflosigkeit und Einsamkeit von sich schieben; sie schüttelten den Zustand der Trennung von sich, wo Reden eine Belastung war und gegenseitiges Vertrauen eine Unmöglichkeit – trotz allen guten Willens und aller Liebe, die sie füreinander aufbrachten.

»Und dann wollte ich dich auch nicht in irgendetwas hineinziehen, was ich getan hatte. Ich hielt es für besser, wenn du nichts damit zu tun hattest. Es war schon genug, wenn einer von uns beiden in die Angelegenheit verwickelt wurde. Armer Codger!«, sagte sie und lehnte ihre glatte Stirn für einen Augenblick an Johnnys Wange.

»Armer Codger! Aber so ist es immer noch besser. Wenn sie ihn von uns fortgeholt hätten, wäre er vor Angst und Einsamkeit gestorben. Aber dass du das alles für ihn durchmachen musstest!«

»Ich hab's ja hauptsächlich für dich getan«, sagte Gisela mit der Andeutung eines Lächelns; die Blässe schwand langsam aus ihrem Gesicht.

»Dann kann ich dich nur bitten, nie wieder etwas Ähnliches für mich zu tun. Wenn ich daran denke, wie fern du mir plötzlich warst, bekomme ich jetzt noch Angst. Wir werden beide gemeinsam versuchen, von der Sache loszukommen. Musgrave ist fort, der Fall ist abgeschlossen.«

Das Ende war gar nicht so ungerecht, wie er zuerst geglaubt hatte. In allem wurde eine Art Vorsehung spürbar. Gisela war wieder bei ihm. Er sah sie klar vor sich, seine Stimme erreichte sie wieder, sie waren gerettet. Das durfte er nie wieder riskieren. Nie wieder in seinem ganzen Leben. Er wusste jetzt, dass er ohne Gisela nicht mehr leben konnte.

Sie befreite sich sanft aus seinen Armen und erhob sich. Dann holte sie tief Luft, als hätte sie eine schwere Last von den Schultern zu werfen – eine Last so schwer wie die, welche sie von ihm genommen hatte.

»Ich muss mich umziehen. Nein, bleib ruhig hier. Siehst du, jetzt brauchst du Hans auch nicht mehr abzuweisen. Er hat nichts weiter getan, als Mitleid mit mir zu empfinden.«

»Ich bin froh«, sagte Johnny. »Er ist ein netter Junge, und die beiden werden ein großartiges Gespann abgeben. Falls er mit ihr fertig wird.«

»Er wird mit ihr fertig. Dafür sorgt sie schon.«

Das klang nach einem Rezept für eine gute Ehe. Johnny dachte an sein kleines Mädchen und freute sich nun schon fast auf ihre erregende und viel versprechende Karriere an Hans Selverers Seite. Sie würden sich gegenseitig anregen und vorantreiben.

Gisela beobachtete ihn im Spiegel. Unverhüllt strahlte ihm das warme, tief empfundene Lächeln ihrer Liebe entgegen. Sie dachte, all seine Zweifel und Bedenken hinsichtlich des Todes von Marc Chatrier seien nun von ihm genommen.

Aber plötzlich war sein Blick wieder umschattet, alles war wieder gegenwärtig, und sie wusste, dass sie sich mit dieser Betrübnis würde abfinden müssen, die ihn noch oft befallen würde.

»Etwas stört mich noch«, sagte Johnny. »Weißt du, Codger hat selbst nie an so etwas gedacht. Er hat aus eigenem Antrieb nie in seinem ganzen Leben jemandem etwas zu Leide getan – nur wenn es ihm befohlen wurde. Jemand muss es ihm befohlen haben. Ich habe die entsetzliche Ahnung, dass ich es war. Ich weiß, dass ich irgendetwas von Musgraves Beseitigung erwähnt habe – erinnerst du dich?«

»Aber dergleichen hat er doch oft zu hören bekommen und es nie ernst genommen.«

»Aber diesmal hatte ich es ernst gemeint. Wirklich. Nur für eine Minute, aber ... Andere Leute mussten ihm Befehle ausdrücklich erteilen, von mir genügte eine Andeutung. Er mag gespürt haben, wie todernst es mir damit war – wenn ich das nur genau wüsste.«

»Das stimmt nicht«, sagte sie rasch und energisch.

»Dann muss er es jedenfalls geglaubt haben, dass es mir ernst war. Verdammt, ich weiß es doch selbst nicht. Und manchmal muss ich auch an die andere Sache denken – mit Chatrier. Auch was ihn betrifft, habe ich irgendetwas gesagt. Und zwar ein oder zwei Tage, ehe der Mord geschah. Eine Bemerkung, dass er für eine Beerdigung und nicht für eine Hochzeit reif sei, wenn es nach den anderen ginge. Ich habe es nicht zu Codger gesagt, aber Codger war dabei. Gisela – Codger hat nur das getan, was ich nach seiner Auffassung wollte! Am Ende trifft mich die ganze Schuld.«

»Ach, Johnny!«, sagte sie, drehte sich plötzlich herum und nahm sein Gesicht zwischen beide Hände.

Sie führte ihn die Treppe hinab. Er war noch benommen von der Offenbarung seiner Schuld und seines Glücks. Sie waren sehr spät dran. Im Theater war es schon still, aber die Leere fühlte sich warm und gemütlich an; der Schatten des toten Figaro war verschwunden.

In Sams Loge neben dem Bühneneingang spürten sie

schmerzhaft Codgers Fehlen, aber selbst diese Leere würde nicht ewig dauern. Sam sagte mit seiner groben, nörglerischen Stimme zu irgendjemandem:

»Los, hau ab, du blöder Kerl. Verschwinde von hier!«

Ein streunender Straßenköter mit nur einem Auge war gestern Morgen klatschnass hereingekommen und hatte sich in Sams Nähe niedergelassen. Das Tier war nicht schön und auch nicht klug, aber es spürte sehr wohl die Zuneigung hinter der scheinbaren Ablehnung. Ein ansehnlicherer Hund wäre Sam wahrscheinlich lieber gewesen, aber die Leere, die geblieben war, konnte nur durch eine hilflose, liebevolle Kreatur ausgefüllt werden, die dazu verdammt war, in alle Ewigkeit lästig und abhängig zu bleiben.

Auf dem Flur blieb Johnny plötzlich stehen.

»Warte einen Augenblick«, bat er, schon wieder tief in Gedanken. »Die neuen blauen Stricknadeln aus Plastik. Er hatte sie schon an dem Abend vor dem Mord. Ich erinnere mich genau, dass ich sie gesehen habe, als er mir den Pullover zeigte, den er für Hans strickte. Wer hat sie ihm gegeben? Codger konnte nichts selbst einkaufen, das hat Dolly ihm nie überlassen. Jemand muss ihm diese Nadeln verschafft haben – und zwar bevor er Chatrier umbrachte.«

»Johnny, lass es doch ruhen.«

»Ich kann nicht. Jemand hat die Sache geplant und ihn ausgenutzt. Nicht nur das, was ich gesagt habe, brachte ihn dazu – jemand hat etwas aktiv getan, hat ihm die neuen Nadeln gegeben und die alten weggenommen.«

Sam hatte ihre Stimmen gehört, obwohl sie leise sprachen, und tauchte nun mit dem Hund an seiner Seite aus der Pförtnerloge auf. Seit Codgers Tod schien er eingeschrumpft zu sein, die Kleider hingen ihm lose um die Knochen, die Falten seines Gesichts waren zu einer leblosen Maske erstarrt.

»Ich habe schon geglaubt, ihr wollt über Nacht bleiben«,

sagte er. »Tom wartet draußen schon seit zwanzig Minuten auf euch.«

Johnny schien nichts gehört zu haben. Er starrte den alten Mann mit einem wild aufflackernden Verdacht in den Augen an und kämpfte mit einer direkten Frage, die ihm wie ein Kloß im Hals stecken blieb.

»Sam, ich will die Wahrheit wissen: Hast du Codger angestiftet, dass er Chatrier umbringen soll?«

Die beiden Männer starrten einander sekundenlang an, und der Schock stand fast greifbar zwischen ihnen in der Luft. Sams uralte Augen, die Johnny von einem widerspenstigen Kadetten bis zu dem hatten heranwachsen sehen, was er jetzt war, die Johnny nie unterschätzt und nie gefürchtet hatten, richteten sich nun mit einem stählernen Glanz des Zorns auf ihn, der sich aber doch nicht ganz in Wut verwandeln mochte.

»Nein«, antwortete er, »das habe ich nicht getan. Was hältst du eigentlich von mir? Nachdem ich mich jahrelang wie ein Kindermädchen um den armen Teufel gekümmert habe? Nein, ich hab's nicht getan. Und solltest du mir jemals wieder eine ähnliche Frage stellen, Johnny Truscott, dann werde ich dich verprügeln, so wahr mir Gott helfe.«

Johnny wusste, dass Sam die Wahrheit sprach. Mit einem tiefen Seufzer der Erleichterung warf er alle Zweifel weit von sich.

»Du hättest es diesmal schon tun sollen«, sagte er. »Ich bitte dich um Entschuldigung, Sam. Ich hätte es wissen müssen.«

Er hätte es wirklich besser wissen müssen. Wer hatte sich mehr als er um das armselige Wrack gekümmert, das die See von Codger übrig gelassen hatte? Als sein Schutzbefohlener verschwunden war, hatte er mit Martin voller Angst die ganze Nachbarschaft abgesucht, bis Johnny vom Polizeirevier angerufen hatte, um ihm die bittere Nachricht mitzuteilen.

Voll Mitleid merkte Johnny plötzlich, wie alt der Mann geworden war und wie das Fleisch auf seinen Knochen einzutrocknen begann. Was für ein Freund war er doch, dass er ihm nicht einmal die Gerechtigkeit widerfahren lassen konnte, die ihm von Musgrave zuteil geworden war.

»Schon gut, mein Junge, wir drehen alle ein bisschen durch. Geh nach Hause, leg dich schlafen und versuche, die ganze Geschichte zu vergessen.«

Er begleitete sie bis vor die Tür. Unten wartete der Wagen, in einen dünnen Regenschleier gehüllt. Der langbeinige Hund drückte sich eng an Sams Knie und schien nicht die Absicht zu haben, sich von diesem selbst gewählten Zufluchtsort jemals wieder vertreiben zu lassen.

»Komm nicht mit hinunter, Sam«, sagte Gisela. »Geh wieder hinein, es regnet so sehr.«

»Schön, wie ihr wollt. Gute Nacht!« Er stieß Johnny hart die Faust zwischen die Rippen und murmelte noch einmal: »Nacht, Johnny.«

»Gute Nacht, Sam«, sagte Johnny, und in seiner Stimme zitterte unausgesprochene Scham mit. Dann ging er langsam die Stufen hinunter, hielt Gisela fest am Arm und fühlte sich gleichzeitig verwirrt und traurig und resigniert und hoffnungsvoll.

»Trotzdem muss jemand …«, begann er.

»Nein, nicht unbedingt«, unterbrach sie ihn. »Was wissen wir schon von dem, was in seinem Verstand vor sich ging, Johnny? Dafür gab es keine Landkarten. Vielleicht begriff er mehr, als wir ahnten. Vielleicht war er viel klarer, als wir alle dachten, wenn es um dich ging. Lass es ruhen, Johnny«, sagte sie dicht an seinem Ohr. »Hör jetzt auf. Einmal muss man damit aufhören. Um aller Beteiligten willen.«

Sie legte für einen Augenblick ihre Wange an seine Schulter, und diese kleine, zärtliche Geste wärmte ihm das Herz. »Hör auf, bevor du alles zerbrichst«, flüsterte sie.

Sie spürte jetzt, dass sein Widerspruchsgeist schwand. Dass sie der feste Punkt und der Trost in dem Chaos seiner Gedanken war, und dass sie nur in seiner Nähe zu bleiben brauchte, damit die endlosen Fragen in seinem Inneren einschliefen. Schon ließ die Spannung in ihm nach, und der Krampf verließ seinen starren Körper und den gequälten Geist.

»Lass es jetzt in Ruhe. Lass Codger schlafen!«

Sie waren auf der untersten Stufe angekommen, da sagte sie plötzlich: »Warte doch bitte einen Augenblick auf mich, ich muss noch einmal zurück. Ich habe einen Brief vergessen – Sam sagte mir, er sei mit der letzten Post angekommen, aber ich habe ihn nicht abgeholt. Er muss ihn dann auch vergessen haben. Ich bin gleich wieder hier.«

»Ich hole ihn dir«, sagte Johnny.

»Nein, warte hier auf mich. Ich komme gleich zurück.«

Bevor er noch etwas einwenden konnte, lief sie die Stufen hinauf und verschwand durch die Pendeltür.

Sam war gerade dabei, seinen Pfeifenkopf mit einem Taschenmesser auszukratzen, von dessen Klinge nichts übrig geblieben war als ein schmaler Metallstreifen. Nun probierte er ohne viel Hoffnung das Ergebnis aus. Er blies in das Pfeifenrohr, und es blubberte wie in einem alten Teekessel. Er saugte daran und verursachte unangenehme Geräusche; es klang, als wate eine Kuh langsam durch einen Sumpf. Tief auf dem Grund des Pfeifenkopfes hatte er mit dem Messer ein Stückchen Kruste gelockert. Aber er konnte es nicht entfernen. Er streckte eine Hand nach der Schublade aus, suchte blindlings darin und kratzte dann unzufrieden mit dem nächstbesten Werkzeug, das ihm zwischen die Finger kam, auf dem Grund der Pfeife herum. Die Spitze einer stählernen Stricknadel rutschte über das alte Holz.

Eine ruhige Stimme sagte von der Tür her klar und deutlich: »Sam!«

Er ließ sofort das unpassende Werkzeug wieder in die Schublade fallen und schloss sie mit einer raschen, aber gelassenen Bewegung.

Dann drehte er sich um und erblickte Gisela.

Sie war so leise hereingekommen, dass selbst der Hund nur flüchtig ein Ohr hob und ungnädig sein Auge öffnete. Leise schloss sie die Tür hinter sich, lehnte sich dagegen und sah ihn aus ihren dunklen Augen groß und fragend an.

Sam erhob sich mit der eigentümlich schaukelnden Bewegung, die auf sein verletztes Bein zurückzuführen war, während der Hund seine Schnauze besitzergreifend auf seine Schuhe legte und Gisela vorwurfsvoll anblinzelte. Sams Blick war noch nie gelassener als jetzt. Nachdenklich und ohne eine Spur von Lächeln sah er sie an und fragte sanft: »Haben Sie etwas vergessen, Miss?«

»Ja, Sam. Einen Brief, habe ich Johnny gesagt. Und was dich betrifft – ich habe vergessen, dir etwas zu sagen.«

Sie trat einen Schritt nach vorn und sah ihm traurig ins Gesicht.

»Ich wollte dir nur sagen, dass du dir keine Sorgen machen musst. Um Johnny kümmere ich mich schon. Er wird von mir nie mehr erfahren, als er jetzt weiß.«

Er sah sie verständnislos an mit Augen, die so leer waren wie Glasmurmeln, als hätte sie in einer fremden Sprache zu ihm gesprochen. Aber sie fing einen Schimmer des Verständnisses auf, der tief aus ihm kam und keiner sichtbaren Bestätigung bedurfte. Mit leisem Lächeln beantwortete sie die Frage, die er nicht gestellt hatte.

»Nein, ich habe ihn auch nicht angelogen. Das hatte ich nicht nötig, ebenso wenig wie du. Ich brauchte ihm nicht zu sagen, wer es war, den ich an jenem Abend zwischen den Kulissen gesehen hatte. Er hat es mir gesagt. Er hat es uns beiden sehr leicht gemacht. Und so muss es auch bleiben, Sam – um Johnnys willen. Er hat einen Menschen verloren, an dem er sehr hing. Und er soll nicht einen zweiten verlieren. Nicht wegen eines Marc Chatrier.«

Die Augen des alten Mannes betrachteten sie verschleiert und ausdruckslos.

»Es war eine große Dummheit«, sagte sie, und ihre Stimme bebte für einen Augenblick, »eine Waffe zu benutzen, die so eindeutig auf Codger hinwies – wo er doch in der Nähe war und der Verdacht gleich auf ihn fallen musste. Aber wie komme ich dazu, so etwas zu sagen. Ich habe Schlimmeres getan, als Marc Chatrier dann tot war. Und ich habe es bewusst und mit voller Absicht getan. Ich dachte, er würde es Johnnys wegen nicht übel nehmen – und deinetwegen.«

Er schüttelte ein wenig den Kopf, schwieg aber. Was gab es schon zu sagen, das nicht besser ungesagt blieb? Sie wusste selbst am besten, was sie daraus zu machen hatte. Eines Tages würde sie wahrscheinlich sogar dahinter kommen, dass er sich bemüht hatte, Codger oben bei Dolly zu lassen, und wie furchtbar es ihm war, als er ihn plötzlich zwischen den Kulissen erblickte und erkannte, dass der arme alte Narr ihm nachgeschlichen war und so auf sein sicheres Alibi verzichtet hatte. Das alles brauchte er ihr nicht zu sagen.

Wenn sie ein wenig darüber nachdachte, würde sie selbst dahinter kommen.

»Aber man kann eben nicht alles voraussehen«, sagte Gisela traurig, als hätte sie seine Gedanken gelesen. »Unsere Schicksale sind so miteinander verstrickt, ob schuldig oder unschuldig, dass es jetzt sinnlos geworden ist, Ordnung zu schaffen. Codger ist tot, und zumindest die Tat, die ihn umbrachte, kam von ihm selbst. Vielleicht ist das für uns andere eine Art Absolution. Das weiß nur Gott.«

»Ich glaube, Sie haben Recht, Miss«, sagte Sam mit der Stimme eines alten Mannes, der ein kleines Kind tröstet, dessen Geplapper er nicht einmal zugehört, geschweige denn verstanden hat.

»Gute Nacht, Sam, und mach dir keine Sorgen mehr über diese Sache.«

In der Tür blieb sie noch einen kurzen Augenblick stehen und warf noch einmal einen Blick über die Schulter zurück. »Ach – Sam ...«

»Ja, Miss?«

Der Blick ihrer dunklen Augen blieb für einen Moment an der Schublade hängen. Dann sah sie dem alten Mann wieder ins Gesicht, und für den winzigen Bruchteil einer Sekunde war der Schleier zwischen ihnen weggezogen. Dann wandte sie sich wieder ab.

»Wirf die Stricknadel weg, Sam«, sagte sie rasch und leise. »Und zwar jetzt gleich, noch bevor Martin seinen Dienst antritt. Ich kaufe dir morgen einen hübschen neuen Pfeifenreiniger.«

Und dann war sie gegangen. Er hörte die Haustür hinter ihr ins Schloss fallen und die leichten Schritte die Treppe hinunterlaufen. Unten wartete Johnny schon auf sie. Einen Augenblick später brummte der schwere Wagen leise über den Hof und bog in die Straße ein.

Sam zog die Schublade heraus und holte mit seinen braunen Fingern die einzelne stählerne Stricknadel heraus, die zwischen dem übrigen Kram lag. Gisela hatte Recht. Natürlich musste die Stricknadel verschwinden. Er fragte sich, was sie wohl mit der anderen tun würde. Oder was damit bereits geschehen war.

Bestimmt befand sich die andere Nadel längst in Sicherheit.

Ganz sanft zog er seinen Fuß zurück, ohne auf den protestierenden Blick des Hundes zu achten. Der Köter wachte mit einem tiefen Seufzer aus dem Halbschlaf auf und folgte seinem lahmen Herrn und Meister hinunter in den Heizungskeller.